AF306862

Natascha Kribbeler wurde 1965 in Hamburg geboren. Ihr Herz gehörte schon früh der Sehnsucht nach der weiten Welt. Interessiert an Geschichte, Fotografie und fremden Kulturen, arbeitete sie in ihrem erlernten Beruf als Rechtsanwaltsgehilfin – bis die Familienplanung sie nach Bayern verschlug, wo sie jahrelang mit Mann und Sohn lebte. Inzwischen ist sie in den Norden zurückgekehrt und schreibt dort, immer eine frische Brise im Gesicht, mit Herzblut Nordsee-Liebesromane.

NATASCHA KRIBBELER

Küsten glück

mit Hindernissen

Erstausgabe April 2024

Copyright © 2024 dp Verlag, ein Imprint der
dp DIGITAL PUBLISHERS GmbH
Made in Stuttgart with ♥
Alle Rechte vorbehalten

Küstenglück mit Hindernissen

ISBN 978-3-98998-081-5
E-Book-ISBN 978-3-98998-073-0

Covergestaltung: ARTC.ore Design
Umschlaggestaltung: Larissa Siepmann

Unter Verwendung von Abbildungen von
shutterstock.com: © Pakhnyushchy, © Jacob_09, © nuruddean,
© dugdax, © Artazum Blumen
depositphotos.com: © coramueller
stock.adobe.com: © Gunar

Lektorat: Manuela Tengler
Satz: dp DIGITAL PUBLISHERS GmbH
Druck und Bindung: Books on Demand GmbH, Norderstedt

Kapitel 1

Laut prasselte der Regen auf die aufgespannten Schirme der Trauergäste, lediglich übertönt vom Schniefen und Schluchzen, während der Pfarrer seine Rede hielt.

Inka umfing ihre Mutter mit einem Arm, mit der anderen Hand hielt sie den Regenschirm über deren schmächtige Gestalt. Es war ein kalter Februarmorgen, das trübe Wetter passte zur düsteren Stimmung. Sie hob den Blick von dem offenen Grab vor ihr und musterte die Gesichter der Umstehenden. Die meisten von ihnen kannte sie, und sie las in den Gesichtern dieselbe tiefe Traurigkeit, die sie selbst empfand.

Ihre Tante Astrid war sehr beliebt gewesen und hinterließ mit ihrem Tod viele gebrochene Herzen.

Der Pfarrer beendete seine Trauerrede und trat einen Schritt zur Seite, damit sich die Gäste von der Verstorbenen verabschieden konnten.

Behutsam führte Inka ihre Mutter an das offene Grab. Dumpf fielen die schweren Regentropfen auf den Sarg aus Eichenholz. Ihre Mutter schwankte. „Astrid", flüsterte sie mit zittriger Stimme. Sie rang sichtlich um Fassung.

Tröstend packte Inka sie fester am Arm. „Da, wo sie jetzt ist, geht es ihr gut, Mama."

„Trotzdem fehlt sie mir so sehr."

Viele Jahre lang hatten sie nur einander gehabt. Inkas Vater war nach kurzer, schwerer Krankheit bereits vor vielen Jahren gestorben. Damals war sie selbst noch ein kleines Mädchen gewesen. Daraufhin hatte Tante Astrid, die zehn Jahre älter gewesen war, ihre Schwester und ihre Nichte unter ihre Fittiche genommen, sich liebevoll um sie gekümmert und sie psychisch wieder aufgebaut. Astrids Tod war sehr schwer zu verkraften.

„Ich vermisse sie auch ganz schrecklich." Inkas Augen füllten sich mit Tränen.

Am Grab stehend, hielt sie nun stumme Zwiesprache mit ihrer verstorbenen Tante. *Es tut mir so leid, dass ich in den vergangenen Jahren so selten hier war*, dachte sie, während die Tränen über ihre Wangen liefen. In ihrer Kindheit und Jugend war sie Dauergast bei Tante Astrid gewesen, die wie ihre Mutter bereits früh verwitwet war und nicht wieder geheiratet hatte. Inka liebte deren wunderbaren Garten mit den alten Obstbäumen und den bunten Blumenstauden. Jetzt würde sich niemand mehr darum kümmern, das kleine Paradies verwildern.

Ihre Mutter warf ein Gesteck aus weißen Rosen und Nelken auf den Sarg. „Mach's gut, Astrid", flüsterte sie mit bebender Stimme und wischte sich über die Augen.

Auch Inka hinterließ ihre Blumen als letzten Gruß. „Komm, Mama", sagte sie schließlich. „Lass uns weitergehen, damit die anderen ebenfalls Abschied nehmen können." Sanft führte sie ihre Mutter ein Stück weiter. Die Reihe fand kein Ende, jeder wollte Astrid Wiegers seinen letzten Gruß erweisen. Inka erkannte Verwandte, Nachbarn und Freunde, die sie seit Jahren nicht mehr gesehen hatte. Ihre beste Freundin Alea blieb vor ihnen stehen. „Ich kann gar nicht oft genug sagen, wie leid es mir tut. Nochmals mein herzliches Beileid." Sie gab ihrer Mutter die Hand, Inka zog sie hingegen in eine Umarmung.

„Danke, Alea", sagte Inka, nachdem sie sich voneinander gelöst hatten. „Es tut gut, dass du hier bist."

„Das ist doch selbstverständlich."

Alea wirkte sehr betrübt. Auch sie war als Kind zusammen mit Inka oft bei Tante Astrid gewesen und hatte ein Stück Apfelkuchen oder ein Glas Saft genossen.

Aleas Mann Heiko trat vor und sprach ihnen ebenfalls seine Anteilnahme aus. „Sie war viel zu jung", sagte er. „Es ist so traurig."

„Ja, das ist wahr", erwiderte Inka.

„Sagt, wenn ihr etwas braucht", bot Alea an und strich sanft über Inkas Arm. „Du kannst mich jederzeit anrufen, okay? Auch mitten in der Nacht."

„Danke, das ist lieb."

Ihre Mutter begann im kalten Wind zu zittern. Schnell legte Inka wieder den Arm um sie und drehte den Schirm in den Wind.

„Komm, Mama, wir gehen ins Café, damit du dich aufwärmen kannst." Inka wandte sich an Alea und Heiko. „Kommt ihr auch mit?"

„Natürlich. Es ist wirklich kalt heute. Am besten gehen wir gleich mit euch mit."

Mit Inkas Auto fuhren sie los. Wenige Minuten später hielten sie vor dem Café-Restaurant *Deichstube*, das in einem weiß getünchten Haubarg, einem großen, ehemaligen Bauernhaus, untergebracht war. Während ihre Mutter aus dem Auto stieg und fröstelnd ihren Mantelkragen hochschlug, sah Inka an dem prächtigen Haus mit dem üppigen Reetdach empor, das sich seit ihrer Kindheit nicht verändert hatte. Die vielen Sprossenfenster ließen es sehr einladend wirken. Sogar das Café hatte es damals schon gegeben. Inzwischen hatten die damaligen Inhaber, das Ehepaar Andresen, das Geschäft an ihre älteste Tochter Silke weitergegeben.

Die große Bauernstube war bereits für den Leichenschmaus vorbereitet. Inka verabscheute diesen Begriff. Der Anblick der doppelten Sitzreihe zu beiden Seiten eines langen Tisches besänftigte sie aber sofort. Alles war hübsch mit weißen Blumen und schwarzen Servietten dekoriert. Das hätte Tante Astrid bestimmt gefallen.

Und auch Inka mochte es. Sie hatte seit jeher ein Faible für die Farbe Schwarz und trug seit vielen Jahren nichts anderes. Im Gegensatz zu ihren Eltern und Freundinnen, die immer wieder versuchten, sie zu farbenfrohen Kleidern zu bewegen, hatte Astrid immer Verständnis für sie gehabt und fand ihren Stil *cool*.

Inka lächelte wehmütig. Nun hatte sie ihre einzige Verbündete verloren, was ihre Liebe zur dunklen Farbe betraf. Nur heute, unter all den Trauergästen, fiel sie nicht weiter auf.

Langsam füllte sich der große Raum und die Gäste nahmen mit lautem Stühlerücken an der langen Tafel Platz. Inka schob ihrer Mutter einen Stuhl zurecht und setzte sich neben sie. Immer mehr Leute kamen herein, und plötzlich ging Inka auf, dass sie mit Astrid ihre vorletzte Verwandte mütterlicherseits verloren hatte. Jetzt gab es nur noch sie und ihre Mutter sowie ihren Onkel Norbert, den Bruder ihres Vaters, dessen Frau Henrike und deren beiden Kinder. Sie wohnten weiter weg, in Lübeck, und deshalb sahen sie sich nicht häufig. Heute waren allerdings auch sie gekommen.

Endlich waren alle da. Ihre Mutter stand auf, um ein paar Worte an die Gäste zu richten. Doch sie wirkte so unsicher auf den Beinen, dass Inka sie rasch am Arm fasste und auf den Stuhl zurückdrückte. „Lass mal, Mama, ich mach das schon."

„Unsinn, das krieg ich hin", wehrte sie Inkas Hilfe ab und blickte in die Runde. „Ich danke euch allen, dass ihr heute hier seid und mit uns Abschied von Astrid nehmt. Und ich bin mir sicher, dass sie in diesem Moment hier bei uns ist und zusieht. Jetzt greift bitte zu, denn das würde sie sich wünschen."

Es gab belegte Baguettescheiben mit Wurst, Käse, Ei und geräucherter Forelle sowie diverse Kuchen und Torten. Sobald alle aßen, lockerte sich die Stimmung schnell auf, und bald waren alle in angeregte Gespräche vertieft.

„Schön, dass wir dich auch einmal wieder zu Gesicht kriegen, obwohl der Anlass sehr traurig ist", wandte sich Alea an Inka.

„Das stimmt. Ich werde Tante Astrid furchtbar vermissen. Im Nachhinein bedauere ich es sehr, dass ich mich so selten hier habe blicken lassen. Ich hätte in all den Jahren viel mehr Zeit mit ihr und euch allen verbringen müssen. Man sieht ja gerade, wie schnell es gehen kann. Plötzlich ist ein geliebter Mensch einfach nicht mehr da." Mühsam unterdrückte Inka die erneut aufsteigenden Tränen.

Alea strich sanft über ihren Arm. „Ja, es war für uns alle ein Schock. Wie lange bist du jetzt eigentlich schon von hier weg? Bald zehn Jahre, oder?"

„Genau, fast zehn", bestätigte Inka. Sobald sie es ausgesprochen hatte, konnte sie es selbst kaum glauben. Inzwischen war sie dreißig Jahre alt. „Wie schnell die Zeit vergeht. Manchmal kommt es mir vor, als wäre ich gerade erst weggegangen. Nach den fünf Jahren in Hamburg wohne ich jetzt schon ebenso lange auf Sylt, unglaublich." Sie griff nach einem mit Ei belegten Brot und nahm den ersten Happen.

Alea angelte sich eine Baguettescheibe mit Bierschinken von der großen Platte. „Hast du dich inzwischen daran gewöhnt, solo dort zu leben? Oder vermisst du Stefan noch?"

Das war ihr Ex-Mann. Inka hatte ihn mit zweiundzwanzig in Hamburg kennengelernt. Durch ihn war sie mit der Gothic- und Metal-Szene in Berührung gekommen und stand seither auf die Farbe Schwarz. Sogar ihr zuvor dunkelblondes Haar trug sie seitdem in dieser Farbe. Als es ihr drei Jahre später in der Großstadt zu laut und voll wurde, zogen sie gemeinsam nach Sylt. Vor knapp drei Jahren war er allerdings nach Hamburg zurückgegangen.

„Nein, inzwischen geht's mir gut. Immerhin sind wir bereits seit zwei Jahren geschieden. Wir telefonieren hin und wieder. Zum Glück haben wir uns einvernehmlich getrennt, darüber bin ich echt froh. Er wollte eben seinen Großstadttrubel zurück, während ich bekanntermaßen Ruhe, Platz, Wind und Weite um mich herum brauche." Inka aß ihr Brot auf und entschied sich nun für ein Stück Butterkuchen.

„Dann komm doch nach Hause zurück", sagte Alea, wie sie es fast jedes Mal tat, wenn sie sich sahen. „Hier auf Eiderstedt gibt's von allem mehr als genug."

Schnell warf Inka einen prüfenden Blick auf ihre Mutter. Die wünschte sich natürlich schon lange von ganzem Herzen, dass ihre einzige Tochter endlich wieder zurückkommen würde. Zu ihrer Erleichterung hatte sie nichts von Aleas Bemerkung mitbekommen, sondern war in ein Gespräch mit einigen Nachbarn vertieft.

Inka schüttelte den Kopf und seufzte. „Ich weiß.

Soll ich dir was verraten? Als ich die Nachricht von Tante Astrids Tod erhielt, kam mir dieser Gedanke tatsächlich. Mama ist jetzt ganz allein. Ich fühle mich jetzt schon mies dabei, sie so einsam zurückzulassen, wenn ich wieder nach Sylt zurückfahre. Allerdings ..." Sie verstummte.

Alea musterte sie besorgt. „Macht dir die alte Geschichte immer noch zu schaffen?", erkundigte sie sich behutsam.

Inka atmete durch. „Du weißt ja, dass ich jahrelang Panik hatte, Michael Klausen nach seiner Entlassung aus dem Gefängnis noch einmal zu begegnen." Allein der Klang dieses Namens bewirkte, dass sich Inkas Magen zusammenzog. Rasch trank sie einen Schluck

Kaffee, und das mulmige Gefühl verschwand langsam wieder.

„Das war kein Wunder! Dieses Arschloch!"

„Inzwischen denke ich anders. Seit damals ist reichlich Gras über die Sache gewachsen. Von dem und den anderen lasse ich mich nicht mehr ins Bockshorn jagen." Inka teilte ein Kuchenstück mit der Gabel ab.

„Klasse!" Hoffnung glomm in Aleas Augen auf, und sie griff ebenfalls nach einem Stück Kuchen. „Das ist die richtige Einstellung! Im Grunde könntest du dann ja wirklich zurückkommen."

Inka schüttelte den Kopf. „Andererseits hab ich mir auf Sylt ein neues Zuhause aufgebaut. Ich arbeite von der Insel aus, mein Lebensmittelpunkt liegt da."

„Klar. Verstehe ich ja auch. Trotzdem ist es sehr schade. Es wäre so schön, wenn du wieder hier wohnen würdest", sagte Alea betrübt. „Ich vermisse dich. Wir sehen uns viel zu selten. Drei oder vier Mal im Jahr ist definitiv zu wenig. Und immer nur telefonieren ist auf Dauer auch nicht das Wahre." Alea steckte einen Happen Kuchen in den Mund.

Natürlich hatte sie recht. Ihre Mutter und ihre Freunde wünschten sich sehr, dass sie nach Hause zurückkehren würde, nach Frederbüll auf der Halbinsel Eiderstedt. Jahrelang war das für sie nicht infrage gekommen. Dafür waren die Erinnerungen, die Inka mit ihrem Zuhause verband, einfach zu schmerzhaft und beängstigend gewesen. Während der ersten Jahre nach ihrem Wegzug hatte sie sich jedes Mal, wenn sie zu Besuch hergekommen war, zumeist bei ihrer Mutter und Tante Astrid eingeigelt, um niemandem zu begegnen. Inzwischen, im Laufe der Jahre, hatte sie es jedoch geschafft, diese schlimmen Erinnerungen endlich zu verarbeiten und tief in sich zu vergraben.

„Komm mich doch wieder auf Sylt besuchen“, schlug Inka vor, um das Thema zu wechseln. „Du weißt ja, du bist jederzeit willkommen.“

„Mach ich gern, wenn ich mir mal wieder paar Tage freischaufeln kann.“ Alea seufzte. „Unser kleiner Yannik hält mich gut auf Trab.“

„Bring ihn einfach mit. Er ist einfach zu niedlich! Ich freu mich immer sehr, ihn zu sehen. Das letzte Mal ist schon wieder anderthalb Monate her. Ich bin gespannt, wie er sich seitdem verändert hat.“

„Du wirst staunen! Und vielleicht besuche ich dich tatsächlich wieder. Apropos niedlich: Wie geht's denn eigentlich Minka?“

Das war Inkas Katze. Kohlrabenschwarz und damit perfekt zu ihr passend. Auch Tante Astrid hatte damals eine schwarze Katze gehabt, an der Inka sehr gehangen hatte. Als sie von Eiderstedt wegzog, war klar, dass sie sich ebenfalls eine anschaffen würde. Und so zog kurze Zeit später Minka bei ihr ein. Die Ähnlichkeit ihrer Namen hatte schon für viele Lacher gesorgt.

„So einigermaßen. Sie wird alt, das merkt man von Tag zu Tag deutlicher. Große Sprünge sind nicht mehr drin. Die meiste Zeit liegt sie auf der Fensterbank und schläft.“

„Ach, die Arme. Sie ist so eine Liebe.“

„Stimmt. Und Minka ist tatsächlich einer der Gründe, warum ich nicht hierher zurückkehren kann, jedenfalls jetzt noch nicht. Du weißt ja, dass Katzen Ortswechsel nicht gut verkraften. Minka ist dafür besonders anfällig. Und jetzt, in ihrem Alter und Zustand, kann ich ihr so etwas echt nicht zumuten."

Sie hatte das Tier aus dem Tierschutz bekommen. Minka hatte eine traurige Vergangenheit, lebte völlig verwahrlost auf einem alten Bauernhof. Inka hatte sie damals liebevoll aufgepäppelt und dank der fürsorglichen Pflege war Minka eine stattliche Katze geworden. Sanft und anhänglich, aber sehr scheu Fremden gegenüber. Während ihrer Abwesenheit wurde Minka von einer freundlichen Nachbarin versorgt, sodass sie das Tier nicht in eine Pension geben musste. Darüber war Inka sehr froh.

„Klar, verstehe ich vollkommen." Alea seufzte und setzte einen traurigen Blick auf. „Trotzdem ist es schade."

Herr Meyer, ein Nachbar ihrer Tante aus dem Heimatdorf im Alter ihrer Mutter, unterbrach ihre Unterhaltung. „Schön, dass du mal wieder hier bist, Inka", sagte er mit einem dezenten Blick auf ihre Mutter. „Es ist ja immer schwer für uns Eltern, wenn die Kinder so weit weg wohnen, stimmt's nicht, Gerda?"

Zu Inkas Erschrecken wechselte ihre Mutter jetzt einen bekümmerten Blick mit ihrem Bekannten und hob die Schultern.

„Ja, das stimmt schon. Aber was will man machen? Sie werden groß und gehen ihre eigenen Wege."

Schnell griff Inka zur Kanne. „Mama, möchtest du noch eine Tasse Kaffee? Komm, ich schenk dir einen ein. Haben Sie noch genug, Herr Meyer?"

„Ach, ein Schlückchen wäre schon noch ganz gut."

„Natürlich." Lächelnd schenkte Inka ihm und ihrer Mutter nach.

Es war, wie sie es Alea gerade gesagt hatte. Seit ihrem Wegzug damals plagte sie ein schlechtes Gewissen ihrer Mutter gegenüber, auch wenn diese natürlich Verständnis für ihre Gründe gehabt hatte. Aber nun, wo Tante Astrid nicht mehr da war, war ihre Mutter quasi allein. Zum Glück hatte sie viele Freundinnen und hilfsbereite Nachbarn. Doch das war nicht mit familiärem Anschluss zu vergleichen.

Ja, tatsächlich dachte Inka seit einiger Zeit immer häufiger über eine mögliche Rückkehr nach Eiderstedt nach. Mit Tante Astrids Tod waren ihre Überlegungen aktueller denn je geworden. Es wäre so schön, wieder regelmäßig Zeit mit Mama und ihren Freundinnen verbringen zu können.

„Siehst du? Hier vermisst dich jeder", sagte Alea, die Inkas kleinen Dialog mit ihrer Mutter und Herrn Meyer beobachtet hatte. „Kannst du eine Weile bleiben? Oder möchtest du bald wieder los?"

„Ich hab mir paar Tage freigenommen." Inka schenkte ihr ein liebevolles Lächeln. „Wenn du Zeit und Lust hast, können wir also gern mal wieder richtig schön ausgiebig quatschen."

Aleas Gesicht hellte sich auf. „Das wollte ich hören. Vielleicht morgen Nachmittag? Heute willst du bestimmt bei deiner Mutter bleiben."

„Ja, stimmt. Heute war ein sehr schwerer Tag für sie, da möchte ich sie nicht alleinlassen. Morgen klingt super. Ich komm zu dir, oder?"

„Sehr gern. Ich freu mich!"

Die nächsten anderthalb Stunden vergingen in Gesprächen mit diversen Trauergästen. Immer wieder musste Inka erzählen, was sie beruflich machte und wie es ihr auf Sylt gefiel. Im Gegenzug versorgten die Leute sie mit allerhand Neuigkeiten aus dem Dorf und aus ganz Eiderstedt.

Schließlich löste sich die Runde nach und nach auf. Als Letzte verließ Inka mit ihrer Mutter die *Deichstube* und fuhr mit ihr nach Hause.

Ihre Mutter bewohnte ein Häuschen im Zentrum von Frederbüll, falls man in diesem winzigen Dorf von so etwas sprechen konnte. Ihre Tante Astrid hatte in einem alten Haus an einer ruhigen Straße gewohnt, nur fünf Minuten zu Fuß entfernt. Nach hinten raus, hinter dem Garten, erstreckten sich Wiesen, so weit das Auge reichte. Als sie nun diese Straße passierten, versuchte Inka automatisch, Tante Astrids Haus von hier aus zu entdecken. Allerdings war es dafür bereits zu dunkel.

„Ich kann einfach nicht glauben, dass sie für immer weg ist", sagte ihre Mutter betrübt und folgte Inkas Blick. „Wie oft bin ich diesen Weg gegangen, um sie zu besuchen."

„Mir fehlt sie auch sehr." Inka hielt vor dem Haus ihrer Mutter und parkte den Wagen in der Einfahrt. „Vor allem war sie viel zu jung."

„Siebzig ist doch heutzutage kein Alter mehr! Wäre sie bloß eher zum Arzt gegangen, als sie diese Grippe bekam. Aber du kennst sie ja. Alles ist gar nicht so schlimm, sagte sie immer. Und dann wurde eine Lungenentzündung daraus."

Am Ende war alles ganz schnell gegangen. Mit Grausen erinnerte sich Inka an die Anrufe ihrer Mutter. Astrid sei im Krankenhaus auf der Intensivstation, es sähe ernst aus. Aber sie sei ja zäh, das schaffe sie schon. Zwei Tage später war ihre Tante tot.

Hinter ihrer Mutter betrat Inka ihr Elternhaus und fühlte sich sofort zu Hause. So erging es ihr jedes Mal, wenn sie hier war. An der Einrichtung hatte sich seit Jahren nichts geändert: Die gleichen gerahmten Fotografien hingen an den Wänden – die meisten davon aus ihrer Kinderzeit, als ihr Vater noch lebte. Glücklich strahlend lächelten sie zu dritt in die Kamera. Diese Zeiten waren viel zu kurz gewesen.

„Setz dich schon mal, ich koche uns einen Tee", bot Inka an. Während ihre Mutter sich in der Stube mit einem Seufzer in ihren Sessel fallen ließ, setzte sie Wasser auf und holte Tassen aus dem Schrank. Sie sah sich als kleines Mädchen hier stehen und das Gleiche tun. Ihr Vater hatte Tee geliebt. Es hatte ihr jedes Mal große Freude bereitet, seinen Lieblingstee für ihn zuzubereiten. Jedes Mal hatte er sich überschwänglich mit leuchtenden Augen bei ihr bedankt. Ach, sie vermisste ihn so, auch nach all den Jahren. Er war gestorben, als sie gerade sieben Jahre alt war. Seit er nicht mehr hier war, schien auch dem Haus etwas zu fehlen. Das hatte sie schon als Kind so empfunden. Zwar war es wohlig warm hier drinnen, aber es kam ihr vor, als lauerte in den Ecken eine – Leere. Seine Seele war nicht mehr hier. Ja, das musste es sein.

Ob es ihrer Mutter auch so vorgekommen war, als sie damals weggezogen war? Sie hatte nie danach gefragt. Wie musste sich Mama jetzt bloß fühlen, wo auch noch Tante Astrid fort war?

Als der Tee fertig war, trug sie die Kanne, Tassen, Zucker und Löffel ins Wohnzimmer.

„Danke." Ihre Mutter nippte vorsichtig am heißen Tee. „Ich muss die ganze Zeit an Astrid denken. Bald wird's wieder Frühling. Sie hat diese Jahreszeit so geliebt. Die warme Sonne, das frische Grün und das Gezwitscher der Vögel. Jetzt liegt sie da draußen im eiskalten Boden. Es regnet und stürmt." Ihre Augen schimmerten feucht.

Vorsichtig setzte sich Inka auf die Sesselkante und legte den Arm um die schmalen Schultern ihrer Mutter. „Tante Astrid ist jetzt an einem schöneren Ort. Dort gibt es alles, was sie je geliebt hat, und das für immer. Nur daran dürfen wir denken", versuchte sie ihre Mutter zu trösten.

„Ich bin so froh, dass du hier bist", flüsterte Mama. „Ohne dich würde ich jetzt wohl verrückt werden."

Stumm streichelte Inka ihre Schulter. Schon jetzt graute ihr vor der Rückkehr nach Sylt.

Kapitel 2

„Wow, wer soll das denn alles essen?", fragte Inka am nächsten Nachmittag.

Sie saß bei Alea auf der Couch. Der Tisch vor ihr bog sich unter einer riesigen Schokoladentorte, einem Teller voll Bienenstich und einem weiteren mit Muffins.

Ihre Freundin lachte fröhlich. „Heiko ist unersättlich. Er freut sich schon seit Tagen auf die Torte. Na ja, was mich betrifft, kann ich mich davon auch nicht freisprechen. Ich stille noch und hab ständig das Gefühl, zu verhungern. Warte nur, bis Yannik aufwacht. Dann wirst du sehen, wie proper er geworden ist."

„Ich kanns kaum erwarten! Er ist jetzt ein halbes Jahr alt, oder?"

„Genau. In diesem Alter verändern sie sich quasi täglich. Du wirst wirklich staunen." Alea schenkte ihnen Kaffee ein, und ein herrlicher Duft breitete sich aus.

„Kann ich mir vorstellen. In den anderthalb Monaten seit dem letzten Mal hat er bestimmt wieder große Fortschritte gemacht."

Zu Weihnachten war Inka ein paar Tage bei ihrer Mutter zu Besuch gewesen. Da hatte Tante Astrid noch gelebt, und niemand ahnte, dass sie sich das letzte Mal gesehen hatten. Dabei hatten sie zusammen Karten gespielt, Tee getrunken und Kuchen gegessen und viel Spaß miteinander gehabt. Ihre Tante war so lebensfroh und fröhlich gewesen. Warum war sie jetzt einfach nicht mehr da? Rasch schob Inka diese wehmütigen Gedanken beiseite, um das schöne Wiedersehen mit ihrer Freundin nicht zu trüben.

„Ja, die Zeit vergeht so schnell", pflichtete Alea ihr bei. „Und in dem Tempo, wie der Kleine wächst, nehme ich ab."

„Ah, deshalb der viele Kuchen. Gibs zu, Heiko ist nur ein Vorwand. In Wahrheit ist der Großteil davon für dich." Inka grinste, während sie Milch in ihren Kaffee goss.

„Jetzt hast du mich ertappt." Wieder lachte Alea.

Sie machte auf Inka den Eindruck einer rundum glücklichen Frau.

„Nein, im Ernst, ganz für uns allein haben wir den vielen Kuchen auch ohne Heiko nicht, obwohl das sehr bedauerlich ist. Ich hab noch Svenja und Bekki eingeladen; ich hoffe, das stört dich nicht. Vorher haben wir reichlich Zeit, allein zu quatschen. Sie kommen erst in anderthalb Stunden."

„Schön, ich freu mich, die beiden wiederzusehen!"

„Sie sich auch." Alea machte sich an der Torte zu schaffen und legte Inka ein großes Stück auf den Teller. „Es ist echt schade, dass du so weit weg wohnst. Klar, Sylt ist nicht gerade eine Weltreise, aber trotzdem dauert es eine Weile. Mal eben auf einen Sprung rüberhüpfen, wie wir es damals immer gemacht haben, ist mit dem Lütten einfach zu weit. Unfassbar, was man für

einen kurzen Ausflug mit Kind alles einpacken muss!
Für eine Weltreise braucht man auch nicht viel mehr."

„Das kann ich mir vorstellen." Inka rührte einen Löffel Zucker in ihren Kaffee.

„Wie geht's Gerda inzwischen? Und dir?", erkundigte sich Alea anteilnehmend. „Blöde Frage, ich weiß. Wie soll es euch schon gehen? Echt, ich bin immer noch schockiert wegen deiner Tante und wie schnell das alles ging!"

Inka spürte, wie ihr die Tränen in die Augen traten. Ehe sie sie heimlich wegwischen konnte, bemerkte Alea es ebenfalls und zog sie in eine tröstende Umarmung.

„Sie fehlt mir so", flüsterte Inka. „Ich hätte öfter herkommen und mich viel mehr um sie kümmern müssen. Um beide, um meine Tante und meine Mutter."

„Niemand konnte ahnen, dass Astrid von heute auf morgen nicht mehr da ist."

„Klar, das stimmt natürlich. Trotzdem mache ich mir Vorwürfe."

„Verstehe ich gut. Aber das musst du nicht, hörst du? Deine Tante und deine Mutter hatten ganz bestimmt Verständnis für dich. Sie kannten ja deine Gründe. Deine Tante war so eine liebe Frau. Ich denke sehr oft an unsere gemeinsamen Besuche bei ihr. Wie wir an ihrem Küchentisch saßen und ihren köstlichen Schokoladenpudding mit Vanillesoße mampften. Oder ihr herrlicher Garten. Weißt du noch, der große Kirschbaum, auf den wir immer geklettert sind?"

Inka lächelte wehmütig. „Von da oben hatten wir eine fantastische Aussicht. Und dann erst der leckere Kirschkuchen, den sie gebacken hat."

„Das ist ein gutes Stichwort." Alea wies mit der Kuchengabel auf das gewaltige Tortenstück auf Inkas Teller. „Lass es dir schmecken, dann geht's dir schnell besser."

„Es sieht auf jeden Fall äußerst lecker aus." Inka probierte den ersten Happen und schloss genüsslich die Augen. „Einfach köstlich! Du brauchst dich hinter den Backkünsten meiner Tante nicht zu verstecken."

„Vielen Dank! Ich würde dich gern viel öfter daran teilhaben lassen."

Inka schmunzelte. „Du lässt einfach nicht locker, was?"

„Wie kann ich das? Ich wünsche mir eben meine Freundin zurück." Alea rührte in ihrem Kaffee herum. „Ich weiß, du kannst diese Frage sicher nicht mehr hören, aber ist es noch aktuell, was du mir gestern über eine mögliche Rückkehr nach Eiderstedt gesagt hast? Als Immobilienmaklerin kannst du ja auch von hier aus arbeiten, oder nicht?"

Inka teilte einen Happen Torte mit der Kuchengabel ab und spielte damit herum, um ihre Gedanken zu sortieren. „Klar, das ginge. Im Grunde könnte ich mir das tatsächlich gut vorstellen. Allein schon wegen Mama. Allerdings ist das nicht ganz so einfach. Da ist immer noch Minka. Offen gesagt rechne ich ständig mit einem Anruf von Sabine, meiner Nachbarin, dass Minka ..." Inka verstummte und trank einen Schluck Kaffee. Ihr Hals war plötzlich ganz trocken.

„Okay, das kann ich verstehen. Aber angenommen, sie ist eines Tages nicht mehr da ..."

Inka bemerkte Aleas prüfenden Blick und nickte. „In dem Fall könnte ich mir vorstellen, wieder herzuziehen. Ohne Minka wäre mein Zuhause auf Sylt ohnehin nicht mehr das, was es einmal war. Wahrscheinlich würde ich sie überall sehen und schrecklich vermissen."

„Dann wäre eine Rückkehr aus mehreren Gründen die beste Lösung, oder?"

Inka lächelte. „So ist es wohl."

Alea strahlte, wurde jedoch unvermittelt ernst. „Und die Erinnerungen an Michael Klausen, das größte Arschloch auf Erden und seine widerlichen Kumpane hast du wirklich endgültig überwunden? Sie wären kein Grund mehr für dich, wegzubleiben?"

Inka zuckte mit den Schultern. „Im Grunde verspüre ich nur noch Ärger. Wut, weil die das mit mir gemacht haben damals. Weil sie es geschafft haben, mich von hier zu vertreiben und von meiner Familie und meinen Freunden fernzuhalten. Du weißt ja selbst, dass ich mich seit damals verändert habe. Ich bin nicht mehr das Mädchen, das sich einschüchtern lässt."

Während ihrer Grundschulzeit war sie sehr schnell in die Höhe geschossen und entsprechend dünn gewesen. In der vierten Klasse hatte sich ihr Klassenkamerad Jan Ehlers, der in einem der Nachbardörfer wohnte, auf sie eingeschossen. Er hatte ihr mitunter ein Bein gestellt oder ihre Schultasche versteckt.

„Inka mit den Stelzenbeinen kann nichts anderes als weinen", hatte er gerufen, wenn er sie entdeckte. „Geh bloß nie ins Watt, damit sinkst du ein und bist platt. Inka Versinka, wo sie ist, da stinkt's ja!" Immer noch meinte sie, seine spöttische Stimme im Ohr zu haben.

Doch verglichen mit dem, was später passierte, waren diese Hänseleien harmlos, bedeuteten lediglich die

Spitze des Eisbergs. All diese Dinge waren erst der Anstoß für ein jahrelanges Martyrium.

Mit dem Wechsel auf die Realschule in Sankt Peter-Ording begannen die richtigen Probleme. Ihr neuer Klassenkamerad Michael Klausen, der Sohn eines Rechtsanwalts, hatte Jans Spötteleien mitbekommen und sie rasch als das perfekte Opfer für seine Gemeinheiten auserkoren. Schnell hatte er ein paar Freunde um sich versammelt, die mit ihm gemeinsame Sache machten. Allein der Gedanke an Michael und seine Kumpane ließ Inka lange Zeit einen Schauder über den Rücken laufen, und sie sah wieder deren höhnisch verzogenen Gesichter.

„Darüber bin ich so froh", sagte Alea. „Wenigstens hatte Michael seine Strafe bekommen und musste in den Jugendknast. Davor hatte ihn nicht einmal sein Papi bewahren können. Das war damals eine riesige Befriedigung!"

„Ich fühlte mich wie befreit, als er weggesperrt war. Aber irgendwann kam er frei. Und schon kurz nach seiner Entlassung lauerte er mir wieder einmal auf und drohte mir.

Deshalb ging ich letztendlich. Und der Umzug war das Beste, was ich machen konnte. In Hamburg, mit der Entfernung zwischen ihm und mir, ging es mir zum Glück schnell besser." Inka aß einen großen Happen Torte, um ihre aufgewühlten Nerven ein wenig zu beruhigen.

„Ich werde jetzt noch stinksauer, dass sie immer abgewartet hatten, bis du allein warst und sie dich abpassten. Zu viert gegen ein Mädchen. Wie mies ist das?"

Sichtlich aufgewühlt schenkte Alea ihnen Kaffee nach. Ein paar Tropfen landeten auf der Untertasse.

„Zu dritt", korrigierte Inka. „Ich will ihn zwar nicht in Schutz nehmen, aber bei den richtig üblen Sachen war Jan Ehlers nie dabei. Handgreiflich waren immer *nur* Michael, Philipp und Sebastian." Mit den Fingern malte Inka beim Wörtchen *nur* Anführungszeichen in die Luft. Dann gab sie Milch und Zucker zu ihrem Kaffee.

„Wenigstens gegen Jan hattest du dich damals ja irgendwann ganz gut zur Wehr gesetzt. ,Jan Ehlers, dem fehlt was. Dämlich ist sein Schopf, nichts ist in seinem Kopf'", rezitierte Alea. „Das war genial! Weißt du noch, wie behämmert er geguckt hat, als du das zum ersten Mal gesungen hast?" Fröhlich biss sie in einen Muffin.

„Ja, der Blick war Gold wert." Inka legte ihre Gabel auf den inzwischen leeren Teller und lehnte sich zurück.

Alea wies mit einer Kopfbewegung auf die Kuchenauswahl auf dem Tisch. „Sei nicht so bescheiden. Es ist reichlich von allem da, also greif zu."

„Danke. Ich nehme mir noch ein Stück Bienenstich, ja? Der sieht genauso köstlich aus." Inka griff nach dem Tortenheber und legte ein weiteres Stück Kuchen auf ihren Teller.

„Ich freu mich, dass es dir schmeckt. Überhaupt wünsche ich mir, dass du richtig glücklich bist. Wie ich." Ein weiterer Bissen Muffin verschwand in Aleas Mund.

„Keine Sorge, abgesehen von der Trauer um meine Tante und den Sorgen wegen Mama geht's mir gut."

„Du bist schon so lange solo. Ich finde, es wird Zeit, dass du dich endlich wieder so richtig verliebst." Alea lachte und leckte sich die Finger ab. „Vor allem, wenn du wieder mit so einem netten Mann wie Stefan ankommst. Es muss ja nicht unbedingt wieder ein schwarz gekleideter, tätowierter Metalfan sein. Du hattest damals wirklich für großes Aufsehen gesorgt, als du mit ihm und einigen eurer Freunde zum ersten Mal hier aufgetaucht bist."

Inka kicherte. „Meine Mutter dachte im ersten Moment, es wären Teufelsanbeter! Sie war sehr erleichtert, als sie feststellte, dass alle ganz harmlos sind und keine Lämmchen opfern."

„Dafür hattest du bei einem deiner Besuche hier mit ihnen die gesamte Dorfbevölkerung eingeschüchtert." Alea grinste. „Du warst wochenlang Gesprächsthema Nummer eins. Frau Schmidt und Frau Winkler wären beinahe in Ohnmacht gefallen."

„Oje, die beiden Tratschtanten!" Sie sahen sich an und lachten.

Alea musterte Inkas Kleidung und ihr Haar. „Auf jeden Fall musst du dir keine Sorgen machen, falls du einem dieser Schwachköpfe über den Weg laufen solltest. Wahrscheinlich würde dich keiner von denen mehr erkennen, selbst wenn du direkt vor ihm stündest. Du hast nicht die geringste Ähnlichkeit mit der Inka von damals."

Das stimmte allerdings. Das lag nicht nur am kompletten Wandel ihres Kleidungsstils und ihres Stylings. Seit sie ausgewachsen war, hatte sie zugenommen. Inzwischen hatte sie Rundungen an den richtigen Stellen. Niemand würde sie mehr dünn nennen.

„Das ist auch gut so, in jeder Hinsicht. Nee, echt, mach dir um mich keine Gedanken. Ich habe Minka und meinen Beruf. Mehr brauche ich nicht. Okay, irgendwann hätte ich gern ein Häuschen mit Garten. Du weißt ja, dass ich Blumen liebe. Als Kontrast zu all dem Schwarz in meinem Leben brauche ich eben auch Farbe." Inka lächelte wehmütig. „Sollte ich mir irgendwann eine neue Katze holen, wird es vielleicht eine schwarz-weiße. Ja, ich habe Mut zur Farbe. Wer hätte das vor Jahren gedacht?"

Sie sahen sich an und lachten, verdrückten ihr Kuchenstück und anschließend noch einen Muffin.

Das Babyfon machte knarzende Geräusche, dann hörte Inka leises Weinen.

„Da ist jemand aufgewacht", stellte Alea fest. „Willst du mitkommen?"

Hinter ihrer Freundin stieg Inka die Treppe hoch und betrat das Kinderzimmer. Es war in neutralem Hellgelb gestrichen mit einer Borte mit Giraffen, Löwen und Zebras. In einem weißen Gitterbettchen lag der kleine Yannik auf dem Rücken und weinte herzzerreißend.

„Na, na, was ist denn hier los?", fragte Alea zärtlich und hob ihren Sohn aus dem Bett. „Guck mal, wer da ist. Erkennst du Tante Inka noch?"

Sofort hörte er auf zu weinen und sah sie aus großen Augen an.

„He, kleiner Mann! Wobei das gar nicht stimmt. Ist das wirklich derselbe wie beim letzten Mal? Er ist irrsinnig gewachsen." Vorsichtig kitzelte Inka Yannik am Bauch. Er quittierte es mit einem zahnlosen Grinsen.

„Sag ich ja! Was anderthalb Monate ausmachen." Alea legte ihr Baby auf die Wickelkommode und wechselte ihm geübt die Windeln. Statt nur etwas mit den Beinchen zu strampeln wie beim letzten Mal, versuchte Yannik jetzt, sich auf den Bauch zu drehen. Alea hatte alle Hände voll zu tun, ihn festzuhalten.

„Wie lebhaft er geworden ist!" Inka staunte.

„Und anstrengend", erklärte Alea und lachte. „Er hält uns echt gut auf Trab. So, fertig. Lass uns runtergehen, damit er mir das Tortenstück in flüssiger Form wieder aussaugen kann."

Alea stillte ihr Baby auf dem Sofa. Gerührt sah Inka zu. Der Anblick des zufrieden nuckelnden Babys und das glückstrahlende Gesicht ihrer Freundin waren wunderschön. Anschließend setzte Alea den Kleinen auf ihren Schoß und klopfte sanft auf seinen Rücken. Schon entfuhr ihm ein gewaltiger Rülpser.

„Wie sein Vater!" Alea kicherte. „Yannik kann seine Herkunft nicht leugnen."

Sie lachten gemeinsam, neugierig beobachtet vom Baby.

„Er ist so süß", schwärmte Inka.

„Möchtest du ihn halten?" Alea setzte Yannik auf ihren Schoß.

Zärtlich betrachtete Inka das weiche blonde Haar auf seinem Kopf und lauschte seinem zufriedenen Gebrabbel. Er steckte sich seine Finger in den Mund und kaute darauf herum.

Alea beobachtete sie neugierig. „Na, kommst du langsam auf den Geschmack?"

„Dafür fehlt mir wohl ein Mann." Inka wippte mit dem Knie, sodass der Kleine hopste und vor Vergnügen jauchzte.

„Ist dir noch kein reicher Sylter über den Weg gelaufen? Ich hab immer gedacht, von denen wimmelt es auf der Insel."

„Nee, lass mal. Ich glaube, so einer sucht sich nicht gerade ein Gothicgirl mit mehr Metall am Körper als auf dem Konto."

„Stehst du denn immer noch darauf?"

„Na ja, bedingt durch meinen Job bin ich zwangsläufig etwas, sagen wir mal, spießiger geworden. Ruhiger. Die ersten Jahre musste ich unbedingt zu jedem Festival und war auf etlichen Konzerten – Gothic, Rock, Metal. Jetzt fehlt mir oft die Zeit dafür." Inka lachte. „Ich werde wohl langsam alt. Nee, im Ernst, ich glaube, es liegt auch an Minka. Seit ich sie habe, bin ich eher häuslich geworden. Jedes Mal, wenn ich sie allein lassen muss, hab ich ein schlechtes Gefühl, obwohl ich weiß, dass sie bei Sabine in guten Händen ist."

„Ich sag ja, du bist bereit für eine eigene Familie. Der Kleine steht dir übrigens echt gut."

„Es ist auch sehr schön, ihn zu halten. Sieh dir nur diese winzige Nase an. Und diese langen dichten Wimpern. Die Mädels werden ihm später scharenweise nachlaufen."

Alea lachte. „Das dauert hoffentlich noch eine ganze Weile!"

Es klingelte an der Tür, und sie sprang auf. Gleich darauf kam sie mit ihren gemeinsamen Freundinnen Svenja und Bekki zurück. Es folgte eine fröhliche, lautstarke Begrüßung, und jede wollte mal den kleinen Yannik halten.

„Siehst du, es fängt schon an mit seinen Verehrerinnen", stellte Inka lachend fest.

„Er hat ein Faible für ältere Frauen. Er weiß eben, was gut ist", erklärte Svenja und drehte sich mit ihm im Kreis herum. Er quiekte vor Vergnügen.

Der Rest des Nachmittags verlief mit angeregten Gesprächen, großem Mitgefühl wegen Inkas Tante, aber auch viel Gelächter. Es tat so gut, mal wieder Zeit mit ihren Freundinnen zu verbringen.

Auf Sylt hatte Inka nie richtig Anschluss gefunden. Vor allem nach Stefans Auszug war sie oft allein, was sie allerdings nicht besonders störte. Sie hatte eine gemütliche Wohnung, verbrachte viel Zeit mit ihrer Katze und arbeitete in ihrem Traumberuf. Wann immer sie wollte, konnte sie an die herrlichen Strände gehen, einen Drink in einer der berühmten Strandbars trinken oder sich Luxusschlitten in Kampen ansehen. Sie vermisste nichts. Jedenfalls hatte sie das bisher immer gedacht.

Aber jetzt, inmitten ihrer Freundinnen und mit einem glucksenden Baby auf dem Schoß, stellte sie fest, dass ihr eben doch etwas fehlte.

Geborgenheit, Wärme. Ihre Freundinnen, ihre Familie.

Ihre Heimat.

Kapitel 3

„Und du musst wirklich morgen wieder zurück?",
fragte ihre Mutter zwei Tage später beim Frühstück
und wirkte sehr betrübt.

„Ja, es nützt alles nichts, Mama. Ich habe zwei Objekte, um die ich mich kümmern muss. Vor allem muss
ich zu Minka. In letzter Zeit geht es ihr nicht besonders."

Inka wusste auch so, was ihre Mutter dachte. Dass es
ihr ebenfalls nicht gut ging, jetzt, wo ihre Schwester
nicht mehr da war. Aber von heute auf morgen konnte
Inka beim besten Willen nicht alles über den Haufen
werfen. Sie konnte nicht einfach alles stehen und liegen lassen und nach Eiderstedt zurückkehren.

„Ich werde so schnell wie möglich wieder zu Besuch
kommen", versprach Inka und legte ihre Hand auf die
ihrer Mutter.

„Das wäre wirklich schön. Ich freu mich schon. Oh,
was mir einfällt. Bisher hab ich vor lauter Aufregung
gar nicht mehr daran gedacht. Du bekommst eventuell
Post vom Nachlassgericht."

„Ich?"

Ihre Mutter nickte. „Nachdem Astrid ... gestorben war, benötigte der Bestatter einige Unterlagen. Dabei fand ich in einer Schublade einen großen Umschlag, auf dem ‚Testament‘ stand. Ich hab ihn unverschlossen dem Bestatter übergeben und der meinte, er hat ihn dem Notar weitergereicht.“

„Tante Astrid wird alles dir vererben, Mama. Du bist ihre einzige Schwester.“

„Und du ihre einzige Nichte. Sie hing sehr an dir, Inka. Möglicherweise hinterlässt sie auch einen Teil ihrem Gartenverein oder dem Tierschutz, aber ehrlich gesagt glaube ich das nicht. Ich möchte nur, dass du Bescheid weißt, dass so etwas kommen kann. Nicht, dass du einen Schreck bekommst, wenn du plötzlich Post vom Gericht erhältst. Ich kann mir vorstellen, dass sie dich ganz bestimmt bedenken wird.“

„Alles klar. Vielleicht bekomme ich ein Schmuckstück oder so etwas. Ein Erinnerungsstück wäre wirklich schön.“

Ihre Mutter sah sie mit einem seltsamen Blick an, den Inka nicht deuten konnte. Wehmut lag darin, aber auch ... Freude? Konnte das sein?

„Warten wir mal ab, was sie beschlossen hat. Ich werde in ihrem Haus regelmäßig nach dem Rechten sehen, bis wir wissen, was damit geschehen soll.“ Die Stimme ihrer Mutter wurde mit jedem Wort leiser.

„Ich kann immer noch nicht fassen, dass sie nie mehr zurückkommt.“ Unvermittelt überfiel Inka eine überwältigende Traurigkeit und ihre Augen wurden feucht.

Gleich darauf lagen sich beide in den Armen und weinten.

Nach dem Frühstück machte sich Inka am nächsten Morgen auf den Weg zurück nach Sylt. Das Herz tat ihr weh, als sie ihre Mutter allein am Gartenzaun stehend zurücklassen musste. Im Rückspiegel sah sie ihre Mutter noch immer winken, bis das Auto um eine Kurve bog und aus ihrem Sichtfeld verschwand.

Noch nie war Inka die Fahrt nach Sylt so schwergefallen wie heute. Es war, als wollte irgendetwas sie hier festhalten. Oder war es einfach nur das nagende Gefühl, zu wissen, wie einsam ihre Mutter jetzt sein würde?

Dafür war es umso schöner, Minka wiederzusehen. Sie schien ein wenig beleidigt zu sein, dass Inka sie einige Tage lang in Sabines Obhut zurückgelassen hatte, und zog sich vorerst unters Sofa zurück. Doch nach ungefähr einer Stunde hatte sie genug geschmollt, kam hervor und ließ sich von Inka auf den Arm nehmen und streicheln.

„He, bist du endlich wieder aufgetaut? Ich freu mich, wieder bei dir zu sein, meine Süße. Tut mir ja auch leid, dass ich wegmusste, aber es ging nicht anders." Zärtlich kraulte sie Minka unter dem Kinn, und die Katze schnurrte zufrieden. Bald darauf sprang das Tier jedoch von ihrem Arm herunter und verzog sich auf ihren Lieblingsplatz auf der Fensterbank, wo es rasch einschlief.

Inka checkte ihre E-Mails und erledigte einige Telefonate. Am Nachmittag machte sie sich auf den Weg nach Westerland, denn bei einem ihrer Objekte, einem kleinen Ferienhaus, fand heute die Übergabe statt. Vor dem Haus traf sie sich mit den bisherigen Eigentümern sowie den Käufern.

„Moin, Frau Schumann, Herr Schumann, Frau Hinrichs, Herr Hinrichs." Nacheinander begrüßte sie ihre Kunden mit Handschlag und lächelte. „Heute ist der große Tag, was?"

Alle nickten und besonders die Hinrichs, die Käufer, wirkten sehr aufgeregt. Für das Übergabeprotokoll lasen sie die Zählerstände für Gas und Wasser ab, und Inka trug alles ein. Nachdem alle unterschrieben hatten, holte Herr Hinrich eine Flasche Sekt und Gläser, und sie stießen miteinander an.

„Dann wünsche ich Ihnen viel Freude mit Ihrem neuen Haus. Alles Gute für Sie", wünschte Inka am Schluss und verabschiedete sich von allen.

Sobald sie wieder im Auto saß, klingelte ihr Handy.

„Hallo, Sabine", grüßte sie. „Na, hast du Feierabend?"

„Hi, Inka. Ja, zum Glück. Und du bist wieder zurück? Ich hoffe, es war nicht zu schlimm? Tut mir echt leid mit deiner Tante."

„Danke. Na ja, schön war es nicht. Sie war einfach noch zu jung."

„Wie kommt deine Mutter damit klar?"

„Nicht so gut. Astrid fehlt ihr sehr. Jetzt hat sie niemanden mehr in ihrer Nähe, abgesehen von Nachbarn und Freunden natürlich."

„Das klingt nicht gut. Alles Gute für sie!"

„Vielen Dank. Ist denn mit Minka alles in Ordnung gewesen?"

„Ich bin mir nicht ganz sicher."

„Wieso?", rief Inka erschrocken.

„Sie hat sehr viel geschlafen. Und dafür nur wenig gefressen."

„Das zeichnet sich seit einiger Zeit ab. Minka ist alt. Ich war zwar vor wenigen Wochen mit ihr beim Tierarzt, aber ich werde trotzdem erneut mit ihr hingehen."

„Gute Idee. Lass sie gründlich durchchecken, das kann nicht schaden."

„Dann nochmals danke für deine Hilfe. Und sag Bescheid, wenn du mal wieder unterwegs bist und ich deine Blumen versorgen soll."

„Das mach ich. Bis bald."

„Tschüss."

Inka fuhr zum nächsten Supermarkt und kaufte Lebensmittel und Katzenfutter ein. Die Tierarztpraxis hatte bereits geschlossen. Am Abend rollte sich Minka auf ihrem Schoß ein und döste, während sich Inka einen Film ansah.

Am folgenden Morgen rief sie bei der Tierarztpraxis Martens an und bekam einen Termin für die kommende Woche. Anschließend telefonierte sie die lange Liste der Interessenten für eine Eigentumswohnung in Westerland ab. Bereits kurze Zeit, nachdem sie das Exposé ins Internet gestellt hatte, trudelten eine Menge Anrufe und E-Mails ein. Erst einmal nahm sie alle auf, dann begann sie mit der Vorauswahl. Mit einigen von denen, die infrage kamen, sprach sie Besichtigungstermine ab.

So vergingen die nächsten Tage. Sie bekam einen weiteren Auftrag, hatte Termine beim Notar zur Kaufvertragsabwicklung und zur Vorbesprechung mit Verkäufern und Vermietern.

Hin und wieder telefonierte sie mit ihrer Mutter. Sie klagte nicht, aber Inka hörte die Traurigkeit in ihrer Stimme. Auch sie selbst war weiterhin traurig und vermisste ihre Tante. Und wenn sie ehrlich zu sich war, nicht nur das. Sie würde gern viel öfter ihre Freundinnen sehen, besonders Alea mit ihrem kleinen Yannik. Er wuchs so schnell. Und natürlich war da ihre Mutter. Es verging kein Tag, an dem sie sich nicht Sorgen um sie machte.

Inka war viele Jahre fortgewesen, hatte aufregende Jahre mit unzähligen Partys und Festivals erlebt.

Ja, sie war zufrieden. Aber war sie wirklich glücklich? War da nicht mit den Jahren zunehmend das Gefühl gewesen, dass etwas fehlte? Sie arbeitete selbstständig und konnte ihrer Arbeit somit von jedem beliebigen Ort aus nachgehen. Wenn sie wieder auf Eiderstedt leben würde, könnte sie sogar weiterhin ihren Kundenstamm auf Sylt betreuen. Das lag zwar nicht gerade um die Ecke, aber auch keine Weltreise entfernt. Und hier könnte sie sich neue Kunden suchen.

Allerdings war da immer noch Minka. Auf keinen Fall durfte sie ihrer alten Katze noch einen Umzug an einen anderen Ort zumuten.

Schließlich hatte sie den Termin mit ihr bei Tierarzt Doktor Martens in Hörnum. Dort war Minka bereits dafür bekannt, Tierärzte nicht leiden zu können, und seine Helferin legte mit Hand an, um die sich heftig wehrende Katze zu bändigen.

„Man sollte nicht glauben, dass sie schon so alt ist", sagte Doktor Martens, während er Minka behutsam Blut abnahm. Sie fauchte und zischte wie eine wütende Schlange. „In Situationen wie diesen entwickelt sie eine Energie wie ein wilder Tiger."

„Zu Hause schläft sie dafür den Großteil des Tages. Sie frisst auch immer weniger. Ich kaufe nur noch ihr Lieblingsfutter, aber selbst das frisst sie meistens nicht mehr auf."

„Wir werden schon herausfinden, woran das liegt." Behutsam schaute Doktor Martens Minka ins Maul und überprüfte ihre Zähne und Schleimhäute. Anschließend tastete er ihren Körper ab, maß Fieber und machte ein Ultraschall ihrer inneren Organe. Als er sich Inka zuwandte, wirkte er ernst.

Sofort begann ihr Herz zu rasen. „Was fehlt ihr?"

„Näheres wissen wir, sobald die Laborergebnisse vorliegen. Zurzeit vermute ich, dass es schlicht und einfach das Alter ist. Sie wissen ja, dass Sie sich darauf einstellen müssen, dass es irgendwann ganz schnell gehen kann."

Inka schluckte. Der Gedanke, Minka zu verlieren, tat unsagbar weh. Sie hatte das Tier jeden Tag um sich, verbrachte die Abende mit Minka, wurde von ihr freudig begrüßt, wenn sie nach Hause kam. Aber klar, natürlich wusste sie, dass der Tag, an dem sie sich von ihrer geliebten Katze würde verabschieden müssen, immer näher rückte. Betrübt sah sie zu, wie Minka rasch in die Geborgenheit des Transportkorbs kletterte und sich dort zusammenkauerte.

„Rufen Sie morgen an, dann wissen wir schon mehr", erklärte Herr Doktor Martens und gab ihr die Hand.

„Das mach ich. Vielen Dank."

Ihr war wehmütig ums Herz, als sie zu Hause beobachtete, dass Minka sich sofort wieder auf die Fensterbank verzog, sich einrollte und auf der Stelle einschlief. Etwas stimmte nicht mit ihr.

Ihre Befürchtung bewahrheitete sich, als sie am nächsten Tag bei Doktor Martens anrief.

„Die gute Nachricht ist, dass Minka keinen Tumor und keine schwerwiegende Erkrankung wie Diabetes oder so etwas hat", begann der Tierarzt.

Atemlos lauschte Inka, während ihr Blick zu ihrer Katze huschte. Wie üblich lag Minka auf der Fensterbank, schlief jedoch nicht, sondern sah hinaus.

„Allerdings scheint ihr Herz nicht mehr richtig zu arbeiten. Die Sauerstoffsättigung im Blut ist ungenügend", fuhr Doktor Martens fort.

„Kann man etwas dagegen machen?", fragte Inka erschrocken.

„Ich werde ihr ein herzstärkendes Medikament verschreiben. Mischen Sie es ihr bitte in ihr Lieblingsfutter. Minka ist eine Freigängerkatze, oder?"

„Ja, sie hat eine Katzenklappe und kann rein und raus, wie sie möchte. Soll ich sie jetzt lieber drinnen lassen?"

„Nein, besser nicht. Sie würde nicht verstehen, warum sie plötzlich nicht mehr raus darf, und es würde sie nur zusätzlich stressen. Versuchen Sie, Minkas täglichen Tagesablauf möglichst beizubehalten."

„Okay, das mach ich. Die Hauptsache ist, dass es ihr besser geht. So gut wie es unter diesen Umständen möglich ist."

„Machen Sie sich bitte keine allzu großen Sorgen, Frau Schmetjens. Der Alterungsprozess ist etwas völlig Natürliches. Trotzdem müssen Sie sich an den Gedanken gewöhnen, dass Minka irgendwann stirbt. Das kann in wenigen Tagen geschehen, aber auch erst in einem Jahr. Sie ist ungefähr vierzehn Jahre alt, das ist für eine Katze schon ein recht beachtliches Alter. Machen

Sie es ihr schön. Und wenn sie raus möchte, lassen Sie sie gewähren. Minka wird selbst am besten spüren, was gut für sie ist."

„Alles klar. Vielen Dank, Herr Doktor Martens."

Tatsächlich gab es während der folgenden zweieinhalb Wochen immer wieder Tage, an denen Minka gar nicht nach draußen wollte. Das wunderte Inka allerdings nicht, denn teilweise goss es in Strömen, dazu wehten heftige Sturmböen. Aber als der Regen nachließ und der Wind abflaute, unternahm Minka häufiger draußen ihre Streifzüge.

Davon abgesehen lenkte sich Inka mit Arbeit ab. Sie führte Besichtigungen der Wohnung mit den ersten Bewerbern durch, telefonierte mit Banken und dem Notar und hatte weitere Gespräche mit dem Eigentümer. Außerdem erstellte sie das Exposé für einen neuen Auftrag, ein entzückendes Einfamilienhaus in Munkmarsch.

Zwei Tage, bevor sie wieder einmal ihre Mutter besuchen wollte, stellte sie fest, dass Minka noch nicht von ihren Streifzügen nach Hause gekommen war. Sofort durchsuchte sie ihre ganze Wohnung, sah in jede Ecke, aber Minka war nicht hier.

Beunruhigt ging sie in den Garten. „Minka? Komm nach Hause, komm." Nichts. Sie lief los und sah unter Büschen nach, unter Hecken, während ihr Herz wie wild hämmerte.

Rasch verließ sie den Garten und lief die kleine Straße entlang, in der sie wohnte. Ruhig war es hier, eine schmale Sackgasse, frei stehende Häuser mit großen Gärten.

Überall sah sie nach Minka, unter jedem Strauch und jedem Baum, während ihre Angst wuchs. Bald erweiterte sie den Suchradius und suchte sogar in den Nebenstraßen der Siedlung. Immer wieder rief sie nach ihrer Katze. Inzwischen rechnete sie mit dem Schlimmsten. Dennoch erschrak sie, als eine blonde Frau in einem lindgrünen Kaschmirpullover mit ernster Miene auf sie zutrat.

„Suchen Sie nach einer Katze?"

„Ja."

„Schwarz?"

Inka nickte beklommen. Mitgefühl erschien im Gesicht der Frau.

„Ich fürchte, dann habe ich schlechte Nachrichten für Sie. Kommen Sie bitte mit."

Mit klopfendem Herzen folgte Inka ihr in einen großen Garten. An der Grundstücksgrenze erstreckte sich eine Mauer aus Feldsteinen. Davor waren große, jetzt noch kahle Hortensienbüsche gepflanzt. Und unter einem davon lag Minka.

Sofort kniete sich Inka neben sie, streckte die Hand nach ihr aus und zog sie gleich wieder zurück. Sie konnte auch so erkennen, dass ihre Katze tot war. Minka atmete nicht mehr, und irgendwie sah sie ... anders aus. Etwas fehlte. Ihre Seele? Es war wie beim Haus von Tante Astrid, dachte Inka traurig. Auch das war ohne sie nur noch eine Hülle. So wie das, was jetzt von ihrer Katze übrig war.

„Es tut mir sehr leid", sagte die Frau leise. „Ihre Katze ist öfter hier gewesen. Letzten Sommer haben wir sie einige Male an dieser Stelle schlafend entdeckt. Sie schien sich im Garten wohlzufühlen."

Natürlich wusste Inka, dass sich Tiere zum Sterben oft an einen ruhigen Ort zurückzogen, an dem sie sich sicher fühlten. Sie rang nach Worten, aber keins kam heraus.

„Warten Sie, ich hole Ihnen etwas, damit Sie sie nach Hause bringen können." Die Frau eilte davon.

Stumm betrachtete Inka das reglose Tier. Wenigstens hatte sie, seit Minka bei ihr war, ein schönes Leben gehabt. Das war immerhin ein Trost.

Die Frau kehrte mit einem Karton zurück. „Hier, sehen Sie, da können Sie Ihre Katze hineinlegen. Ich finde, sie sieht sehr friedlich aus, falls Ihnen das ein Trost ist."

„Ja, das ist es. Vielen Dank, auch für den Karton. Was bekommen Sie dafür?"

„Ich bitte Sie, gar nichts."

„Danke schön, das ist wirklich sehr nett." Behutsam streckte Inka ihre Arme aus und hob Minka hoch. Sie schien viel leichter zu sein als noch heute Morgen, als sie bei ihr auf dem Schoß gesessen hatte und sich streicheln ließ, während Inka ihren Kaffee trank.

„Ich wünsche Ihnen alles Gute", sagte die Frau zum Abschied.

„Danke. Auch, dass Sie mir Bescheid gesagt haben. Auf Wiedersehen."

Bekümmert ging Inka mit dem Karton in Händen nach Hause. Dies war nach Tante Astrid bereits der zweite schmerzhafte Verlust in so kurzer Zeit. Ihr wurde das Herz schwer beim Gedanken daran, ihre Abende jetzt allein verbringen zu müssen, ohne Minkas Gewicht auf ihrem Schoß, ihr weiches Fell unter den Fingern und ihrem wohligen Schnurren im Ohr.

Daheim angekommen, nahm sie sofort Kontakt zu den Betreibern eines Tierfriedhofs in Schleswig-Holstein auf. Danach warf sie Minkas Futternäpfe und ihre Kuscheldecke weg. Sie würde den Anblick der Dinge nicht ertragen in dem Wissen, dass Minka nie mehr daraus fressen oder darauf dösen würde.

In dieser Nacht schlief sie sehr schlecht.

Kapitel 4

Minka hatte so viel Freude in ihr Leben gebracht, dass Inka ihren Leichnam auf keinen Fall der Tierkörperverwertung überlassen wollte. Deshalb fuhr sie gleich am folgenden Morgen nach Lübeck, um ihre Katze auf dem Tierfriedhof bestatten zu lassen. Der Preis erschreckte sie zwar ein wenig, aber das war Minka ihr wert. Sie suchte eine Urne und einen Grabplatz aus. Schweren Herzens stieg sie danach in ihr Auto und fuhr nach Sylt zurück. In eine leere Wohnung, die nicht mehr vom Miauen einer Katze erfüllt sein würde.

Jetzt war sie froh, dass sie morgen nach Frederbüll fahren wollte, um ihre Mutter zu besuchen. Zu Hause sah sie in den Briefkasten und zog einen Brief heraus. Vom Nachlassgericht!

Schnell ging sie in die Wohnung und riss den Umschlag auf. Natürlich handelte es sich um Tante Astrids Testamentseröffnung. Die darin enthaltenen Informationen ließen ihre Knie weich werden. Rasch setzte sie sich auf einen Küchenstuhl und las weiter. Und gleich noch einmal, denn sie konnte es nicht glauben: Tante Astrid hatte sie zur Haupterbin eingesetzt!

Wie konnte das sein? Warum nicht ihre Schwester, also Inkas Mutter?

Sie hatte sechs Wochen Zeit, dem Nachlassgericht mitzuteilen, ob sie das Erbe annehmen oder ausschlagen wollte.

Ausschlagen! Das war ihr erster Gedanke. Wie konnte sie das annehmen, wo doch ihre Mutter ihre einzige Schwester verloren hatte, an der sie so gehangen hatte?

Sie las den Brief ein drittes Mal. Nur für den Fall, dass sie etwas übersehen hatte. Dann nahm sie ihr Telefon und wählte die Nummer ihrer Mutter.

Sie ging sofort ran, als hätte sie bereits auf den Anruf gewartet. „Moin, Inka! Hast du auch Post vom Nachlassgericht bekommen?"

„Ja. Ich hab's gerade gelesen. Und ehrlich gesagt kann ich nicht fassen, was drinsteht. Das ... Es muss sich um einen Irrtum handeln. Die haben sich bestimmt verschrieben. Du musst Haupterbin sein, nicht ich!" Inka fokussierte das vor ihr liegende Schreiben, als könnte es ihr dadurch seine Geheimnisse enthüllen.

„Nein, das haben sie nicht. Astrid hat es so bestimmt, und damit hat es auch seine Richtigkeit. Ich habe schon damit gerechnet."

„Aber das geht doch nicht, Mama! Ich werde das Erbe ausschlagen. Du bist ihre Schwester und deshalb ..."

„Und du bist ihre Nichte. Bitte überstürze nichts, ja? Bleibt es bei morgen, also kommst du dann her?"

„Ja." Plötzlich fiel Inka alles wieder ein, und Traurigkeit überfiel sie. „Minka ist gestorben. Gestern."

„Was? Ach herrje, das ist ja furchtbar! Warum denn? Ich meine ..."

„Wahrscheinlich an Altersschwäche. Ihr Herz war nicht mehr ganz in Ordnung. Wie es scheint, ist sie ganz friedlich eingeschlafen. Ich komme gerade vom Tierfriedhof, wo sie beigesetzt wird." Wehmütig betrachtete Inka eine gerahmte Fotografie von Minka an der Wand, auf der sie im Gras saß und munter in die Kamera schaute.

„Das ist eine schöne Idee."

„Finde ich auch, aber es wird schwer ohne sie." *Einsam*, hätte Inka fast hinzugefügt. Angesichts der Situation ihrer noch viel einsameren Mutter ließ sie es lieber bleiben.

„Umso besser, wenn du morgen herkommst. Dann kommst du auf andere Gedanken."

„Ja, das stimmt. Wegen des Briefes ..." Unruhig schob Inka die Blätter auf dem Tisch hin und her.

„Darüber reden wir morgen. Fahr vorsichtig!"

„Wird gemacht. Tschüss."

Inka legte auf. Nach dem Gespräch fühlte sie sich etwas besser. Ihre Mutter hatte es schon immer schnell geschafft, ihre Last zu verringern. Wenn sie hingefallen war, tat es nach ein paar tröstenden Worten gleich nicht mehr so sehr weh. Liebeskummer schmerzte mit einem Mal viel weniger.

Nur ihre Angst vor Michael Klausen und den anderen, die später, als alles immer schlimmer wurde, in Panik umschlug, hatte auch ihre Mutter nicht aus der Welt schaffen können.

Nun, da Minka nicht mehr lebte, beschloss Inka, aus dem geplanten dreitägigen Aufenthalt einen richtigen Urlaub von mindestens zwei Wochen zu machen. Das würde ihr und ihrer Mutter guttun.

In Frederbüll wurde Inka von ihrer Mutter und vom Duft nach frisch gebackenem Apfelkuchen empfangen. Sofort empfand sie das beinahe kindliche Gefühl von Wärme und Geborgenheit. Dafür war man wahrscheinlich nie zu alt.

Nach zwei großen Stücken Kuchen und einigen Tassen Kaffee wurde ihre Mutter plötzlich ernst. Sie stand auf, ging zur Anrichte und nahm einen Briefumschlag in die Hand. Für einen Moment wog sie ihn unschlüssig in der Hand. Dann atmete sie entschlossen durch und drückte ihn Inka in die Hand.

„Was ist das, Mama?" Nur ihr Vorname stand in zierlichen Buchstaben auf dem Umschlag und darunter viel kleiner:

Bitte erst zur Testamentseröffnung lesen.

Das war die Handschrift ihrer Tante!

„Er lag mit im Umschlag, in dem sich das Testament befand. Als ich ihn nach Astrids Tod dem Bestatter übergab, hatte ich mich schon gewundert, warum er so schwer war. Ich habe auch einen Brief bekommen." Ihre Mutter nahm einen weiteren Umschlag vom Tisch und hielt ihn ihr hin. „Hier, siehst du? Offenbar sollten wir die Briefe erst jetzt bekommen. Der Notar ließ sie gestern vorbeibringen."

Ratlos drehte Inka den Umschlag in der Hand. „Was steht drin?"

„Lies erst deinen. Danach können wir darüber sprechen."

Unterschiedliche Emotionen prasselten auf Inka ein wie ein heftiger Regenschauer. Wehmut und Trauer. Neugier. Angst.

Unschlüssig sah sie vom Umschlag zu ihrer Mutter. „Ich weiß nicht ..."

„Komm, nicht so schüchtern. Astrid hat sich gewünscht, dass du ihn bekommst und liest. Erfüll ihr diesen letzten Wunsch."

Inkas Finger zitterten, als sie den Umschlag zögerlich öffnete und drei eng beschriebene Blätter Papier hervorzog. Wieder sah sie ihre Mutter an. Sie nickte ihr auffordernd zu.

Inka begann zu lesen.

Meine liebe Nichte Inka,
wenn du diesen Brief liest, bin ich nicht mehr da. Ich wünsche mir, dass du nicht traurig bist, denn alles, was ich will, ist, dass es dir gut geht, dir und meiner Schwester. Mit euch beiden habe ich die beste Familie gehabt, die man sich wünschen kann.
Ich könnte sagen, dass ich mir die Entscheidung nicht leicht gemacht habe, aber das würde nicht stimmen. Im Grunde habe ich es gar nicht selbst entschieden, denn der Wunsch war schon vor vielen Jahren in mir entstanden. Also musste ich ihn nur noch für dich aufschreiben.
Ich habe nicht allzu viel, was ich dir und Gerda hinterlassen kann. Du weißt, dass ich mir nie viel aus materiellen Dingen gemacht habe. Alles, was mir etwas bedeutete, war meine Familie. Und mein Garten.
Ich sehe dich noch als kleines Mädchen, wie du mir geholfen hast, Unkraut zu zupfen und die Blumen zu gießen. Wie umsichtig und liebevoll du mit den Pflanzen umgegangen bist, hatte mich damals schon beeindruckt. Als du größer warst, hast du mir mitunter von deinem Taschengeld eine

besonders hübsche Staude gekauft. ‚Damit dein Garten noch bunter wird‘, hast du gesagt.

Schon damals lag in deinen Augen dieser Kummer, der mir fast mehr wehgetan hat als dir. Ich wusste ja von diesen Jungen, die dir dein Schulleben so schwer gemacht hatten. Glaube mir, ich habe oft bei den Eltern der miesen Jungs, besonders von diesem unsäglichen Michael, angerufen und ihnen die Hölle heißgemacht, ebenso wie Gerda, aber offenbar hatte das sehr lange Zeit nichts geholfen. Dass es so lange gedauert hat und du vorher diese Hölle durchmachen musstest, tut mir jetzt noch leid. Vor allem, weil du deswegen von hier weggegangen bist. Wir hatten damals gedacht, du wärst eben jung und hättest Hummeln im Hintern, wie man so schön sagt, und du würdest dich eine gewisse Zeit in der Großstadt austoben und anschließend zurückkehren. Aber natürlich wussten wir auch von deinen wahren Gründen und die waren offenbar noch schwerwiegender für dich, als wir geahnt hatten.

Du glaubst gar nicht, wie stolz ich auf dich bin, dass du trotz allem deinen Weg gegangen bist. Du warst so jung, als du ganz allein nach Hamburg gegangen bist. Nimm es Stefan nicht übel, dass eure Ehe nicht geklappt hat. Auch er war viel zu jung. Ich mochte den Jungen. Und als ich dann hörte, dass du dich auf Sylt als Immobilienmaklerin selbstständig machst, da hab ich vor Stolz heller gestrahlt als die Sonne.

Aber meine liebe Inka, ich habe sie trotzdem gesehen, wenn du mich besucht hast: die Schatten unter deinen Augen. Du warst zufrieden, aber nie richtig glücklich. Und ich meine zu wissen, woran das liegt. Du brauchst einen Hafen. Ein Zuhause, in dem du dich endlich angekommen fühlen kannst. Du brauchst ein Nest. So wie ein verlorenes kleines

Vögelchen, das wegen eines Sturms viel zu früh herausge-
fallen ist.

Und deshalb habe ich mir etwas überlegt. Um Gerda nicht
zu verletzen, habe ich mit ihr im Vorfeld bereits darüber gesprochen, sie aber gebeten, dir nichts zu verraten, ehe der
Fall der Fälle eintritt. Sie war sofort einverstanden, denn
auch sie wünscht sich nur eins: dass du glücklich bist.

Jetzt bin ich nicht mehr da, aber mein Haus ist es noch. Und
der Garten.

Und beides wartet nur auf dich, liebste Inka.

Ich wünsche mir, dass es dir gehört, dass du es wieder mit
Leben füllst und den Garten mit Farbe. In letzter Zeit ist er
ziemlich verwildert, weil meine Knie nicht mehr so wollten
wie ich. Und ich bin mir ganz sicher, wenn du das tust, werden die Schatten unter deinen Augen verschwinden. Dann
kannst du endlich wieder vor Glück strahlen, ohne diese
verborgene Wehmut in deinen Augen.

Du bist stark. Du hast schon so viel geschafft. Und es wird
dir auch gelingen, die letzten Schatten der Vergangenheit
abzustreifen und hinter dir zu lassen.

Hab Mut, geh es an. Und wenn du irgendwann einem dieser Kerle, den Übeln deiner Kindheit, noch einmal begegnen
solltest, so wende den Blick nicht ab, sondern sieh ihnen ins
Gesicht. Tritt ihnen aufrecht und stark gegenüber, und du
wirst feststellen, dass sie sich garantiert unter deinem Blick
ducken werden, weil sie nicht damit rechnen. Weil sie vielleicht in dir immer noch das unsichere Mädchen sehen. Be-
lehre sie eines Besseren! Ich sitze hier und stelle mir ihre Gesichter vor und das bereitet mir Genugtuung. Aber noch
schöner wäre, wenn du niemals einen von denen wiedersehen müsstest.

Liebe Inka, ich bitte dich, erfülle mir meinen letzten Wunsch. Nimm das Haus. Es ist mein einziger Wunsch. Ich wünsche mir, dass du darin so zufrieden leben kannst, wie ich es gewesen bin. Wirf den ganzen alten Kram weg und richte dich nach deinem Geschmack ein. Mach es zu deinem Zuhause. Das wünsche ich mir und nichts anderes.
Ich werde von der anderen Seite aus über dich wachen.
Deine dich für immer liebende Tante Astrid

Langsam ließ Inka den Brief sinken. Tränen brannten in ihren Augen und liefen ihre Wangen hinab.

Ihre Mutter, die sie stumm beobachtet hatte, stand auf und schloss Inka in die Arme, auch sie weinte.

Schließlich wischte sie sich die Tränen ab, und Inka gab ihr den Brief zum Lesen.

„Es ist im Großen und Ganzen dasselbe, was sie mir geschrieben hat", erklärte ihre Mutter, nachdem sie fertig war. „Und? Was sagst du dazu? Mir ist klar, dass du erst darüber nachdenken musst. Das ist eine große Entscheidung, die dein Leben verändern wird. Aber Astrid hat all die Jahre immer wieder von dir und dieser Idee gesprochen. Sie hat sich so gewünscht, dass du ..."

„Natürlich mache ich es." Inka war selbst erstaunt, als sie ihre eigenen Worte hörte. Sie hatte es ausgesprochen, ohne lange darüber nachzudenken.

Nein, ihr Herz hatte gesprochen.

„Meinst du das ernst?" Die Augen ihrer Mutter wurden riesig.

Schnell nickte Inka, ehe sie es sich doch noch anders überlegen konnte. „Tante Astrid hat mit jedem Wort recht. Ich glaube, dass sie mich besser kannte als ich mich selbst. Vor allem war es ihr letzter Wunsch, und den kann ich ihr nicht abschlagen. Aber wie siehst du das alles denn? Ist es tatsächlich so, wie sie geschrieben hat?“

Ihre Mutter griff nach Inkas Hand und drückte sie. „Ja. Wie gesagt, Astrid und ich wünschen uns dasselbe für dich.“

„Du bist aber ihre Schwester. Ihr Erbe würde viel eher dir zustehen als mir, oder?“

„Inka, mein liebes Kind, was soll ich denn mit noch einem Haus? Ich habe schon eins, das macht genug Arbeit.“

„Du könntest es vermieten und hättest so ein nettes Zusatzeinkommen.“

„Damit Fremde darin wohnen? Obwohl Astrid sich nichts mehr gewünscht hat, als dass du es bekommst?“

„Du kannst es verkaufen. Okay, es ist zwar ziemlich renovierungsbedürftig, aber die Lage direkt an den Wiesen ist traumhaft. Es gibt immer wieder Naturliebhaber, die genau so etwas suchen. Es bringt bestimmt einen sehr guten Preis.“

„Auf keinen Fall! Damit würden wir ihr Andenken verletzen.“

„Ich möchte nur, dass du ganz sicher bist, Mama. Nicht, dass wir uns am Ende wegen des Hauses noch zerstreiten.“

„Das wird nicht passieren. Vor allem gehe auch ich nicht ganz leer aus, falls dich das beruhigt. Astrid hatte eine kleine Summe zusammengespart und die hinterlässt sie mir, wie sie in ihrem Brief an mich erwähnt hat. Sozusagen als Unterstützung für meinen Lebensabend.“

Inka atmete erleichtert durch. „Wirklich? Oh, ich bin so froh, das zu hören. Ich möchte, dass du ...“

„Und ich kann es dir auch gern noch hundert Mal sagen: Ich bin mit Astrid einer Meinung, was das Haus betrifft. Wir haben in letzter Zeit öfter über dieses Thema gesprochen. Sie hatte mich nur darum gebeten, dir auf keinen Fall vorher etwas davon zu verraten. Wir sind ja davon ausgegangen, dass dieser Fall erst in vielen Jahren eintreten wird. Und ich wollte ganz sichergehen, dass sie es sich nicht im letzten Moment anders überlegt, auch wenn ich mir das nicht vorstellen konnte und du dann womöglich enttäuscht wärst. Deshalb habe ich nichts erwähnt.“

„Ihr beide seid ja völlig verrückt.“ Tränen der Rührung brannten in Inkas Augen.

Mama schüttelte den Kopf. „Nein. Wir lieben dich nur.“

„Ich euch auch! Mehr, als ich sagen kann! Dann ... Dann meinst du, dass ich das Erbe echt annehmen soll?“

„Wenn du selbst es möchtest, auf jeden Fall! Ich habe doch auch Vorteile davon, wenn du wieder in Frederbüll wohnst. Du bist dann wieder ganz in meiner Nähe.“

Ein vorfreudiges, glückliches Strahlen im Gesicht ihrer Mutter vertrieb den Kummer in deren Augen nicht vollständig, aber es milderte ihn stark ab.

Inka zögerte nicht länger und griff nach dem Fragebogen des Nachlassgerichts. Jetzt füllte sie ihn mit klopfendem Herzen aus, nahm das Erbe an und unterschrieb alles. Anschließend machte sie mit ihrer Mutter einen Spaziergang und schickte den Brief bei der

Gelegenheit gleich ab, ehe sie doch noch Angst vor ihrer eigenen Courage bekam und es sich anders überlegte.

„Du meine Güte, ist das aufregend!", rief sie. „Ich hab ganz schwitzige Hände."

„Geht mir genauso. Ich kann dir nicht sagen, wie ich mich freue! Komm, wir gehen zu Astrids Haus und sehen nach dem Rechten", schlug ihre Mutter vor. Ihr Gesicht strahlte, und mit einem Mal wirkte sie um einige Jahre jünger.

Kapitel 5

Ein wenig beklommen war Inka zumute, als sie die Gartenpforte öffneten und hindurchgingen. Fast meinte sie, dass gleich ihre Tante in der Haustür erscheinen müsste. Schnell rief sie sich in die Wirklichkeit zurück. Tante Astrid würde nie wieder im Garten herumwerkeln, sich mit einem Lächeln aufrichten und über die Stirn streichen, sodass dort ein Erdfleck zurückblieb.

Vor der Tür hielt ihre Mutter Inka den Schlüssel hin.

Doch sie wehrte ab. „Noch gehört es mir nicht. Erst wenn ...“

„Papperlapapp. Wen interessiert der Behördenkram? Das dauert doch nicht mehr lange. Na los, schließ dein Haus auf. Dein neues Zuhause.“ Mama lächelte aufmunternd.

Zögernd steckte Inka den Schlüssel ins Schloss. Es kam ihr vor, als würde sie in ein fremdes Territorium eindringen. Als sie die Tür aufschob und eintrat, meinte sie sogar noch einen Hauch von Astrids Duft riechen zu können. Während sie langsam durch den Flur ging und das Wohnzimmer betrat, kam es ihr vor, als würde auch das Haus trauern. Als würde es darum bitten, es wieder mit Leben zu füllen. Hier drinnen war es beinahe unheimlich still.

„Du fühlst es auch, oder?", flüsterte ihre Mutter. „Diese Leere."

Inzwischen waren sie in der Küche angekommen. Alles war sauber und ordentlich. Ein Geschirrtuch hing noch am Haken, wie Astrid es zurückgelassen hatte.

Unwillkürlich schossen Inka die Tränen in die Augen. „Ja. Sie fehlt mir so", gab sie ebenso leise zurück. Sanft strichen ihre Finger über den Küchentisch, über ein Häkeldeckchen auf der Kommode.

„Mir auch, mein Kind. Ich sehe sie hier überall."

Sie gingen weiter ins Schlafzimmer. Hier war Astrid so präsent, als hätte sie nur kurz den Raum verlassen und würde gleich zurückkommen. Das Bett war ordentlich gemacht, die Vorhänge aufgezogen, um Licht hereinzulassen.

„Ich weiß nicht, ob ich das kann", flüsterte Inka.

„Was meinst du?"

„Dieses Haus zu übernehmen. Hier einzuziehen. Es ... es fühlt sich komisch an, hier zu sein. Dies ist Tante Astrids Reich, nicht meins."

„Das kommt dir nur so vor, weil alles noch so frisch ist. Hier hat sich nichts verändert, seit sie fort ist. Wenn du erst einmal deine Sachen herbringst, hier kochst und schläfst und mit Freunden zusammensitzt, wird sich das ändern. Dann wird es dein Zuhause."

„Ich weiß nicht ..."

„Astrid hat es sich so sehr gewünscht, Inka. Denk doch lieber daran, wie glücklich sie wäre, wenn sie sähe, wie du ihr Haus wieder mit Leben erfüllst. Und ihren Garten. Komm, wir gehen mal raus. Vielleicht empfindest du es da anders."

Durch die Terrassentür traten sie in den hinteren Garten hinaus. Auf der Rasenfläche lagen unzählige welke Blätter, ebenso in den Beeten. Die Bäume und Büsche waren noch kahl, ein Windzug ließ das trockene Laub rascheln. Der Garten bot einen trostlosen Anblick. Auch hier schien alles gestorben zu sein. Ein Frösteln überlief Inkas Rücken.

Doch dann entdeckte sie die Schneeglöckchen, die ihre zarten Blüten zwischen den vertrockneten Blättern dem Licht entgegenstreckten. Schnell ging sie hin, kniete sich daneben und schob das Laub beiseite. Zwei Schritte weiter reckten sich lilafarbene Krokusse aus der Erde empor.

Plötzlich vergingen bei Inka alle Zweifel. Zuversicht und frischer Mut stiegen in ihr auf, als wäre es ein Zeichen. Ja, sie tat das Richtige.

„Es wird eine Menge Arbeit", sagte ihre Mutter und betrachtete den verwaisten Garten.

Zum ersten Mal, seit sie hier waren, lächelte Inka. „Nein, es wird Freude. Sieh nur." Sie wies auf die Frühlingsboten. „Das erste Leben ist schon da. Ich werde alles tun, damit es sich bis in den hintersten Winkel ausbreitet."

Da sie wegen ihres baldigen Umzugs keinen Urlaub mehr brauchte, fuhr Inka bereits am nächsten Tag nach Sylt zurück.

Sobald sie ihre Wohnung betrat, spürte sie, dass ihre Entscheidung, nach Eiderstedt zurückzukehren, richtig war. Nach Minkas Tod hielt sie hier nichts mehr. Klar, ihre Wohnung war hübsch eingerichtet, aber aus dem Haus ihrer Tante konnte sie noch viel mehr machen. Sylt war großartig und wunderschön, aber auch Eiderstedt bot großartige Strände, allein in Sankt Peter-Ording konnte sie stundenlang am Meer entlanglaufen. Auf Sylt hatte sie oft an den Abenden an einem der vielen Strände lange Spaziergänge unternommen, bevor sie mit einem Drink in der Hand den Sonnenuntergang über der Nordsee betrachtete. Sie hatte hier auf der Insel einige lockere Bekanntschaften geschlossen. Ihre richtigen Freundschaften jedoch warteten zu Hause auf sie.

Zuerst kündigte sie den Mietvertrag für ihre Wohnung. Dann beantwortete sie ihre E-Mails und Telefonate und nahm einen Notar- und einen Besichtigungstermin wahr.

Anschließend kaufte sie sich einen Stapel Umzugskartons und begann mit dem Packen. Das Haus bot wesentlich mehr Platz als ihre Wohnung, deshalb konnte sie alles mitnehmen. Was Tante Astrids Sachen betraf, würde sie sich allerdings von den meisten trennen müssen. Die Möbel waren zum Großteil alt und abgenutzt – und vor allem nicht ihr Geschmack. Gleiches galt für die Lampen, das Geschirr und die Dekoration. Vielleicht wollte Mama noch einiges davon haben. Sonst würde sie in der Nachbarschaft herumfragen. Immerhin hatte sich Astrid explizit gewünscht, dass sie sich von den alten Sachen trennte.

Nachdem Inka einen Teil ihres Hausrats verpackt hatte, fuhr sie mit einigen Kartons im Gepäck drei Tage später erneut nach Frederbüll. Ihre Mutter ließ es sich nicht nehmen, gleich zu ihrem neuen Haus mitzukommen. Kaum hatten sie angefangen, die ersten Sachen hineinzutragen, standen Alea und Heiko vor der Tür.

„Was macht ihr denn hier?", rief Inka überrascht.

Ihre Mutter drehte sich grinsend zu Inkas Freunden um. „Ich hab mir gedacht, dass du etwas Hilfe brauchen kannst und ihnen Bescheid gesagt, wann du ankommst."

„Auf die Idee hättest du auch selbst kommen können!", schimpfte Alea und wirkte ehrlich empört. „Warum wolltest du alles allein machen? Wir helfen dir gern, das müsstest du doch wissen."

Inka errötete. „Klar weiß ich das, vielen Dank! Aber ihr habt selbst genug zu tun, vor allem mit dem Kleinen."

„Der ist bei seiner Oma gut aufgehoben." Jetzt grinste auch Alea. „Schwer wird es nur immer, ihn wieder abzuholen. Sie will ihn jedes Mal nicht weglassen."

„Kann ich gut verstehen." Inka lachte. Sie fühlte sich plötzlich so glücklich wie schon lange nicht mehr.

„Womit sollen wir anfangen?" Tatkräftig schlug Heiko die Hände ineinander. „Ich kann ja schon mal loslegen, während die Damen noch mit ihrem Tratsch beschäftigt sind."

Jetzt lachten alle. „Wie schön, wieder zu Hause zu sein!", rief Inka.

Und genauso fühlte es sich an. Dabei hatte sie noch nicht einmal mit der Arbeit begonnen, kein einziges ihrer Besitztümer hatte seinen Platz in ihrem neuen Heim gefunden. Das beklemmende Gefühl der Leere war schlagartig verschwunden. Stattdessen kam es Inka vor, als stünde ihre Tante Astrid neben ihnen und lächelte ihr liebevoll zu. Ein tröstender, ein mutmachender Gedanke.

„Sklaventreiber", murrte Alea und holte Inka damit in die Gegenwart zurück.

Tief durchatmend wandte sie sich ihren Freunden zu. „Ich hab erst mal mitgebracht, was ich hier täglich brauche: Kleidung, Waschzeug, Küchengeräte. Davon abgesehen möchte ich gern Zimmer für Zimmer vorgehen", erklärte sie und wandte sich an ihre Mutter. „Mama, was immer du hier siehst und haben möchtest, es gehört dir."

„Was? Nein! Astrid hat ..."

„Sie würde bestimmt wollen, dass du auch einen Teil ihrer Sachen bekommst. Ich möchte meine eigenen Möbel gern behalten. Überhaupt habe ich genug Hausrat. Das gilt im Übrigen auch für euch, hört ihr?" Sie wandte sich an Alea und Heiko. „Wenn ihr etwas seht, das euch gefällt und das Mama nicht haben möchte ..."

„Ein kleines Andenken an Astrid wäre wirklich schön", gestand Alea.

„Du findest sicher etwas. Ja, wollen wir im Schlafzimmer anfangen? Das ist das wichtigste Zimmer. Mochtest du nicht den alten Bauernschrank schon immer so gern leiden, Mama?"

Es war ein sehr schönes Stück aus Eichenholz und so stabil, dass noch ihre Urenkel ihn nutzen könnten. Die Türen waren mit kunstvollen Drechselarbeiten verziert und mit Blumenranken bemalt.

Langsam strich ihre Mutter mit den Fingern darüber. „Du hast recht, er ist wunderschön. Und meiner ist im Grunde ganz schön abgenutzt, oder?"

„Da kann ich nicht widersprechen."

„Und es macht dir wirklich nichts ...?“

„Nimm ihn bitte, Mama! Es wäre schön, wenn er in der Familie bleibt und ich ihn nicht weggeben muss. Der Schrank ist toll, aber er passt kein Stück zu meiner eigenen Einrichtung. Wenn das Schlafzimmer leer ist, kann ich mit dem Renovieren anfangen und bald meine eigenen Sachen herbringen. Ich habe drei Monate Kündigungsfrist bei meiner Wohnung, deshalb kann ich mir also Zeit lassen. Trotzdem möchte ich natürlich so schnell wie möglich fertig werden.“

„Ja, dann ... Ich würde ihn schon gern nehmen.“

„Gut! Lass uns gleich anfangen, ihn auszuräumen. Danach helfe ich dir zu Hause bei deinem alten Schrank, ja?“

„Wo soll Astrids Kleidung hin?“, erkundigte sich Alea und zeigte auf den gut gefüllten Schrank.

Inka sah in die Runde. „Wenn euch etwas gefällt, nehmt es gern mit. Sonst packe ich alles in Säcke und spende es.“

Es tat schrecklich weh, die ersten Kleidungsstücke ihrer Tante aus dem Schrank zu nehmen und in die Säcke zu stecken. Mitunter entdeckte ihre Mutter einen Pullover oder eine Bluse, die sie behalten wollte. „Als Andenken“, sagte sie leise.

Sobald der Schrank leer geräumt war, begann Heiko, ihn auseinanderzubauen. Währenddessen liefen Inka, ihre Mutter und Alea zum Haus ihrer Mutter und räumten dort deren alten Kleiderschrank ebenfalls leer.

„Puh, ich wusste gar nicht, wie viel Zeug ich rumliegen habe“, stöhnte Mama eine Stunde später. „Bei der Gelegenheit werde ich einiges wegwerfen.“

Sobald sie mit Ausräumen fertig waren, kam Heiko und nahm auch diesen Schrank auseinander. Die Bauteile stapelten sie neben dem Haus. Anschließend luden sie die Teile des Bauernschranks auf den Anhänger von Inkas neuem Nachbarn Herrn Meyer, den dieser ihnen kurzerhand zur Verfügung gestellt hatte, und fuhren sie damit zu Inkas Mutter. Als Dank durften sich Herr Meyer und seine Frau aus der Kleidung und Astrids anderen Besitztümern ein paar Stücke aussuchen.

Während Heiko Astrids alten Kleiderschrank bei ihrer Mutter wieder aufbaute, machte sich Inka mithilfe ihrer Freundin in ihrem Haus daran, ein Abendessen zuzubereiten: Schnitzel mit Backofenpommes. Es war die erste Mahlzeit, die Inka in ihrem neuen Heim kochte, und damit etwas ganz Besonderes. Alle aßen mit gutem Appetit.

„Das würde Astrid gefallen", sagte Mama und fuhr mit dem Finger am Rand des Tellers entlang, der ihrer Schwester gehört hatte. „Jetzt zieht hier ein frischer Wind ein. Das hat sie sich gewünscht."

Tatsächlich war das Gefühl der Leere, das Inka beim ersten Betreten des Hauses noch verspürt hatte, verschwunden. Fast meinte sie, ihre Tante spüren zu können, ihr wohlwollendes Lächeln zu sehen. Ein sehr tröstlicher Gedanke.

Nach dem Essen baute Heiko noch Astrids Bett und die Kommode im Schlafzimmer auseinander. Diese Möbel wollte niemand haben, sie kamen zum Sperrmüll. Vielleicht würde jemand sie an der Straße stehen sehen und mitnehmen.

Zur Schlafenszeit war das Zimmer leer geräumt.

„Dank eurer Hilfe ging das echt schnell", sagte Inka zufrieden, als ihre Freunde sich verabschiedeten. „Jetzt kann ich das Zimmer renovieren und meine eigenen Möbel herbringen. Als Nächstes kommt das Badezimmer dran, dann die Küche. Damit werde ich bestimmt auch allein fertig."

„Musst du nicht", sagte Alea. „Wir helfen dir natürlich gern."

„Vor allem, wenn es wieder so leckere Schnitzel gibt", setzte Heiko grinsend hinzu. Er hatte gleich zwei Stück verdrückt.

Inka lachte. „Oh, macht euch keine Sorgen! Spätestens beim Wohnzimmer werde ich eure Hilfe bestimmt wieder brauchen können. Genießt die Zeit, in der ich allein klarkomme."

„Aber du meldest dich, wenn du uns brauchst!"

„Mach ich, Alea. Jetzt seht zu, dass ihr nach Hause zu eurem süßen Yannik kommt. Bis bald!"

„Bis bald und viel Spaß in deiner ersten Nacht hier in deinem neuen Zuhause."

„Danke."

Bevor Inka zum Haus ihrer Mutter aufbrach, um dort zu übernachten, ging sie langsam einmal durchs Haus und betrachtete alles. Sie konnte immer noch nicht begreifen, dass all das jetzt ihr gehörte. Okay, jedenfalls, sobald die Änderungen des Grundbuchs vorgenommen waren.

Ihr Blick fiel durch die Terrassentür nach draußen. Klar, das Innere des Hauses war im Moment wichtiger als der Garten. Trotzdem fehlte hier etwas – Farbe. Es war gerade erst Frühlingsanfang, und außer den unerschrockenen Schneeglöckchen und Krokussen wirkte alles sehr kahl. Sie würde dafür sorgen, dass sich daran schnell etwas änderte.

Kapitel 6

„Ich fahre nach Sankt Peter-Ording", erklärte sie ihrer Mutter am folgenden Morgen beim Frühstück. „Möchtest du mitkommen?"

„Was willst du denn da?"

„Erst mal kurz an den Strand gucken. Dann will ich mich im Baumarkt mal inspirieren lassen, welche Wandfarben mir gefallen. Vor allem möchte ich in der Gärtnerei einige Blumen für den Garten und die Fensterbänke kaufen. Hier fehlt Farbe."

„Du kannst es ja gar nicht erwarten! Die Ungeduld hast du von deiner Tante. Tja, ich würde gern mitkommen, aber ich bin heute mit Hiltrud verabredet." Das war Mamas beste Freundin.

„Ach so. Okay, vielleicht ja beim nächsten Mal. Dann fahre ich allein los."

„Nächstes Mal komme ich bestimmt mit." Ihre Mutter räusperte sich. „Und du bist wirklich sicher, dass du hinfahren willst? Allein? Du weißt schon, was ich meine ... Bist du schon soweit?"

Inka lächelte zuversichtlich. „Ja, ich bin ganz sicher. Es ist nicht mehr so wie während der ersten Jahre, als ich mich nur mit Magenschmerzen her traute und kaum dein Haus verließ."

„Alles wegen dieser verdammten Arschlöcher!"

„Mama!"

Sie sahen sich an, und dann lachten sie. Die Anspannung löste sich wie ein Gewitterregen.

Ihre Mutter lächelte glücklich. „Jetzt wird endlich alles wieder gut. Es ist nur traurig, dass Astrid das nicht mehr miterleben kann. Sie hätte sich ebenso gefreut wie ich."

„Ich bin mir sicher, dass sie es mitbekommt, Mama." Inka lächelte ihre Mutter liebevoll an und schloss sie in die Arme. Für einen Moment genoss sie einfach nur das wunderbare Gefühl, ihr endlich wieder nahe zu sein. Schließlich löste sie sich von ihr. „Ich mach mich dann mal auf den Weg."

„Viel Spaß! Such etwas Schönes aus."

„Mach ich. Bis später."

Inka genoss die Fahrt nach Sankt Peter-Ording in vollen Zügen, auch wenn der Ort widersprüchliche Gefühle in ihr weckte. Sie liebte den endlosen Strand, die vielen Geschäfte, Cafés und Restaurants. Aber sie hasste die Erinnerung an die Schule und besonders an all die schlimmen Vorfälle, die untrennbar damit verbunden waren. Entschlossen schob sie die unangenehmen Bilder beiseite. Ab sofort wollte sie nur noch das Schöne sehen.

Ihr erster Weg führte sie durch den Ort zum Strand. Sobald sie aus dem Auto stieg, begrüßte sie der nach Salz duftende Seewind, der wie eine zärtliche Hand durch ihr Haar fuhr. Ihre Lungen weiteten sich, und schon lief sie los, dem Meer entgegen. Möwen segelten auf den Böen und sahen neugierig zu ihr herunter. Die Weite, die sich vor Inka öffnete, war schier unendlich. Weißer Sand, so weit das Auge blicken konnte. Sofort fühlte sie sich frei und leicht. Hier gab es nichts, was sie einengte oder bedrückte. Glückstrahlend breitete sie die Arme aus. Sie schloss die Augen und genoss die Sonne auf ihrer Haut und den Meeresduft in ihrer Nase.

Natürlich hatte es all das auch auf Sylt gegeben, wenngleich dieser Strand wesentlich breiter war. Mit zwei Kilometern konnte es selbst das strandverwöhnte Sylt nicht aufnehmen. Aber das war es nicht, was ihr Herz vor Glück überschäumen ließ. Viel mehr war es das Gefühl, dass sie heimgekehrt war, zurück zu ihren Wurzeln. An den Ort, an dem sie schon als kleines Kind gespielt hatte. An den Ort, an den sich jede Zelle ihres Körpers erinnerte.

Sie lief, bis sich direkt vor ihr die Nordsee erstreckte. Die Sonne schien, und die Wellen, die heranrauschten, trugen weiße Kronen aus Schaum.

Zu dieser Jahreszeit waren noch nicht viele Menschen hier. Inka hatte die unendliche Weite aus Sand und Dünen fast für sich allein. Und sie genoss den herrlichen Anblick des glitzernden Meeres, den Klang der Brandung, die sehnsüchtigen Schreie der Möwen und die Sonnenstrahlen in vollen Zügen und mit allen Sinnen.

Es fiel ihr schwer, sich irgendwann abzuwenden und zum Auto zurückzugehen. Aber sie hatte ja noch einiges zu erledigen.

Zuerst fuhr sie zum Baumarkt, der ein Stück außerhalb des Ortes lag. Dort steuerte sie die Farbenabteilung an. Die Auswahl war enorm. Sie stellte sich das

Schlafzimmer in mintgrün, korallenrot oder himmelblau vor. Schließlich entschied sie sich aber für einen warmen Mokka-Ton. Dazu würden ihre schwarzen Möbel wunderbar aussehen. Zwei Wände wollte sie damit streichen, die beiden anderen in Weiß.

Nachdem das erledigt war, fuhr sie zu einer Gärtnerei. Darauf freute sie sich schon die ganze Zeit. *Gartenparadies* versprachen die großen Lettern über dem Eingang. Das klang ja verheißungsvoll.

Entspannt schlenderte sie durch die Abteilung mit den Zimmerpflanzen. Für das Schlafzimmer wollte sie vorerst mit zwei Einblättern beginnen. Weiter ging es zu den Balkon- und Kübelpflanzen. Inka entschied sich für rosafarbene Geranien, gelbes Mädchenauge und lilafarbene Glockenblumen, für die sie zwei große Kübel sowie ein paar Säcke Blumenerde kaufte. Zu guter Letzt ging sie durch die Gartenabteilung. In Tante Astrids Garten befanden sich ein paar nicht mehr schöne Koniferen. Da musste sie sich etwas einfallen lassen. Sie waren allerdings sehr groß. Allein würde sie es kaum schaffen, sie herauszureißen.

„Kann ich Ihnen helfen?", riss eine Stimme sie aus ihren Überlegungen. Eine Verkäuferin in grüner Schürze lächelte sie freundlich an.

„Ja, ich glaube, das können Sie tatsächlich. Ich habe ein paar relativ große Koniferen im Garten, die zum Teil bereits braun geworden sind. Die möchte ich gerne entfernen und dafür etwas anderes pflanzen. Ist es vielleicht möglich, die Entfernung von Ihnen vornehmen zu lassen? Mir fehlen leider die dafür nötigen Gerätschaften."

„Warten Sie bitte einen Moment, ich gehe den Chef holen. Der kann Ihnen sagen, wie er Ihnen am besten helfen kann."

„Vielen Dank."

Die junge Frau entfernte sich rasch, und Inka betrachtete währenddessen Obstbäume, Zierkirschen, Flieder und andere Gewächse. Vor ihrem inneren Auge sah sie den Garten bereits üppig in allen Farben erstrahlen.

„Sie möchten Ihren Garten umdekorieren?", sprach jemand sie von hinten an.

Inka fuhr herum. Schon bevor sie den Mann sah, wusste sie, wer er war. Seine Stimme hatte sich ebenso wie die der drei anderen seit damals unlöschbar in ihr Gedächtnis eingebrannt. Sie klang nach all den Jahren etwas dunkler und tiefer, aber das Timbre war immer noch dasselbe.

Jan Ehlers stand vor ihr und lächelte geschäftstüchtig. Nichts in seinem Gesicht wies darauf hin, dass er sich daran erinnerte, wer sie war.

Okay, wie sollte er das auch? Äußerlich hatte sie nicht die geringste Ähnlichkeit mit dem blonden, dünnen Mädchen von damals.

Das konnte ja wohl nicht wahr sein, oder? Da hatte sie sich gerade erst dazu entschlossen, in ihre Heimat zurückzukehren, um bei ihrer Mutter zu sein und den letzten Wunsch ihrer Tante zu erfüllen, und schon trieb der Zufall so ein übles Spiel mit ihr.

„Ja", brachte sie mühsam heraus. Plötzlich sah sie wieder vor sich, wie Jan sie mit seinen Freunden umringte, ihr die Mütze vom Kopf riss und seinen Kumpels zuwarf. Während sie hinsprang, um sie zurückzubekommen, wurde sie ausgelacht und verhöhnt.

Inkas erster Impuls war, sich umzudrehen und einfach zu gehen, so schnell wie möglich; aus Jans Reichweite verschwinden, ehe sich sein Gesicht zu einem hämischen Grinsen verzog und er sagen würde: *„Ach, sieh an, da ist ja Inka Versinka. Wo sie ist, da stinkt's ja."*

Der zweite war, zu ihm zu treten und ihm eine gesalzene Ohrfeige zu verpassen. Oder gleich einen Arschtritt. *Jan Ehlers, dem fehlt was! Dämlich ist sein Schopf, nichts ist in seinem Kopf.*

Der Gedanke half. Beide Impulse verschwanden so schnell, wie sie aufgetaucht waren. Jan Ehlers war von allen Missetätern noch der Harmloseste gewesen. Trotzdem hatte sie ihn damals gehasst und sich gewünscht, ihm nie wieder über den Weg zu laufen. Jetzt war es doch passiert, und sie dachte an die Worte ihrer Tante im Brief. Auf deren Vorschlag hin streckte sie ihren Rücken durch und sah Jan in die Augen, mit unbewegter Miene. Es fiel ihr leichter als gedacht. Alles, was sie spürte, war Ärger. Alter Groll, der nun erneut aufloderte.

Neugierig und zugleich offenbar verwirrt betrachtete Jan sie, als sie nichts weiter sagte, und wartete geduldig auf ihre Ausführungen. Im Gegensatz zu ihr hatte er sich äußerlich seit damals kaum verändert. Seine Figur war etwas fülliger geworden, um die Augen herum und auf der Stirn zeigten sich ein paar Fältchen, aber sein blondes Haar war immer noch voll und fiel ihm verwegen in die Stirn.

Ein gut aussehender Mann – ohne Zweifel.

Mit einer rabenschwarzen Seele!

„Das ist wunderbar", sagte er schließlich mit geschäftstüchtigem Lächeln. „Da sind Sie hier bei uns genau richtig. Wir erfüllen Ihnen jeden Wunsch."

Lös dich in Luft auf, dachte sie.

„Daran habe ich so meine Zweifel", erklärte sie grimmig und wandte sich zum Gehen. Ausgerechnet ihm würde sie ganz bestimmt kein Geld in den Rachen werfen. Keinen einzigen Cent!

Vielleicht sollte sie ihm erklären, dass sie lieber am anderen Ende der Welt einkaufen würde als bei ihm. Dass er sich seine Blumen und Büsche an den Hut stecken konnte. Dass er an seiner Gartenerde ersticken sollte! Sein Gesicht bei diesen Worten würde sie zu gern sehen. Ob dann bei ihm endlich der Groschen fiel, wer sie war?

„Warum denn nicht? Bitte urteilen Sie nicht vorschnell", erwiderte er stattdessen freundlich.

Für einen winzigen Moment hatte Inka das Gefühl, er hätte sie durchschaut. „Das dürfte diverse Nummern zu groß für Sie sein", erklärte sie und drehte sich erneut um.

„Wollen Sie mir nicht eine Chance geben?", warf er ein.

Inka blieb unbeweglich stehen. Abermals dachte sie, er meinte gar nicht die jetzige Situation, sondern wäre wie sie wieder in der Vergangenheit gelandet.

„Erklären Sie mir doch Ihr Problem", sprach er weiter, als sie nichts sagte. „Bisher haben wir noch alles zur Zufriedenheit unserer Kunden hinbekommen. Worum geht es denn?"

Langsam drehte sich Inka erneut zu ihm um. Zuvorkommend lächelnd stand er da. Damals hätte sein

Anblick einen sofortigen Fluchtreflex in ihr ausgelöst. Doch die Zeit hatte ihr dabei geholfen, dass diese Gefühle ein für alle Mal vorbei waren. Dieser Mann würde sie nie wieder verunsichern. Er würde ihr nicht mehr den Rock hochreißen und sich mit seinen Freunden darüber kaputt lachen.

Wäre es nicht unterhaltsam, den Spieß umzudrehen und ihn ihrerseits etwas zu piesacken? Wenn ihm sein Job lieb wäre, wie viel würde er sich wohl von ihr gefallen lassen? Auch für sie wäre das ein guter Test, um zu sehen, ob sie die Hänseleien von damals tatsächlich hinter sich gelassen und verarbeitet hatte. Man sollte sich seinen Dämonen doch stellen, oder? Geflohen war sie lange genug.

„Also gut", begann sie. „Ich habe in meinem Garten ein paar unschön gewordene Koniferen. Die sollen weg." Die letzten Worte betonte sie hart und dachte dabei an ihre jugendlichen Erzfeinde.

Erschrocken starrte Jan sie an. „Oh, das ist sicherlich machbar", sagte er vorsichtig.

Seine Irritation tat ihr gut. „Stattdessen möchte ich etwas Neues, Frisches. Vielleicht ein paar blühende Bäume und Büsche. Was meinen Sie? Kriegen Sie das hin oder muss ich bei Ihrer Konkurrenz anfragen?"

Jans Lächeln war unsicher und zugleich interessiert. In diesem Moment erinnerte nichts mehr an den frechen Jungen von damals.

Vielleicht hatte nicht nur sie sich verändert, sondern auch er? Innerlich schüttelte sie den Kopf. Quatsch. Er wollte einfach nur ein gutes Geschäft machen und sich mit seiner potenziellen Kundin gut stellen.

„Selbstverständlich kriegen wir das hin. Das hört sich nach einem sehr guten Plan an", gab er zurück. Plötzlich grinste er, und nun war in seinen Zügen doch ein wenig des Jungen von damals wiederzuerkennen.

Wusste er, wer sie war? Unwillkürlich spannte Inka die Muskeln an. Fast wünschte sie es sich, damit sie ihm endlich all ihre Verachtung an den Kopf schmeißen konnte.

„Bisher sehe ich nicht, warum diese Sache eine Nummer zu groß für uns sein soll", fuhr er fort. Nein, sein Grinsen wirkte nicht gemein wie damals, sondern auf sympathische Weise belustigt. Und es war auch vielmehr ein Schmunzeln. Das er jetzt zusätzlich mit einem Zwinkern unterlegte! „Bitte unterschätzen Sie nicht unsere Kompetenz."

Inka beschloss, auf dieses Spiel einzugehen. Nur, dass es nach ihren Regeln ablaufen würde. „Also gut. Die Koniferen sind von erheblicher Größe, es sind vier Stück. Sie stehen schon seit einer Ewigkeit an Ort und Stelle, und ich habe keine Ahnung, wie tief die Wurzeln sind."

Immer noch schmunzelnd hob Jan eine Augenbraue. „Das nennen Sie ein Problem? Wenn Sie es in unsere Hände legen, ist es in Nullkommanichts erledigt. Und da es Ihnen sehr am Herzen zu liegen scheint, übernehme ich diese schwere Aufgabe gern persönlich für Sie."

Wieder lag da dieser Spott in seinen Augen. Doch seltsamerweise wirkte er dieses Mal nicht verletzend, so wie damals, sondern sympathisch. Er versuchte, sie auf seine Seite zu ziehen, ein Team mit ihr zu bilden.

Okay, das konnte er haben. Sie würde ein Team bilden und mit ihm zusammenarbeiten. Aber es würde alles andere als angenehm für ihn werden. Sie würde es ihm denkbar schwer machen und beobachten, wie er mit dem Stress umging. Und sobald er in alte Muster zurückfiel, würde sie ihm an den Kopf knallen, wer sie war.

„Also gut. Ich nehme an, dass Sie sehr ausgebucht sind. Tja, die Sache ist sehr eilig." Das stimmte nicht. Inka hatte andere Prioritäten, aber sie wollte ihn auf die Probe stellen. Sie zuckte mit den Schultern und setzte ein entschuldigendes Lächeln auf. „Deshalb kann ich mich leider von Ihren gewiss herausragenden Fähigkeiten nicht überzeugen. Ich möchte das Ganze gern morgen schon erledigt haben." Innerlich kicherte sie. Dieses Zeitfenster war geradezu dreist. Auf keinen Fall konnte er das ...

„In Ordnung", erwiderte er.

„Was?", fragte sie überrascht. „Haben Sie denn keine anderen Aufträge?"

„Doch, eine ganze Menge sogar."

„Hören Sie, Sie müssen mich nicht dazwischenschieben und dafür Ihre anderen Kunden versetzen. Das kann ich nicht annehmen."

„Mach ich auch nicht, keine Sorge. Ich habe einige Angestellte, die zu den anderen Kunden fahren. Aber Sie haben mich herausgefordert. Deshalb mache ich Ihren Auftrag zur Chefsache."

„Oh." Sie war perplex. Er hatte es tatsächlich geschafft, sie sprachlos zu machen. Damit hatte sie nicht gerechnet. Dieser Punkt ging an ihn.

„Was passiert, wenn ich trotz Ihrer hervorragenden Arbeit etwas zu bemängeln haben sollte?", erkundigte sie sich. „Ich habe sehr genaue Vorstellungen."

„Das wird sicherlich nicht passieren. Sollte es dennoch der Fall sein, erledigen wir selbstverständlich die Nachbesserung für Sie. Solange, bis Sie rundum zufrieden sind."

„Auf meine Kosten?"

Jan schüttelte den Kopf. „Sie missverstehen mich. Unsere Kundenzufriedenheit steht für uns an erster Stelle. Deshalb müssen Sie sich um die Kosten für eine eventuelle Nachbesserung keine Sorgen machen. Der Fehler läge ja an uns, also kommen wir auch dafür auf. Aber wie ich schon sagte, wird das ohnehin nicht der Fall sein. Wir legen großen Wert auf höchste Qualität."

Die Sache begann Inka Spaß zu machen. „Also gut, versuchen wir es. Was halten Sie von morgen früh acht Uhr?", schlug sie vor. „Oder ist Ihnen das zu früh?"

Wieder war da dieser Spott in seinen Augen. So, als hätte er sie längst durchschaut. „Nein, es passt perfekt. Wo soll ich hinkommen?"

„Nach Frederbüll. Das ist nicht gerade um die Ecke. Okay, vergessen Sie es, ich finde auch jemanden in der Nähe, den ich ..."

„Auf keinen Fall! Auftrag ist Auftrag. So weit ist das nun auch wieder nicht weg. Nennen Sie mir Ihren Namen und die Adresse?"

„Es geht um den Garten von Frau Wiegers, Ahornweg 7 in Frederbüll. Mein Name ist Schmetjens."

Ihren Vornamen ließ Inka bewusst weg. Der war in der Gegend zwar nicht so selten, aber möglicherweise machte es trotzdem *Klick*, wenn er ihn hörte. Was ihren Nachnamen betraf, so trug sie immer noch ihren Namen aus der Ehe mit Stefan. Den kannte Jan Ehlers nicht. Denn erkennen sollte er sie jetzt schon auf keinen Fall. Er sollte ruhig vorerst in völliger Unwissenheit bei ihr schuften.

„Gut, Frau Schmetjens. Dann sehen wir uns morgen um acht." Damit hielt er ihr die Hand hin.

Zögernd schlug Inka ein. Wer hätte gedacht, dass sie ihn mal freiwillig berühren würde?

Als sie in ihr Auto stieg und nach Hause zurückfuhr, war sie verwundert über sich selbst. Worauf hatte sie sich da nur eingelassen?

Sie ließ ihren einstigen Feind freiwillig in ihr Haus!

Kapitel 7

Am nächsten Morgen war sie seltsam nervös, als sie mit ihrer Mutter zusammen Kaffee trank.

„Finde ich gut, dass du das machst", sagte Mama. „Es wird dir helfen, endgültig mit dem Mist abzuschließen. Der war doch damals bloß ein dummer Junge."

„Bestimmt ist er das immer noch", erwiderte Inka und musste grinsen. „Wenn der wüsste, worauf er sich da eingelassen hat. Er wird noch den Tag verfluchen, an dem er meinen Auftrag angenommen hat."

Zudem goss es heute in Strömen und es war für die Jahreszeit noch einmal ziemlich kalt geworden. Gemütlich würde es für ihn nicht werden.

„Willst du dich ihm zu erkennen geben?", fragte Mama.

„Auf keinen Fall! Wozu? Es genügt, wenn ich weiß, wer er ist."

„Na, da kann ich dir wohl nur viel Spaß wünschen."

„Den werde ich bestimmt haben."

Beschwingt und aufgeregt zugleich lief Inka zu Tante Astrids Haus. Nein, zu *ihrem* Haus, jedenfalls in Kürze. Der Gedanke war immer noch neu, traurig und beglückend zugleich.

Kurz vor acht fuhr ein Transporter heran und stoppte vor dem Haus. Pünktlich war er ja. Unwillkürlich raste ihr Herz, als sie Jan herausspringen sah. Für einen winzigen Moment fühlte sie sich wieder wie das kleine, unsichere Mädchen von damals. Sie konnte ihn nicht ansehen, ohne an all die beschämenden Dinge aus der Vergangenheit denken zu müssen. Fast rechnete sie damit, dass er sie gleich mit *„Inka Versinka"* begrüßen würde.

Natürlich tat er das nicht. „Moin, Frau Schmetjens."

„Moin. Sie haben ja nicht gerade passendes Wetter mitgebracht." Vielleicht würde er das ebenso sehen und um Verlegung des Termins bitten. Das käme natürlich nicht infrage. Die unpassende Witterung wäre keine Ausrede. Sie stellte ihn auf die Probe. „Sind Sie sicher, dass Sie heute arbeiten wollen?"

„Ach, das bisschen Regen stört mich nicht. Na, sind Sie bereit? Von mir aus können wir gleich loslegen. Wo sind denn die Übeltäter?" Prüfend ließ er seine Blicke über den Vorgarten schweifen.

Okay, er war nicht nur pünktlich, sondern auch motiviert. Mal sehen, ob das so blieb. Sie wies ihm mit der Hand den Weg. „Hinter dem Haus."

„Gut, ich sehe sie mir mal an und dann entscheide ich, wie ich am besten vorgehe." Er sah sie auffordernd an.

Als Inka an ihm vorbeiging, rechnete sie fast damit, dass er ihr ein Bein stellen würde, so wie er es damals mitunter getan hatte. Ihr Herz klopfte so heftig, als wollte es aus ihrer Brust springen. Natürlich tat er nichts dergleichen, sondern folgte ihr nach hinten in den Garten, wo sie stehen blieb.

„Ah, ich weiß, was Sie meinen!", rief er und sah an den Koniferen empor. „Die sind in der Tat ganz schön groß. Ich schätze mal drei, dreieinhalb Meter."

„Schaffen Sie das? Tja, ich dachte mir, dass Sie damit überfordert sind. Ich werde mich lieber woanders …"

Erschrocken hob er die Hand. „Auf keinen Fall, Frau Schmetjens. Ich bin hier, um Sie von der Qualität unserer Firma zu überzeugen. Neue Kunden sind uns stets sehr willkommen. Sie wohnen wohl noch nicht lange hier?"

„Nein. Ich bin gerade erst am Einziehen."

„Ja, das kenne ich, so etwas macht enorm viel Arbeit. Und wenn man dann noch so einen großen Garten hat wie Sie … Aber machen Sie sich keine Sorgen, das kriegen wir hin."

Fast könnte er ihr sympathisch sein. Aber nur fast. Seine damaligen Gemeinheiten lösten sich nicht durch ein freundliches Lächeln in Luft auf. Sein Anblick genügte, um in ihrem Gedächtnis alles wieder zum Leben zu erwecken. Zum Beispiel, wie er Schnee in ihre Schultasche gefüllt hatte. Einige Hefte und Bücher waren anschließend verdorben und konnten nicht mehr gerettet werden. Das hatte ihm damals sogar eine Rüge des Schuldirektors eingebracht, und er musste einige Tage lang nachsitzen. Stumm ballte sie die Fäuste und beobachtete ihn.

Jan betrachtete prüfend die alten Koniferen von oben bis unten, ging darum herum und sah sich den Boden und das Wurzelwerk an.

„Na, sind Sie doch überfordert?", fragte sie spitz.

„Wo denken Sie hin? Auf keinen Fall! Gut, ich fange dann mal an", verkündete er schließlich.

„Super. Sie kommen allein klar, oder?", vergewisserte sich Inka.

„Natürlich, Frau Schmetjens. Profi ist Profi." Er lächelte stolz. Nicht überheblich. Nur stolz.

Nun, sie würde ja sehen, wie gut seine Leistung am Ende war.

Sie ließ ihn stehen und ging ins Haus. Einmal, weil sie genug zu tun hatte, aber auch, um ihn von dort aus heimlich im Auge behalten zu können.

Zuerst holte Jan allerhand Werkzeug aus seinem Wagen. Dann zog er sich Arbeitshandschuhe an und stülpte eine Schutzbrille über die Augen, ehe er zur Motorsäge griff und begann, die ersten großen Äste abzusägen. Rasch verringerte sich das Volumen des ersten Baums.

Inka räumte die Küchenschränke ihrer Tante aus und wischte sie gründlich aus. Dann packte sie ihre mitgebrachten Umzugskartons aus und sah immer wieder aus dem Fenster. Jan hatte inzwischen zum Spaten gegriffen und begonnen, die ersten Wurzeln freizulegen. Es goss weiterhin in Strömen, seine Arbeitsjacke glänzte vor Nässe. Aber er arbeitete unverdrossen und zügig. Zwischendurch griff er zu einer Hacke und schlug die Wurzeln entzwei, bevor er weitergrub. Schließlich nahm er ein Seil, wickelte es um den Rest der Konifere und zog. Es sah anstrengend aus. Sehr sogar. Still grinste Inka in sich hinein. Einem anderen, wirklich freundlichen Gärtner hätte sie womöglich jetzt geholfen. Aber bei Jan Ehlers lag die Sache natürlich anders. Sie bemerkte, wie schwer er sich tat. Sein Gesicht wurde ganz rot vor Anstrengung. Aber er gab nicht nach, sondern zog kräftig weiter, sodass sich die freigelegten Wurzeln in der Erde endlich lösten und der Baum kippte. Schon lag die erste Konifere am Boden, und Jan schleifte sie zu seinem Wagen, um sie später abzutransportieren. Es sah schwer aus. Inka meinte, ihn ächzen zu hören.

Sie holte ihr Geschirr aus einem Karton und begann, es in die Schränke einzuräumen. Als Jan zurückkehrte, ließ sie es sich nicht nehmen, den Kopf aus dem Fenster zu stecken und streng auf die unzähligen Zweige und Nadeln auf dem Boden zu zeigen. „Das machen Sie alles noch ordentlich weg, nehme ich an?" Die Frage klang wie eine Anklage.

Jan lächelte mühsam, offenbar immer noch bemüht, wieder zu Atem zu kommen. „Natürlich, Frau Schmetjens, machen Sie sich keine Sorgen. Wir arbeiten immer sehr sorgfältig."

„Das hoffe ich!"

Er warf ihr einen verunsicherten Blick zu, ehe er sich abwandte, um schnell weiterzuarbeiten.

Es tat Inka unfassbar gut, ihn so zu sehen. So ... bemüht. Besorgt. Angestrengt darauf bedacht, alles zu ihrer vollsten Zufriedenheit zu erledigen.

Er war nun damit beschäftigt, die restlichen Wurzelstücke aus dem Boden zu ziehen. Immer wieder griff er zum Spaten, wenn ein Teil noch festsaß, lockerte es und zog es schließlich heraus. Er arbeitete gründlich und gewissenhaft, das musste sie ihm lassen.

Wer hätte das von dem damaligen Vollpfosten gedacht?

Der erste Baum war bis auf kleinere Zweige und Stücke von Wurzeln, die noch herumlagen, vollständig entfernt. Und schon machte sich Jan daran, Äste des zweiten Baums abzusägen.

Wie es schien, wollte er ihr wirklich etwas beweisen.

Inka beobachtete, wie er sich abmühte, während der Regen an ihm herabrann. Er wirkte wie ein nasser Pudel. Bestimmt war ihm kalt. Nun, das geschah ihm recht. Wenn es einer verdient hatte, im Regen zu frieren, dann er!

Außerdem wurde es Zeit für eine Überraschung. Verstohlen kicherte sie vorfreudig beim Gedanken an das dämliche Gesicht, das er ziehen würde. Sie ging zur Terrassentür und steckte den Kopf raus. „Haben Sie Lust auf einen Kaffee oder einen heißen Tee?"

Er drehte den Kopf in ihre Richtung, und sie erkannte die Konzentration in seinem Blick. Er war völlig in seine Arbeit vertieft und musste sich erst zurückrufen.

„Oh, ja, ein Kaffee wäre echt nett."

„Kriegen Sie. Schwarz, Zucker oder Milch?"

„Wenn Sie haben mit allem." Sein Lächeln war so sympathisch, dass sich Inka kurz fragte, ob dies wirklich der freche Bengel von damals war.

Während sie den Kaffee zubereitete, arbeitete Jan weiter, machte sich an den Wurzeln des zweiten Baums zu schaffen. Fleißig war er, das musste sie ihm lassen.

Dann kam ihr eine Idee. Auch wenn er jetzt nett tat, war er damals ihr gegenüber ein Rüpel erster Güte gewesen. Kurz entschlossen machte sie Musik an. *Sisters of Mercy* in voller Lautstärke. Womöglich war Jan Schlagerfan oder stand auf Volksmusik. Inka konnte sich kaum vorstellen, dass er sich etwas aus Gothic Rock oder Heavy Metal machte. Vielleicht würde ihn das ein wenig verstören. Oder zumindest stören. Genau das war der Plan. Grinsend schenkte sie Kaffee in Tassen und stellte Milch und eine Zuckerdose auf den Küchentisch. Hinein gab sie allerdings keinen Zucker, sondern Salz. Missgeschicke konnten immerhin passieren, oder? Ganz besonders mitten im Umzugsstress.

Wieder ging sie zur Terrassentür. „Der Kaffee ist fertig."

Jan hob den Kopf und kam heran. Er zog seine Handschuhe aus und hängte seine triefende Jacke außen an einen Haken an der Wand, wo sie durch ein Vordach geschützt war. Dann schlüpfte er aus seinen Schuhen und stellte sie fein säuberlich auf die Fußmatte, ehe er hereinkam.

„Darf ich mir kurz die Hände waschen?", bat er laut, um die Musik zu übertönen.

„Zweite Tür rechts", erklärte Inka und machte eine entsprechende Kopfbewegung.

Kurz darauf kam er in die Küche. Sein schüchternes Lächeln hätte rührend wirken können, wüsste sie nicht, was für ein Kackstiefel in ihm steckte.

„Coole Musik!", rief er.

„Ja, nicht wahr? Wirkt nur richtig schön laut." Sie musste fast schreien, damit er sie verstehen konnte. „Setzen Sie sich doch."

Verstohlen beobachtete sie ihn, während er auf einem Stuhl Platz nahm. Verzog sich sein Gesicht zu einer gequälten Grimasse aufgrund der Lautstärke oder der Musikrichtung? Würde er unter irgendeinem Vorwand gleich wieder aufspringen und nach draußen an die Arbeit flüchten?

„*Sisters of Mercy*", stellte er fest. „Hab ich auch immer gern gehört."

„Oh!" Inka war zutiefst erstaunt. „Sie kennen die Band?"

„Klar. Hab sie damals sogar live gesehen. Inzwischen hab ich allerdings so viel Arbeit, dass ich kaum noch dazu komme, wieder zu einem Konzert zu gehen. Und während der Arbeit kann ich auch nichts anhören, damit sich die Kunden nicht gestört fühlen."

„Ach, das ist ja schade." Ihre Stimme troff vor Ironie.

Innerlich lachte sich Inka ins Fäustchen. Das geschah ihm ganz recht. Allerdings war sie wirklich überrascht, dass er diese Band kannte und sogar mochte. Das hätte sie ihm nicht zugetraut.

Sie hielt den Atem an, als er nach der Zuckerdose griff und einen ganzen Teelöffel Salz in seine Tasse rührte. Dazu kam ein kleiner Schuss Milch. Er rührte um, setzte die Tasse an die Lippen und nahm einen richtig schön großen Schluck.

„Puh!" Schon ließ er sie wieder sinken und verzog angewidert das Gesicht. Im selben Moment realisierte er, dass er bei einer Kundin war, lächelte verkrampft und schluckte tapfer das Gesöff. Mit dem Finger wies er anklagend auf den Tisch. „Äh, nichts für ungut, aber kann es sein, dass da Salz statt Zucker in der Dose ist?"

„Was sagen Sie da?" Gespielt ungläubig griff Inka danach, nahm ein paar Körnchen auf die Löffelspitze und probierte vorsichtig. „Ach du meine Güte! Das tut mir wirklich sehr leid! Im ganzen Umzugschaos hab ich anscheinend den falschen Karton erwischt. Sorry!"

„Kein Problem. Kann ja mal passieren." Er lächelte schief.

„Ich mache Ihnen einen neuen."

Rasch stand Inka auf. Es gelang ihr nicht loszuprusten, als sie seine Tasse mit dem versalzenen Kaffee nahm. Sie wandte sich ab und schüttete den Inhalt ins Waschbecken. Während sie Jan den Rücken zuwandte, konnte sie sich ein Grinsen nicht verkneifen. Sein entsetzter Gesichtsausdruck war Gold wert gewesen! Dann holte sie eine neue Tasse aus dem Schrank, schenkte Kaffee ein und stellte sie vor ihn hin. Anschließend kniete sie sich vor einen noch halb gefüllten Umzugskarton und tat so, als würde sie darin nach dem Zucker suchen. „Hier ist er ja. Da hab ich in der Eile wohl nicht richtig hingeguckt.“

„Kommt schon mal vor.“

Sie gab ihm die Zuckerpackung, und für den Bruchteil einer Sekunde berührten sich ihre Finger. Rasch zog Inka ihre Hand zurück, als hätte sie einen Stromschlag erhalten. Auch Jan wirkte erschrocken und starrte sie an.

Erkannte er sie? Wusste er jetzt, wer sie war? Nein, über sein Gesicht zog kein Anflug eines Erkennens.

„Danke“, las sie von seinen Lippen ab. Verstehen konnte sie ihn bei dem Lärm nicht, denn seltsamerweise sprach er total leise.

Schmunzelnd bemerkte Inka, wie er verstohlen die Aufschrift auf dem Zuckerkarton las, ehe er einen Löffel voll in seinen Kaffee rührte. Wieder folgte der kleine Schuss Milch, dann trank er vorsichtig.

„Ah, der ist gut!“, rief er erleichtert.

„Das freut mich.“

Inzwischen lief ein Song von *The 69 Eyes*. Jan lauschte. „Den kenn ich nicht. Wer ist das?“

Inka klärte ihn auf.

„Ich bin ja großer *Iron Maiden*-Fan", erklärte er laut über seine Tasse hinweg.

„Wirklich? Die liebe ich auch!", rief sie zurück und wunderte sich immer mehr.

Plötzlich störte sie die Lautstärke, weil sie sich dabei so schlecht über dieses interessante Thema unterhalten konnten, und sie drehte leiser.

Jan schien aufzuatmen, sagte aber nichts. Wäre er doch damals auch schon so höflich gewesen.

„Ich versuche, jedes Jahr nach Wacken zu fahren", erzählte er. „Klappt nur leider nicht immer."

„Echt? Da war ich auch drei- oder viermal. Großartig! Aber auch anstrengend. Im Zelt hab ich kein Auge zugemacht. Trotzdem war es mir das wert. Ich sollte mal wieder hinfahren."

„Na, da wünsche ich Ihnen viel Spaß."

„Sagten Sie nicht gerade, dass Sie versuchen, jedes Jahr hinzufahren?"

Er hob die Schultern und wirkte fast hilflos. „Lust hätte ich schon. Aber wahrscheinlich wieder mal keine Zeit. Die liebe Arbeit, Sie wissen schon. Momentan ist alles ein bisschen schwierig. Aber ich will mich nicht beklagen, ich arbeite gern. Tja, nur leider ist dann oft so ein Luxus nicht mehr drin. Jedenfalls nicht, wenn man will, dass der Laden läuft."

„Schade."

„Ach was, das ist nicht schlimm. Ich will es ja so haben." Rasch leerte er seine Tasse und stand auf. „Danke für den Kaffee. Ich mach mich dann mal wieder an die Arbeit."

„Alles klar."

Er schlüpfte in seine Schuhe, zog die nasse Jacke und die Handschuhe an und huschte in den strömenden Regen zurück. Als Inka ihm zusah, wie er mit dem Spaten in die Erde stach, um die Wurzeln freizulegen, musste sie zugeben, dass er ein paar Pluspunkte bei ihr gesammelt hatte. Offenbar war er nicht nur gut im Austeilen, sondern auch hart im Nehmen.

Trotzdem durfte sie nicht vergessen, wer er war und was er ihr angetan hatte.

Nachdem Jan zwei Koniferen entfernt hatte, trat sie auf die Terrasse und betrachtete kritisch das Werk.

Er wischte sich mit dem Handrücken über die Stirn und stützte sich auf seinen Spaten. Als er bemerkte, dass sie ihn ansah, richtete er sich auf und streckte den Rücken durch.

Er versuchte, seine Erschöpfung zu verbergen, dachte Inka und schmunzelte. Gut so.

„Gefällt es Ihnen bisher?", erkundigte er sich.

„Tja, ich weiß nicht ..." Prüfend betrachtete Inka die beiden verbliebenden Bäume und die entstandene Lücke. „Es sieht schon irgendwie komisch aus ..."

„Komisch?", rief er erschrocken.

Inka nickte nachdenklich. „Möglicherweise war es ein Fehler, sie auszureißen. Wäre es möglich, dass Sie sie wieder einpflanzen? Bei den alten Koniferen ist das wohl nicht mehr möglich, die haben Sie ja zerstückelt. Sie werden wohl neue besorgen müssen. Das geht ja auf Ihre Rechnung, meinten Sie, nicht wahr?"

Sein entsetzter Blick war Gold wert und wie Balsam für Inkas Seele. „Frau Schmetjens, bitte urteilen Sie nicht vorschnell. Natürlich ist der Anblick ungewohnt. Die Bäume stehen schon seit vielen Jahren hier. Aber glauben Sie mir, sobald ich sie vollständig entfernt und den Boden geebnet habe, sieht die Sache schon ganz anders aus. Dann können Sie sich viel besser vorstellen, was bei der entstandenen Lücke besonders gut aussehen könnte."

„Tja, ich weiß ja nicht ...", ließ sie ihn schmoren und weidete sich an den Sorgen in seinem Gesicht.

„Bitte, Frau Schmetjens, lassen Sie mich diese Arbeit erst einmal beenden. Und dann sehen wir weiter."

Jan Ehlers *bat* sie um etwas! Dass sie das noch einmal erleben durfte!

„Also gut", gab sie schließlich mit betont skeptischer Miene nach. „Tun Sie, was Sie tun müssen. Aber ich bin mir bei Weitem noch nicht sicher."

Als er sich nun wieder an die Arbeit machte, war ihm seine Besorgnis deutlich anzumerken. Sicher auch eine gute Portion Ärger, aber den schluckte er tapfer herunter.

Mittags hatte er drei Koniferen entfernt und war mit der vierten beinahe fertig. Jetzt, wo die großen Bäume nicht mehr da waren, war der Blick frei für eine weite Sicht über die hinter dem Garten liegenden Wiesen. Inka zweifelte, ob sie an die Stelle der Koniferen wirklich andere Bäume oder Büsche setzen sollte. Der freie Blick über die Landschaft war wunderschön.

Ihr Magen knurrte, und erneut sah sie nach draußen. Sicher hatte Jan inzwischen ebenfalls großen Hunger. Sie hatte nicht gesehen, dass er sich irgendetwas zum Essen mitgenommen hatte, und er machte auch keine Anstalten, mit der Arbeit aufzuhören. Die Vorstellung, dass ihr einstiger Feind in ihrem Garten bei der Arbeit vor Hunger umkippte, belustigte sie.

Rasch machte sie ein paar Sandwiches mit Putenbrust, Käse und Tomatenscheiben. Dann nahm sie eins davon in die Hand und trat damit vor die Tür. Sobald Jan den Kopf hob und zu ihr schaute, biss sie einen großen Happen ab und kaute genüsslich. Sein Gesichtsausdruck daraufhin war einfach wunderbar. Sie konnte förmlich sehen, wie ihm das Wasser im Mund zusammenlief, und meinte, seinen Magen knurren zu hören.

„Ach, entschuldigen Sie!", rief sie gespielt beschämt. „Ich hätte ja fast vergessen, dass Sie hier sind. Haben Sie auch Hunger?"

Inzwischen waren bei Jan deutliche Anzeichen von Erschöpfung erkennbar, und über seine Stirn zog sich eine Schmutzschicht; wahrscheinlich war er mit seinen Handschuhen darübergefahren.

„Wenn es Ihnen nichts ausmacht, würde ich gern eine kurze Pause machen", sagte er bescheiden. „Ich fahre eben los und besorge mir eine Kleinigkeit zu essen."

Nichts da. Dann würde er ja die nächste Überraschung verpassen, die sie für ihn vorgesehen hatte. „Das ist wohl nicht nötig. Kommen Sie rein."

„Wirklich?"

Sie nickte. „Eine Kleinigkeit kann ich Ihnen auch anbieten."

„Vielen Dank, das ist sehr freundlich." Wieder ließ er seine nassen Sachen draußen. „Ich gehe mir rasch die Hände waschen."

„Natürlich. Sie wissen ja, wo es ist."

„Danke."

Während er weg war, streute Inka extra viel Chilipulver auf eins der für Jan bestimmten Brote.

Kurz darauf war er zurück und nahm am Tisch Platz.

Sie legte ihm das präparierte Sandwich auf den Teller. „Ich hoffe, Sie mögen Pute und Käse, Herr Ehlers?"

Sein Name stand auf seiner Jacke, deshalb konnte sie es wagen, ihn beim Namen anzusprechen, ohne sich zu verraten.

„Natürlich. Sieht sehr lecker aus, auch wenn es nicht nötig gewesen wäre. Vielen Dank, Frau Schmetjens."

Er nahm seinen ersten Happen erst, nachdem auch sie weiter gegessen hatte. Hat er Angst, dass ich ihn vergifte?, dachte Inka belustigt. Oder war er nur höflich?

Er kaute, und seine Augen wurden groß und rund. Er starrte sie an, war aber offenbar nicht in der Lage, etwas zu sagen.

„Stimmt etwas nicht?", fragte Inka unschuldig.

„Ich, äh ... Doch, doch, alles in Ordnung." Sichtlich mühsam schluckte er den Bissen herunter. „Es ist mir etwas unangenehm, aber hätten Sie vielleicht ein Glas Milch für mich?"

Sie grinste breit. „Nanu, wer hätte gedacht, dass ein Mann wie Sie Milch trinkt?"

Sein Gesicht war ganz rot geworden. „Es ist nur ... Ich esse sonst nicht so scharf, verstehen Sie?"

Gespielt verstehend riss sie die Augen auf. „Oh nein, jetzt sagen Sie nicht, es ist zu viel für Sie? Ich habe gar nicht darüber nachgedacht, weil ich immer so esse." Das stimmte nicht, sie aß überhaupt nicht gern scharf. Aber das musste er ja nicht wissen.

„Gar nicht schlimm", winkte er tapfer ab. „Nur ein kleines bisschen vielleicht."

„Ach, das tut mir ja leid." Inka stand auf und schenkte ihm ein Glas Milch ein, während sie in sich hineingrinste. Es war schon amüsant zu beobachten, wie mühsam er um ein Lächeln rang. Sie stellte das Glas vor ihn hin. „Bitte schön.“

„Vielen Dank!“ Die Hälfte des Inhalts verschwand in seinem Mund, als müsste ein Brand gelöscht werden. Dann schien er sich Mut zu machen und nahm entschlossen den nächsten Bissen.

„Geht’s wieder?“, erkundigte sich Inka.

„Schmeckt sehr gut. Wirklich.“ Er musste tatsächlich *sehr* großen Hunger haben.

„Vielen Dank. Ich muss sagen, dass Sie echt zügig arbeiten. Das hätte ich Ihnen gar nicht ... Ich hätte nicht gedacht, dass es so schnell geht.“

Falls er bemerkte, was sie ursprünglich hatte sagen wollen, ließ er es sich nicht anmerken. „Gelernt ist gelernt. Wenn man weiß, wie man es anpackt, geht es ganz einfach“, erklärte er bescheiden.

„Ah, ja.“

„Haben Sie sich schon überlegt, was Sie anstelle der entfernten Koniferen setzen wollen?“

„Tja, vorhin hatte ich tatsächlich schon bedauert, die Koniferen von Ihnen entfernt haben zu lassen. Aber Sie haben sie so zerstückelt, dass sie nicht mehr einzupflanzen sind.“

Erschrocken riss er die Augen auf. „Das ist die übliche Herangehensweise.“

„Und wenn ich jetzt sage, dass ich sofort neue Koniferen gesetzt haben möchte? Sie meinten ja, das ginge dann auf Ihre Kosten, oder?“

„Äh ...“ Er wurde ganz blass.

Fast bekam Inka Mitleid mit ihm. Womöglich müsste er diese Bäume aus eigener Tasche bezahlen. Wer konnte schon sagen, wie wenig er als Gärtner verdiente und was das für ein Loch in sein Portemonnaie reißen würde?

„Ach nein", überlegte sie laut. „Vielleicht wäre es besser, andere Bäume oder Büsche hinzusetzen. Andererseits gefiel mir vorhin, als ich aus dem Fenster sah, der freie Blick auf die Wiesen sehr gut. Vielleicht lasse ich es einfach offen."

„Darf ich einen Vorschlag machen?", fragte er schüchtern.

„Nur zu."

Die durfte er machen, soviel er wollte. Die Frage war, ob sie diese auch umsetzen lassen würde.

„Was halten Sie davon, wenn ich in den nächsten Tagen vorbeikomme, mir alles genau ansehe und ein paar Möglichkeiten der Gestaltung ausarbeite?"

„Hm, ich fürchte, das wird zu teuer."

„Nein, Sie verstehen mich falsch. Das gehört zum Service. Ich habe Bäume entfernt, womit Sie am Ende nicht ganz zufrieden waren. Also entwerfe ich dafür auch einen Plan der Neugestaltung. Ob Sie es annehmen oder nicht, bleibt völlig Ihnen überlassen. Und für die Vorschläge entstehen Ihnen auch keine zusätzlichen Kosten. Lediglich die neuen Pflanzen müssten Sie bezahlen."

„Ich weiß nicht recht ..." Inka hatte damit gerechnet, dass er genervt sein, dass er weitere Aufträge von ihr unter irgendeinem Vorwand ablehnen würde. Wie konnte es sein, dass dieser freundliche Mann, die Plage ihrer Kindheit, plötzlich so geduldig und hilfsbereit war?

„Überlegen Sie es sich in aller Ruhe. Wie gesagt, es ist vollkommen unverbindlich. Auf jeden Fall würde ich morgen noch einmal kurz vorbeischauen und die entstandenen Löcher mit frischer Erde auffüllen, wenn es Ihnen recht ist. Nicht, dass Sie noch versehentlich hineintreten und mit dem Fuß umknicken. Keine Sorge, Sie bezahlen nur den Preis für die Erde, der Rest gehört ebenfalls zum Service."

„Das ist wirklich nett. Vielen Dank."

Er lächelte sie an, und für einen winzigen Moment war Inka versucht, sich zu outen. Aber sie tat es nicht.

Stattdessen erwiderte sie sein Lächeln. Sie würde sich schon etwas einfallen lassen, das seine Erinnerung zurückbrachte. Hatte er damals bereits diese Grübchen in den Wangen gehabt? Sie hatte nie darauf geachtet, weil sie jedes Mal, wenn sie ihn sah, damit beschäftigt war, mit seinen Schikanen fertig zu werden.

„Ich mach mich wieder an die Arbeit, damit ich heute noch alles schaffe", erklärte Jan etwas später, stand auf und zog sich wieder an. „Nochmals vielen Dank für die köstlichen Sandwiches." So ein Heuchler.

„Klar. Sehr gern." Sie strahlte ihn an. Was er konnte, konnte sie schon lang.

Als Jan wieder nach draußen ging, hatte der Regen aufgehört, aber der Wind war kalt, und alles war tropfnass. Sehr ungemütliches Wetter. Um nicht zu sagen, perfekt geeignet, ihn weiterarbeiten zu lassen. Es schien, als stünde sogar die Witterung auf ihrer Seite und wollte sich ebenfalls an ihm rächen, dachte Inka belustigt.

Jan hingegen ließ sich nichts anmerken, sondern arbeitete unverdrossen und zügig weiter. Nachdem der letzte Baum entfernt war, lud er die Reste der

Koniferen auf die Ladefläche seines Wagens. „Die entsorgen wir bei uns“, erklärte er.

„Okay. Was kostet ...“

„Keine Sorge. Gehört ebenfalls zum Service.“

Langsam bedauerte Inka, dass sie sich keinen Kostenvoranschlag hatte erstellen lassen. Wenn sie bedachte, was alles zum Service gehörte, war die Beseitigung der Bäume womöglich kostspieliger, als sie gedacht hatte.

Allerdings kam es darauf jetzt auch nicht mehr an. Die Arbeit war bereits getan. Und was viel wichtiger war: Sie hatte durch ihre kleinen Schikanen heute so viel Genugtuung erhalten, dass es ihr auch eine höhere Rechnung wert gewesen wäre. Und sie war noch nicht ganz fertig.

„Morgen früh wieder um acht, passt Ihnen das?“, erkundigte sich Jan beim Abschied.

„Tja, ich weiß nicht ... Ich habe morgen noch einiges zu tun. Acht Uhr ist etwas spät. Können Sie vielleicht schon ...? Nein, das wäre unverschämt. Vergessen Sie es.“ Natürlich hatte sie nichts anderes vor, was nicht etwas warten könnte. Aber das würde sie ihm selbstverständlich nicht auf die Nase binden. Er konnte sich ruhig früh, sehr früh, aus den Federn quälen.

„Was wollten Sie denn sagen?“, erkundigte er sich beklommen. Offenbar hatte sie es inzwischen geschafft, dass Jan bei seiner neuen Kundin ständig mit dem Schlimmsten rechnete.

Sie verkniff sich ein befriedigtes Grinsen. „Wäre es möglich, dass Sie schon um halb sieben kommen?“ Ja, die Frage war tatsächlich unverschämt. Sehr sogar.

Er schluckte schwer, und sein geschäftsmäßiges Lächeln verschwand.

„Ich weiß, das ist sehr früh und …" Sie hob die Hand. „Lassen Sie mal lieber. Allein die Frage ist unhöflich." Nur zu gern warf sie ihn so früh aus dem Bett. Wer konnte schon sagen, wie weit seine Anfahrt von zu Hause war und wann er da bereits aufstehen musste?

„Nein, das ist gar kein Problem. Der Kunde ist König, oder?", brachte Jan mit sichtlich mühsamem Lächeln heraus.

„Wirklich? Es macht Ihnen nichts aus?"

„Ganz und gar nicht."

„Na dann … Vielen Dank für Ihre Mühe. Und bis morgen dann."

„Bis dann. Schönen Abend." Damit stieg er ein und fuhr so schnell davon, als fürchtete er, sie könnte ihn zurückrufen und mit weiteren dreisten Forderungen bedrängen.

Ob er wohl während der Fahrt vor sich hin fluchte? Ganz bestimmt tat er das und verwünschte seine Idee, für diese neue Kundin tätig zu werden.

Amüsiert und zugleich nachdenklich sah Inka Jans Auto nach, bis es um eine Kurve verschwunden war. Was war mit dem Jan von damals geschehen? War er tatsächlich erwachsen geworden? Oder war das nur die geschäftsmäßige Freundlichkeit Kunden gegenüber? Was wäre geschehen, wenn sie sich zufällig auf der Straße getroffen hätten und er sie erkannt hätte? Hätte er dann sofort den Honk von damals herausgekehrt? Ach, was sollte sie sich darüber den Kopf zerbrechen.

Sie verschloss die Tür und ging zu ihrer Mutter.

„Und Jan hat dich wirklich nicht erkannt? Die ganze Zeit über?“, fragte ihre Mutter beim Abendbrot ungläubig.

„Ich fand es auch total komisch. Hab ich mich denn so stark verändert?“

„Äh, willst du meine ehrliche Meinung hören?“

„Klar.“

„Von dem schlaksigen blonden Mädchen von damals ist tatsächlich nichts mehr übrig. Du hast eine tolle Figur, schwarz gefärbte Haare, trägst schwarze Klamotten mit Nietenzeugs anstelle von rosa Röcken und Elfen-T-Shirts. Du bist selbstbewusst und stark. Also, ja, du bist nicht wiederzuerkennen. Zumindest daraus kannst du ihm keinen Vorwurf machen.“

„Ich bin ja froh, dass er mich nicht erkennt. In dem Fall hätte ich all meine kleinen Bosheiten nicht so rüberbringen können. Hätte ich nicht gewusst, dass er es ist, wäre ich zumindest von seiner Art her auch niemals drauf gekommen. Er ist so freundlich und höflich. Ein ganz anderer Mensch.“

„Klar. Er will ja auch gute Geschäfte machen. Außerdem hat er gesehen, wie groß dein Garten ist und welches Potenzial er bietet. Ist ja logisch, dass er da weitere Geschäfte wittert und sich mit dir als Neukundin gut stellen will.“

„Ach, was mache ich mir überhaupt Gedanken über ihn. Ich war nur überrascht, dass er mich nicht geschubst und ausgelacht hat.“

Kapitel 8

Da sie ihn so früh herbestellt hatte, musste auch Inka am nächsten Morgen früh aufstehen, doch das war ihr der Spaß wert.

Pünktlich um halb sieben kam Jan erneut angefahren und schleppte gleich den ersten Sack Gartenerde mit.

„Sie mussten wohl sehr zeitig aufstehen?", erkundigte sich Inka mit geheucheltem Mitgefühl.

„Ja, schon, aber darüber machen Sie sich mal keine Gedanken. War vielleicht sogar gut. Ich habe momentan so viel Arbeit, dass ich die zusätzliche Zeit gut brauchen kann."

Mist. Das war nicht ihre Absicht gewesen.

„Na, dann …"

„Ich mach mich sofort ans Werk." Er schien es eilig zu haben, fertig zu werden und wieder wegzukommen.

Bevor Jan begann, die Erde zu verteilen, nahm er eine Harke und kehrte fein säuberlich alle noch herumliegenden Zweige und Wurzelreste zusammen. Er war ja noch ordentlicher, als Inka ohnehin schon festgestellt hatte. Wie konnte dies bloß der Mistkerl von damals sein? Anschließend füllte er die vier Löcher mit Erde auf und ebnete sie sorgfältig. Als Inka sah, dass er fertig war, ging sie zu ihm nach draußen.

„Erledigt", sagte er.

„Hm, ich weiß ja nicht ..." Skeptisch betrachtete sie das Werk. Es war großartig geworden, aber das würde sie ihm keineswegs auf die Nase binden.

Erschrocken starrte er sie an. „Was meinen Sie? Sind Sie tatsächlich immer noch nicht zufrieden mit dem Ergebnis?"

„Irgendwie sieht es sehr seltsam aus."

„Seltsam?" Nachdenklich starrte er über das Grundstück. Schließlich hellte sich sein Gesicht auf. „Ah, ich weiß, was Sie meinen. Die Koniferen haben viel Licht geschluckt. Jetzt ist es ungewohnt hell. Wenn Ihnen das nicht gefällt, kann ich dagegen mit Leichtigkeit etwas tun. Es gibt mehrere Möglichkeiten. Sollten Sie die entstandene Lücke wegen der Aussicht offenlassen, fällt natürlich mehr Licht in den restlichen Garten. Allerdings ist die Lücke wirklich sehr groß. Man könnte einen Sichtschutzzaun aufstellen. Oder man kann die Lücke zumindest teilweise neu bepflanzen und nur einen schmalen Streifen freilassen. Dann können Sie immer noch die schöne Aussicht genießen, sind aber selbst nicht ganz so sichtbar, wenn Sie sich im Garten aufhalten."

Daran hatte sie noch gar nicht gedacht. Seit ihrer Kindheit, seit dem Mobbing, hasste sie es, aufzufallen oder gar im Mittelpunkt zu stehen. Und es stimmte. Jetzt, wo die Koniferen weg waren, hatte nicht nur sie eine wunderbare Aussicht, sondern man konnte auch von weither in ihr Grundstück hineinsehen.

„Ich denk drüber nach", erwiderte sie.

„Wie gesagt, mein Angebot steht. Ich kann gern demnächst mal vorbeikommen, und wir können einen Plan ausarbeiten, wie Sie den Garten gestalten wollen."

Seine Augen blickten klar und aufrichtig. Verstohlen musterte sie ihn genauer. Was, wenn sie sich irrte? Wenn dieser Mann dem Jan von damals einfach nur sehr ähnlich sah? Oder hatte Jan vielleicht sogar einen Zwillingsbruder, von dem sie nichts wusste? Denn dieser Mann, der vor ihr stand und sie freundlich anlächelte, konnte auf keinen Fall der miese Junge von damals sein. Sie konnte ihn aber auch unmöglich nach seinem Vornamen fragen. Auf seiner Jacke stand nur sein Nachname. Und den Namen *Ehlers* gab es hier buchstäblich wie Sand am Meer.

„Ich denk drüber nach", wiederholte sie. „In nächster Zeit werde ich erst mal mit der Renovierung beschäftigt sein, da spielt der Garten vorerst eine Nebenrolle."

„Ja, so ein Umzug macht eine Menge Arbeit, und wenn man dann noch renovieren muss ... Kein Problem, Frau Schmetjens. Mein Angebot läuft ja nicht weg." Er lachte – ein angenehmer, warmer Klang.

„Okay, sollte ich Interesse haben, rufe ich Sie an, Herr Ehlers."

„Super. Warten Sie." Er griff in seine Jackentasche, zog eine Visitenkarte heraus und reichte sie ihr. „Hier steht meine Nummer drauf. Dann haben Sie mich direkt dran und müssen sich nicht erst verbinden lassen."

Inka nahm das Kärtchen entgegen und las es. *Gartenparadies. Jan Ehlers. Telefon ...*

Er war es wirklich. Was war seit damals mit ihm geschehen, dass er sich dermaßen verändert hatte? Oder war er immer noch derselbe Idiot und verhielt sich ihr gegenüber nur so freundlich, weil sie eine Kundin war und Geld brachte? Ließ er seine Maske fallen, sobald er wieder im Auto saß und zu seinen Kollegen oder seiner Familie zurückfuhr?

„Danke", brachte sie etwas durcheinander heraus.

Ganz kurz war sie versucht, ihm ihren Namen zu nennen. Um zu sehen, was diese Erkenntnis mit ihm machte. Würde er sich wortlos umdrehen und gehen? Eventuell dreist grinsen? Oder würde er sich sogar entschuldigen?

Sie tat es nicht. Was sollte es bringen? Wenn Jan es nicht wusste, hatte sie wenigstens weiterhin ihre Ruhe und musste sich weder dumme Sprüche noch falsche Entschuldigungen anhören.

„Ja, dann ... auf Wiedersehen." Er nickte ihr zu und ging zu seinem Wagen.

Inka erwiderte den Gruß und holte die beiden Pflanzkübel, die sie gestern gekauft hatte. Die hatte sie wegen des schlechten Wetters am Vortrag noch nicht bepflanzt, aber jetzt wurde es Zeit, dass die Blumen in die Erde kamen. Sie riss den Sack mit der Blumenerde auf.

„Oh, was ich noch sagen wollte ..."

Sie fuhr herum. Jan Ehlers stand hinter ihr und wirkte sehr erschrocken.

„Tut mir leid, ich wollte Ihnen keine Angst machen."

Fast hätte Inka gelacht. Ihr Angst zu machen, war damals sein Hobby gewesen. Okay, eher das seiner Freunde, aber auch seine vergleichsweise harmlosen Schikanen waren nicht von schlechten Eltern gewesen.

„Schon gut."

„Es ist nur ..." Er lächelte verschämt. „Ich wollte Ihnen erzählen, dass ich mir gestern Abend mal ein paar

Songs von dieser Band angehört habe, die bei Ihnen lief. Gefällt mir echt gut. Ist immer super, mal neue Bands kennenzulernen."

„Oh. Ja, das stimmt." Sie war so überrascht, dass sie nichts mehr zu sagen wusste und nach dem Sack mit der Erde griff.

Seine Blicke wanderten vom Sack zu den Kübeln. Schon war er heran. „Kommen Sie, ich helfe Ihnen eben. Die Säcke sind sehr schwer." Schnell nahm er ihn ihr ab und schüttete Erde in den Kübel.

„Vielen Dank. Das ist wirklich nicht nötig, ich kann das auch allein und ..."

„Keine Widerrede. Natürlich können Sie das selbst, daran habe ich keinen Zweifel. Aber ich bin ja noch hier, da kann ich Ihnen die Mühe auch eben abnehmen."

„Das ist echt ein sehr netter Service, den Ihre Firma da bietet."

Inzwischen füllte er den zweiten Kübel. „Man tut, was man kann. Die Konkurrenz ist groß. So, fertig. Bitte sehr. Jetzt brauchen Sie nur noch die Blumen einzupflanzen."

„Danke", wiederholte sie.

Er sah zu den Töpfchen, die an der Wand standen. „Wird sehr hübsch aussehen, wenn es fertig ist. Sie haben ein gutes Auge für Farben."

Langsam wurde es zur Gewohnheit, sich zu bedanken. Seine übertriebene Freundlichkeit war ihr fast schon unangenehm. Aber dann sah sie in seine Augen. Und da war nur Aufrichtigkeit zu erkennen. Nicht einmal ein Hauch von Heuchelei oder Spott.

Er richtete sich auf und wischte sie die Hände an seiner Arbeitshose ab. „Gut, dann fahr ich jetzt mal. Viel Spaß noch bei der Renovierung.“

„Und Ihnen noch einen schönen Tag.“ Verdammt, hatte sie das wirklich gerade gesagt? Zu Jan Ehlers?

Er wandte sich ab, hob kurz die Hand zum Gruß und ging. Inka atmete auf, als sie das Klappen seiner Autotür und gleich darauf den Motor hörte. Während sie die Blumen einpflanzte, dachte sie darüber nach, wie er sich wohl dermaßen verändern konnte.

Nach einer erholsamen Nacht und einem gemütlichen Frühstück nahm Inka das Streichen der Schlafzimmerwände in Angriff. Sie klebte die Türen und Fenster ab, tauchte die Rolle in die Farbe und begann damit, erst einmal alles weiß zu streichen. Ja, so wirkte der Raum gleich viel heller und freundlicher. Über Nacht musste alles trocknen. Es waren einige E-Mails gekommen, die sie beantwortete, und sie erledigte ein paar Telefonate. Den Abend und die Nacht verbrachte sie bei ihrer Mutter, und am nächsten Morgen strich sie zwei der Wände in Mokka.

„Willst du mal gucken kommen?“, rief sie ihre Mutter an, sobald sie fertig war.

„Klar. Bin gleich da.“

Zufrieden betrachtete Inka ihr Werk. Bei beiden mokkabraunen Wänden hatte sie jeweils einen etwa zehn Zentimeter breiten Streifen in den Ecken freigelassen. So hob sich die Farbe noch besser vom Weiß ab.

„Es sieht fantastisch aus“, lobte ihre Mutter sie kurz darauf. „Falls ich mal renovieren will, weiß ich ja, an wen ich mich wenden kann.“

Inka lachte. „Sobald ich alles fertig habe, jederzeit gerne. Es macht echt Spaß. Vor allem, wenn man so ein schönes Ergebnis sieht."

„Ich bin mir sicher, dass das auch Astrid gefallen würde."

„Das hoffe ich. Morgen fahre ich wieder nach Sylt und hole meine Schlafzimmermöbel. Ich hab schon mit Alea und Heiko gesprochen, sie begleiten mich und helfen mir. Und jetzt komm mal mit, ich zeig dir den Garten. Du wirst über die Fortschritte staunen."

Neugierig folgte ihre Mutter ihr und trat auf die Terrasse. „Oh! Wie hell es auf einmal ist. Die Koniferen haben so viel Licht geschluckt."

„Gefällt es dir?"

„Auf jeden Fall. Astrid wollte sie auch längst weg haben, weil sie viel zu groß geworden waren. Aber na ja, am Ende kam eben alles anders." Ihr Blick fiel auf die beiden Kübel. „Die sind ja hübsch!"

Inka schmunzelte. „Jan Ehlers hat mir geholfen, die Erde hineinzufüllen. Und er behauptet, ich hätte ein gutes Auge für Farben."

„Da hat er recht. Aber so etwas aus seinem Munde … Was hast du mit ihm gemacht? Damals hätte er den Sack mit Erde auf der Terrasse ausgekippt."

„Nein, eher über meinem Kopf. Keine Ahnung, was mit ihm los ist. Ich hab sogar gezweifelt, ob er wirklich der Echte ist, der von damals, aber er gab mir seine Visitenkarte. Und ich glaub kaum, dass es hier auf Eiderstedt zwei identisch aussehende Männer gleichen Namens gibt."

„Nee, die Wahrscheinlichkeit ist eher gering. Wirklich, ich kann es gar nicht glauben. Und er hat dich immer noch nicht erkannt?"

Inka schüttelte den Kopf. „Vorgestern war ich kurz davor, mich zu outen. Einfach, um zu sehen, wie er reagiert. Ich hab es nicht gemacht. Es war mir die Mühe dann doch nicht wert. Was sollte das bringen?"

„Eben. Lass die schlafenden Hunde lieber weiterschlafen. Jedenfalls hast du echt viel geschafft und ich bin auf die weiteren Fortschritte gespannt."

Am folgenden Morgen fuhr Inka zusammen mit Alea und Heiko nach Sylt. Während Heiko ihren Kleiderschrank und das Bett abbaute, packten Inka und Alea weitere Sachen in Umzugskartons.

„Wird dir Sylt fehlen?", erkundigte sich Alea.

„Ein bisschen bestimmt. Ich hab sehr gern hier gewohnt. Die Insel ist wunderschön, es gibt viele herrliche Strände, die beeindruckenden Kliffs, die hübschen Orte ..."

„Aber?"

„Es ist eben nicht das Zuhause. Ich hatte hier sehr nette Nachbarn, tolle Geschäftskontakte und gute Bekannte. Aber meine richtigen Freunde und meine Familie sind auf Eiderstedt." Inka begann zu strahlen. „Und deshalb freu ich mich einfach riesig, dass ich wieder zurückkomme. Auch wenn der Stein, der alles ins Rollen brachte, ein sehr trauriger Anlass ist."

„Deine Tante wäre überglücklich, wenn sie wüsste, dass du in ihr Haus ziehst und wie schön du alles herrichtest. Und was meinst du, wie ich mich freue!"

Sie sahen sich an, umarmten und drückten sich fest.

Ja, die Entscheidung, zurückzukehren, war richtig, daran gab es keinen Zweifel. Auch ihr Wegzug damals war sinnvoll gewesen. Der einzige Weg, um wieder mit sich ins Reine zu kommen. Jetzt aber war es an der Zeit, erneut in der alten Heimat heimisch zu werden. Und über ihre ehemaligen Peiniger würde sie sich nicht mehr den Kopf zerbrechen. Wer konnte schon sagen, ob sie überhaupt noch hier auf Eiderstedt wohnten? Vielleicht waren sie längst in alle Winde zerstreut.

Diese Nacht verbrachte Inka mit Alea und Heiko in ihrer alten Wohnung auf Sylt.

Sie frühstückten geradezu fürstlich in einem Café direkt am Strand. Beim Rauschen der Brandung und dem sehnsüchtigen Kreischen der Möwen schmeckten die Croissants, Brötchen mit Räucherlachs und Rührei und der Kaffee gleich noch mal so gut. Anschließend luden sie die Möbelteile und Umzugskartons auf den Anhänger, den Herr Meyer ihnen ausgeliehen hatte. Die kleine Kommode bauten sie nicht auseinander, sondern nahmen sie am Stück mit. Dann ging Inka noch einmal durch die inzwischen halb leere Wohnung.

„Wehmütig?", fragte Alea leise.

„Nur ein klein wenig. Ich muss gerade an Minka denken. Wie viel Zeit ich hier mit ihr verbracht habe." Inka betrachtete die Fensterbank, auf der Minka immer so gern gedöst hatte.

„Möchtest du dir wieder eine Katze holen?"

„Vielleicht, wenn ich mit allem fertig bin und ihren Verlust etwas überwunden habe." Rasch wandte sich Inka ab.

„Ich finde das eine schöne Idee. Ein Kätzchen, das durchs Haus deiner Tante stromert, das jetzt dein Haus ist und alles erkundet."

„Tante Astrid hat Katzen geliebt. Weißt du was? Das ist echt eine schöne Idee. Es würde ihr gefallen."

„Genug Abschied genommen?", erkundigte sich Heiko. „Wir kommen doch noch einmal her. Du musst nicht traurig sein." Er zwinkerte Inka gutmütig zu.

Sie machten sich auf den Weg und fuhren nach Eiderstedt zurück.

Die folgenden zweieinhalb Wochen vergingen wie im Flug. Inka bezog ihr Bett und hängte ihre Kleidung in den Schrank, der Rest kam in die Kommode. Dann räumte sie das Badezimmer leer und strich die Wände mit frischer Farbe: das Bad in Türkis, die Küche in Ozeanblau, jeweils mit in Weiß abgesetzten Ecken. Ihren Badezimmerschrank hatte sie auch bereits von Sylt mitgebracht, und somit waren zwei weitere Räume fertig.

Nebenbei beriet sie weitere Kunden beim Immobilienverkauf oder der Vermietung und fuhr einmal nach Sylt für einen Notartermin und zum Treffen mit einer Neukundin. Die Zeit raste förmlich dahin.

Kapitel 9

Für die Gartenarbeit war Inka während dieser Tage keine Zeit geblieben. Jetzt, wo sie im Haus wieder einiges geschafft hatte, trat sie auf die Terrasse und ließ ihre Blicke durch ihren Garten schweifen. Inzwischen war es fast Mitte April geworden, frisches Grün spross überall und erste Tulpen streckten ihre Köpfe aus der Erde.

Die große Lücke, wo vorher die Koniferen gestanden hatten, bot tatsächlich einen großartigen Weitblick über die sich dahinter erstreckenden Wiesen. Allerdings fühlte es sich auch seltsam an, dass dort jetzt alles so offen war. Wenn der Bauer im Sommer die Wiesen mähte, würde es ganz schön laut werden, und er konnte ihr direkt auf den Kuchenteller gucken. Und dann war da noch die Sache mit dem Wind, denn der wehte ungehindert über die freie Fläche direkt in ihren Garten hinein. So ganz optimal war das also noch nicht.

Ob sie tatsächlich mal bei Jan Ehlers wegen Gestaltungstipps nachfragen sollte? Immerhin hatte er ihr nicht hinterhertelefoniert und versucht, ihr diesen Service aufzuquatschen. Dagegen war sie allergisch. Aber wenn derartige Vorschläge kostenfrei waren, konnte es nicht schaden, sich ein paar Tipps vom Profi zu besorgen.

Nebenbei könnte sie ihn vielleicht wieder etwas triezen. Bisher hatte es ihr eine Menge Spaß gemacht und ihrem Ego sehr gutgetan. Der Gedanke, damit ein wenig weiterzumachen, erschien ihr sehr verlockend. Noch dazu, wenn es ihrem Garten zugutekam.

Womöglich kam Jan auf Ideen, auf die sie von allein nicht gekommen wäre. Er war schließlich der Fachmann und verfügte über eine weitaus größere Expertise als sie. Zudem war die Rechnung für die Entfernung der Koniferen günstiger ausgefallen, als sie gedacht hatte. Wie es schien, versuchte diese Firma nicht, ihre Kunden auszunehmen.

Ehe sie es sich anders überlegen konnte, nahm sie das Kärtchen mit der Telefonnummer und begann zu wählen.

Jan meldete sich beim vierten Klingeln. „Gartenparadies, Jan Ehlers am Apparat.“

„Moin, hier Schmetjens.“ Es gelang Inka gerade noch, ihren Vornamen zu verschweigen. „Sie waren neulich wegen der Koniferen bei mir und ich wollte ...“

„Ah, moin, Frau Schmetjens. Na, haben Sie sich inzwischen an den neuen Anblick gewöhnt? Sind Sie jetzt zufrieden damit?“

„Na ja, um es mal so zu sagen: Das ist der Grund meines Anrufs.“ Inka sprach betont streng. Es war einfach herrlich, ihn ein wenig zu verunsichern.

„Oh. Gefällt es Ihnen nicht?“

„Eigentlich schon. Aber nicht so ganz.“

„Ich verstehe.“

Das war eine sehr einschmeichelnde Lüge. Wie sollte er das verstehen können?

„Wollen Sie es offenlassen?", erkundigte er sich hörbar unsicher. „Wie ich schon sagte, der Anblick ist sehr schön, und ich kann verstehen, wenn Sie ihn genießen wollen. Allerdings könnte ich ..."

Ein gutes Gedächtnis hatte er ja, schließlich war sie bei Weitem nicht seine einzige Kundin. Andererseits hatte sich der ganze Ärger, den sie ihm bereitet hatte, bestimmt fest in ihm eingebrannt.

„Ein paar Vorschläge Ihrerseits wären womöglich nützlich", unterbrach sie ihn.

„Natürlich. Ich komme sehr gern mal vorbei. Wann passt es Ihnen denn?" Er lachte, aber es klang etwas angespannt. „Wenn Sie es wünschen, schlage ich sogar wieder am frühen Morgen bei Ihnen auf."

Inka kicherte leise. „Das wird nicht nötig sein. Wir sollten schon gutes Tageslicht haben. Sagen wir, nächsten Montag um neun?"

„In Ordnung." Er sagte sofort zu, ohne zu zögern. Unmöglich hätte er in der kurzen Zeit in seinen Terminkalender schauen können. Hatte er nicht gesagt, er hätte Arbeit ohne Ende?

„Haben Sie dann keine anderen Termine eingetragen?", vergewisserte sie sich.

„Falls das so sein sollte, werde ich sie an einen Kollegen delegieren." Er lachte. „Das ist das Vorrecht des Chefs."

„Da haben Sie ja Glück. Gut, dann bis Montag."

„Auf Wiedersehen."

Wunderbar. Dann hatte sie vorher noch genug Zeit, das Wohnzimmer in Angriff zu nehmen. Es war ziemlich groß und machte von allen Zimmern am meisten Arbeit. Damit würde sie eine ganze Weile beschäftigt sein.

Kurz entschlossen rief sie bei ihrer Mutter an. „Ich fange jetzt mit der Stube an. Möchtest du herkommen und noch mal gucken, ob du etwas findest, was du behalten möchtest? Sonst muss ich leider alles, was noch hier ist und bisher niemand haben wollte, wegwerfen."

Für das erneute Ausleihen seines Anhängers hatten sich Herr Meyer und seine Verwandten ebenfalls einige Dinge aussuchen können.

„Ich hab mir ja schon einiges rausgesucht. Aber du hast recht, womöglich hab ich was übersehen und das wäre schade drum. Ich bin gleich da."

Kurz danach kam ihre Mutter mit einem Karton. Inka nahm einen Müllsack, und gemeinsam nahmen sie sich eine Schublade und ein Schrankfach nach dem nächsten vor. Das meiste war alte, verstaubte Deko, aber auch Bücher. Fotos und andere Dinge hatte ihre Mutter bereits mitgenommen. Nachdem alle Schränke leer waren, sagte Inka ihrem Nachbarn Herrn Meyer Bescheid, der Interesse an einigen Möbeln bekundet hatte. „Aber wirklich nur, falls sie sonst niemand will", hatte er betont.

Tatsächlich wollte er sowohl den großen Schrank als auch die kleinere Anrichte, den Tisch und die Couchgarnitur haben, weil seine eigenen Möbel noch älter und abgenutzter waren.

„Und du bist dir sicher, dass du das alles nicht mehr brauchst?", vergewisserte er sich noch einmal.

„Ja. Ich habe meine eigenen Möbel auf Sylt, die hole ich her."

Zwar war dieses Wohnzimmer viel größer als ihres auf Sylt, aber wenn noch etwas fehlte, würde Inka es nachkaufen. Die Möbel ihrer Tante entsprachen leider überhaupt nicht ihrem Geschmack und passten auch schlecht zu ihren eigenen Sachen.

Herr Meyer alarmierte seinen Sohn und seinen Schwiegersohn, und ruckzuck war das Wohnzimmer leer.

„Was willst du dafür haben?", erkundigte sich Herr Meyer.

„Nichts. Ich bin froh, dass ich die Sachen nicht wegwerfen muss."

„Dann lass uns wenigstens beim Renovieren helfen. Du willst doch frisch streichen, oder?"

„Ja. Ich …"

„Das kriegen wir hin. Jochen und Hinnerk sind im Handumdrehen damit fertig. Du hast bestimmt genug anderes zu tun, was?"

„Das schon. Aber …"

„Na, siehst du." Er wandte sich an seinen Sohn und seinen Schwiegersohn. „Wie siehts aus, könnt ihr euch darum kümmern?"

„Klar, kein Problem."

So kam es, dass das Wohnzimmer im Handumdrehen fertig war. Während die beiden mit Abkleben begannen, fuhr Inka zum Baumarkt und kaufte Farbe in einem warmen Lavendelton.

„Ernsthaft?", fragte Hinnerk beim Anblick der Farbe.

„Natürlich. Bitte drei Wände damit, eine bleibt weiß."

„Lass das bloß nicht Emily sehen, die will nachher auch noch so etwas."

„Und Katrin erst", fügte Jochen besorgt hinzu.

Inka schmunzelte. „Vielleicht sollte ich die beiden zum Kaffee einladen." Die entsetzten Blicke der Männer brachten sie zum Lachen.

Sie machten sich ans Werk, und Inka fand nun auch Zeit, sich um ihre Arbeit zu kümmern. Ihre Mutter und Alea hatten für sie ordentlich die Werbetrommel gerührt. Inzwischen kamen die ersten Anfragen von Kunden aus der Umgebung herein, einige Vermietungen und ein Hausverkauf. Sie telefonierte herum und schrieb E-Mails.

Nachmittags war ihr Wohnzimmer fertig. „Wow! Es sieht fantastisch aus!"

„Na, wenn du meinst." Hinnerk sah sehr skeptisch drein, während er seinen Blick über die farbenfrohen Wände schweifen ließ.

„Das würde Katrin und Emily garantiert sehr gut gefallen", betonte Inka amüsiert.

„Sag ihnen lieber nichts davon, ja? Aber im Ernst, auch wenn man über die Farbe streiten kann, es ist echt schön geworden. Viel freundlicher als vorher."

„Das stimmt. Danke, Jungs." Sie hatte die beiden während der Arbeit mit Kaffee, Bier und Sandwiches versorgt und drückte ihnen jetzt ein üppiges Trinkgeld in die Hand.

„Das ist nicht nötig. Dafür hat Papa doch die ganzen Möbel bekommen."

„Aber die Arbeit hattet ihr." Sie zwinkerte ihnen zu. „Ihr könnt dafür ja neue Farbe kaufen. Lila zum Beispiel."

Jochen lachte. „Ich glaube, da lassen wir uns lieber was anderes einfallen. Vielleicht Grillsteaks und Bier. Also dann, vielen Dank und schönen Abend noch."

„Danke, euch auch."

Nachdem ihre Helfer gegangen waren, ließ Inka den neuen Raum auf sich wirken und überlegte, wie sie ihre Möbel stellen könnte. Ja, hier konnte sie sich wirklich wohlfühlen. Und sie freute sich, wie schnell alles gegangen war. Allein hätte sie eine ganze Woche für alles gebraucht.

„Natürlich fahre ich mit dir nach Sylt, um weitere Möbel zu holen", erklärte sich Heiko am Tag darauf bereit.

„Danke, das ist total lieb!" Kleinere Stücke trug Inka selbst zum Hänger, andere Teile nahmen sie gemeinsam, und die größeren Schränke bauten sie auseinander. Bei ihrer Couch und dem Sessel half ihnen ein freundlicher Nachbar. Zu guter Letzt folgten ein paar weitere gepackte Umzugskartons.

„Langsam wird es leer hier", stellte Inka fest und betrachtete das ausgeräumte Wohnzimmer. „Aber es ist schön, wieder zu Hause zu wohnen."

„Ich finde es auch super. Seit du wieder öfter zu Besuch kommst, gibt's viel häufiger Kuchen."

Inka lachte. „Kuchen kann man nicht genug haben. Sobald mein Wohnzimmer fertig ist, kommt ihr mal zu mir."

Vorfreudig rieb sich Heiko die Hände.

Bald waren sie wieder zurück und trugen die Sachen ins Haus, wobei Herr Meyer, der ihre Ankunft mitbekam, mit anpackte. Auch Mama kam vorbei und half. Bald war der Hänger leer und Heiko und Herr Meyer verabschiedeten sich.

„Puh", stöhnte Inka und wischte sich über die Stirn. „So schnell zieh ich nicht mehr um."

„Das will ich auch nicht hoffen", sagte Mama inbrünstig.

„Es ist mehr Arbeit als gedacht."

„Na ja, es ist nicht nur ein normaler Umzug, sondern ganz nebenbei renovierst du ein ganzes Haus nebst Garten. Und deinen Job hast du ja auch noch. Wirklich, du bist unglaublich fleißig. Großartig, wie du das alles stemmst."

„Dank meiner fleißigen Helfer! Allein wäre ich ziemlich aufgeschmissen." Inka bedachte ihre Mutter mit einem liebevollen Lächeln, holte eine Wasserflasche und Gläser und schenkte ihnen ein.

„Apropos Helfer … Wann geht's denn im Garten weiter?", erkundigte sich ihre Mutter und warf einen Blick durchs Fenster.

„Montag kommt Jan Ehlers und sieht sich die Lücke nochmals an, wo die Koniferen waren." Inka drückte ihr ein Wasserglas in die Hand.

Ihre Mutter trank einen Schluck. „Dafür brauchst du einen Fachmann?"

Inka lachte. „Nö. Aber ich habe Lust, ihn wieder mal etwas herumzuscheuchen und zu verunsichern."

Ihre Mutter lachte mit. „Dass das Spaß macht, glaube ich dir sofort. Wenn das einer verdient hat, dann er."

„Sag ich doch. Er hat darauf bestanden, sich der Sache anzunehmen, und nicht lockergelassen. Das hat er jetzt davon." Auch Inka trank und sah ebenfalls aus dem Fenster in den Garten.

„Er will Geld verdienen", warf ihre Mutter ein.

„Tipps gehören zum Service, meinte er."

„Klar, aber die Arbeitsstunden und die Materialien lässt er sich dann teuer bezahlen."

„Ist ja nicht gesagt, dass ich ihn tatsächlich etwas machen lasse. Vielleicht lasse ich ihn einfach nur ein wenig zappeln. Im Übrigen war der Preis für das Ausreißen der Bäume wirklich fair."

Ihre Mutter schmunzelte. „Wer hätte gedacht, dass du ihn mal in Schutz nimmst?"

Die Hitze schoss Inka ins Gesicht. „Mach ich gar nicht."

„Nee, das ist ja auch in Ordnung. Soll er ruhig hin und her fahren und sich den Kopf zerbrechen. Du hast recht. Finde ich gut, wie du ihn auf Trab hältst."

„Ja, nicht wahr?"

Sie sahen sich an und lachten.

Pünktlich am Montagmorgen erschien Jan Ehlers erneut. Tatendurstig schlug er seine Handflächen ineinander. „Dann wollen wir doch mal sehen, was wir aus Ihrem Garten so Schönes machen können."

„Ich bin gespannt." Inka ging voraus und er folgte ihr.

Bereits auf dem Weg vom Vorgarten und am Haus vorbei sah er sich aufmerksam um. Gelbe Narzissen und blaue Hyazinthen reckten ihre Blüten der Sonne entgegen, und rote Tulpen machten sich bereit.

„Ja, ich sehe schon ... Hier war jemand mit viel Liebe am Werk. Der Garten ist so angelegt, dass immer irgendetwas blüht. Hier stehen allerlei Stauden, Büsche und Obstbäume."

„Das möchte ich auch so beibehalten."

„Davon würde ich Ihnen keinesfalls abraten. Allerdings entdecke ich einige Lücken, wo Pflanzen über den Winter eingegangen sind oder zuvor einjährige Blumen gestanden haben. Dafür könnte ich Ihnen …“

„Kommen Sie bitte erst einmal zum Hauptproblem.“

„Genau, die große Lücke.“ Prüfend blieb er davor stehen und stützte nachdenklich das Kinn in die Hand. „Haben Sie denn inzwischen spezielle Vorstellungen, wie Sie hier verfahren wollen? Soll es offenbleiben oder …?“

„Eventuell zum Teil. Die Lücke ist ziemlich groß. Es ist ja praktisch die halbe hintere Gartengrenze offen.“ Inka lachte. „Wobei das womöglich sogar Vorteile hätte. Wer weiß, vielleicht fährt der Bauer beim Mähen seiner Wiese einfach weiter und mäht meinen Rasen gleich mit?“

Jan Ehlers lachte ebenfalls. „Ja, das ist gut möglich. Wäre sehr praktisch.“ Lachfältchen erschienen um seine Augen, Grübchen in seinen Wangen. Er wirkte fröhlich, nicht krampfhaft bemüht, weil seine Auftraggeberin einen Scherz gemacht hatte.

Verstohlen betrachtete Inka ihn. Sein blondes Haar wehte im Frühlingswind, ehrliches Interesse sprach aus seinen Augen, und sein Lachen eben hatte sehr sympathisch geklungen. Da war nichts mehr vom höhnischen Gelächter aus Kindertagen, wenn er ihr die Schultasche aus der Hand gerissen und auf dem Boden ausgeleert hatte.

Verdammt, dieses Ekel war nicht sympathisch! Es gab keinen Grund, plötzlich sentimental zu werden. Womöglich war er immer noch so widerlich, wenn er sich nicht gerade für Kunden verstellen musste. Eine schauderhafte Vorstellung. Und trotzdem wesentlich glaubwürdiger als der Gedanke, Jan Ehlers hätte sich vom Rüpel zum herzensguten Menschen gewandelt.

„Bevor wir überlegen, ob und was wir pflanzen können, muss ich Sie darauf hinweisen, dass der Boden dort, wo die Koniferen gestanden haben, nun einen niedrigen pH-Wert aufweist, also recht sauer ist", fuhr er fort. „Nur einige wenige Pflanzen vertragen das, beispielsweise Rhododendren."

Offenbar war es tatsächlich gut, dass sie ihn zurate gezogen hatte, denn das hatte sie nicht gewusst. Sie hätte womöglich irgendwelche Büsche oder Blumen gepflanzt und sich gewundert, warum sie so schnell wieder eingingen.

„Okay", sagte sie lediglich.

Er lächelte freundlich. „Auch Azaleen sind geeignet. Falls Sie jedoch etwas anderes anpflanzen wollen, müsste die Erde ausgetauscht werden."

„Ich würde gern zu beiden Seiten Büsche oder Hecken haben, vielleicht auch einen oder zwei Kirschbäume", überlegte sie laut. „In die verbliebene Lücke dazwischen möchte ich Blumen pflanzen, bunte Stauden, Phlox und Sonnenhut. Dann habe ich von der Terrasse aus immer noch einen freien Blick über die Wiesen, zugleich aber eine Abtrennung."

Wieder lächelte er. „Hätten Sie es nicht gerade vorgeschlagen, wäre das mein nächster Rat gewesen. Wir scheinen einen sehr ähnlichen Geschmack zu haben."

Sie starrte ihn an. Wenn er wüsste, wie fern sie einander waren!

Offenbar hatte er nichts bemerkt. „Wie gesagt, ich müsste nur wissen, welche Pflanzen Sie wünschen, damit ich überlegen kann, ob ein Austausch der Erde notwendig ist", fuhr er fort.

„Tja, darüber mach ich mir in Ruhe Gedanken. Und dann melde ich mich wieder bei Ihnen."

Natürlich hatte sie das nicht vor. Sie hatte die Einschätzung eines Experten bekommen, mehr hatte sie nicht gewollt. Den Rest konnte sie gut allein erledigen und damit einen Haufen Geld sparen. Aber das würde sie ihm nicht auf die Nase binden.

Er ging weiter herum, sah sich die Beete und Rasenflächen links und rechts des Hauses und schließlich den Vorgarten an und gab weitere Tipps und Anregungen. Inka hörte aufmerksam zu in dem Wissen, ihn an diesen Arbeiten nicht teilhaben zu lassen.

Das war ihre Rache für damals. Für all das, was er ihr angetan hatte. Natürlich machte es all die Demütigungen, Kränkungen und Einschüchterungen niemals wieder gut, aber es war zumindest eine kleine Befriedigung zu wissen, dass er vorfreudig auf ihren Großauftrag wartete – der niemals kommen würde.

Kapitel 10

Zum *Gartenparadies* fuhr Inka vorerst nicht mehr. Stattdessen kaufte sie während der folgenden vier Wochen mitunter eine Pflanze in einem Baumarkt oder einem anderen Gartenmarkt. Sie mähte den Rasen, entfernte vertrocknete Blumen links und rechts des Hauses und im Vorgarten und ersetzte sie durch frische Stauden. In ein Beet an der Hausmauer streute sie einige Tütchen Samen ‚wilde Blumenwiese' für die Bienen und Hummeln. In den Vorgarten pflanzte sie zwei Schmetterlingsflieder, einige Hortensien und eine Forsythie. Im Mai blühte ihr Garten in sämtlichen Farben.

Nur die Lücke zur Wiese war immer noch da. Dabei wusste sie selbst nicht, warum sie sich nicht längst darum gekümmert hatte. Tipps hatte Jan Ehlers ihr ja genug gegeben.

Einmal hatte er angerufen und sich erkundigt, ob sie sich wegen ihres Gartens inzwischen entschieden hatte. Sie hatte viel Arbeit vorgeschützt und ihm erklärt, ihn demnächst anzurufen.

Allerdings hatte sie das nicht vor. Der Gedanke, wie Jan auf ihren Anruf wartete, der nicht kam, tat Inka nach wie vor gut.

An lauen Abenden saß sie mit einer Tasse Tee oder einem Glas Wein auf ihrer Terrasse und ließ ihren Blick über die mit hohem Gras bestandenen Wiesen schweifen. Mitunter sah sie Rehe dort oder Feldhasen. In welchem Idyll sie lebte!

Das Einzige, was sie sich wünschte, war, dass ihre Tante noch am Leben wäre und sie gemeinsam die wunderbaren Sonnenuntergänge bestaunen könnten.

Ihre Wohnung auf Sylt hatte sie inzwischen vollständig geräumt und auch zwei weitere Zimmer in ihrem Haus renoviert. Eins hatte sie zu ihrem Büro gemacht, das andere war ein Gästezimmer. Ein großer und ein kleinerer Raum blieben noch übrig. Damit wollte sie sich Zeit lassen, denn zumindest momentan benötigte sie diese zusätzlichen Räume nicht.

Ein bis zwei Mal pro Woche traf sie sich mit Alea und oft auch mit anderen Freundinnen. Sie genoss jeden einzelnen Tag und das schöne Gefühl, endlich in ihrem neuen Leben angekommen zu sein.

Als der Brief des Grundbuchamts eintraf, dass sie nun eingetragene Eigentümerin des Hauses war, kaufte sie eine Flasche Sekt und besuchte damit ihre Mutter. Dann stießen sie auf das Andenken ihrer Tante Astrid an, ohne die all das nicht möglich gewesen wäre.

„Sie wäre stolz auf dich, wenn sie sehen könnte, was du alles gemacht und geschafft hast", sagte ihre Mutter.

„Meinst du nicht, sie wäre eher traurig, weil ich so viel verändert habe? Ich meine, von ihrer ursprünglichen Wohnung ist nichts mehr übrig, und auch im Garten hab ich einiges umgestaltet."

Ihre Mutter schüttelte den Kopf. „Nein. Astrid wusste selbst, dass ihre Einrichtung inzwischen unmodern war. Sie wünschte sich sogar, dass du die Sachen entsorgst. Und was den Garten betrifft, der war vorher bei ihr auch sehr schön. Allerdings konnte sie sich in letzter Zeit nicht mehr so gut darum kümmern, wie sie wollte, weil ihre Gelenke steif wurden. Du hast ja gesehen, wie verwildert das Grundstück teilweise war. Und du hast daraus inzwischen ein richtiges kleines Paradies gemacht. Alles ist also noch viel schöner geworden.“

„Danke.“ Inka errötete vor Freude. „Sag mal, hast du Lust, mit Alea und mir kommendes Wochenende nach Sankt Peter-Ording zum Strandfest zu gehen?“

„Was, Ihr wollt wirklich mich alte Frau dabeihaben? Wollt ihr nicht lieber allein ...“

„Erstens bist du noch lange nicht alt, und zweitens wollen wir dich sogar sehr gern dabeihaben. Es ist das erste Mal seit vielen Jahren, dass wir da mal wieder zusammen hingehen können, also du und ich.“

„Ja, dann ... sehr gern sogar.“

„Super, ich freu mich.“

Die Sonne schien warm und kein Lüftchen wehte, als sie paar Tage später in Sankt Peter-Ording aus dem Auto stiegen.

„Hier ist ja ganz schön was los“, staunte Inka.

Unzählige Menschen bevölkerten den großen Parkplatz und den daran anschließenden Strand. Überall standen Buden und Stände mit Kleidung, Schmuck, Taschen, Eis, Essen und Getränken. Es waren Dutzende Tische und Bänke für die Gäste aufgestellt worden. Inka sah viele Familien, Paare und Grüppchen herumlaufen oder etwas essen und trinken. Von allen Seiten erklangen Musik, Gesprächsfetzen und Gelächter. Über allem lag der köstliche Duft nach Bratwurst, Backfisch und frisch gebackenen Waffeln. Am Rande des Parkplatzes stand eine große Bühne, auf der es später Livemusik geben würde.

Wegen Alea, die den Kinderwagen mit dem kleinen Yannik durch das Gewühl schieben musste, kamen sie nur langsam voran, aber das störte Inka nicht. So fand sie genug Zeit, alles ausgiebig zu mustern. Sie spendierte dem Kleinen einen Luftballon, ihrer Mutter eine Thüringer Bratwurst und ihrer Freundin und sich einen warmen Crêpe.

Irgendwann stellte Inka verblüfft fest, dass sie gar keine Ausschau mehr nach ihren einstigen Peinigern hielt, wie sie es jahrelang getan hatte, sondern völlig entspannt war. Zwar war der Gedanke, ihnen über den Weg zu laufen, nicht sehr verlockend, denn gerade in Sankt Peter-Ording, inmitten so vieler Menschen, war die Möglichkeit, einem von ihnen zu begegnen, wesentlich höher als zu Hause im ruhigen Frederbüll. Aber sie fürchtete sich nicht mehr, und das war eine große Erleichterung.

„Bisher hab ich noch keinen Bekannten gesehen", sagte sie.

„Ich auch nicht", gab Alea zurück. „Die meisten sind wie immer Touristen von überall her. Trotzdem sollte man meinen, dass einem auch mal ein bekanntes Gesicht über den Weg läuft."

Immerhin waren sie hier jahrelang zur Schule gegangen. Bestimmt waren viele aus beruflichen oder privaten Gründen weggezogen wie auch sie, aber trotzdem lebten sicherlich viele immer noch hier.

Automatisch glitten Inkas Gedanken wieder zu all den Hänseleien – und damit auch zu Jan Ehlers. Wie gut, dass es auf dem Strandfest so voll war! Auch wenn er sich in letzter Zeit sehr viel Mühe gab und ein anderer Mensch geworden zu sein schien, konnte sie gut darauf verzichten, ihn zu treffen, ebenso wie auf Michael und die anderen.

Irgendwann entdeckten sie doch ein bekanntes Gesicht. Eine enge Bekannte ihrer Mutter lief ebenfalls in Begleitung ihrer Tochter herum. Als die Freundin vorschlug, sich irgendwo hinzusetzen, einen Kaffee zu trinken und ein großes Stück Kuchen zu essen, ließ sich ihre Mutter nicht lange bitten.

„Ich kann ohnehin nicht mehr laufen, mir tun schon die Füße weh", erklärte sie.

„Kein Problem, Mama. Soll ich dich nachher hier wieder aufsammeln?"

„Ich kann sie später mit nach Hause nehmen", bot Mamas Bekannte an.

„Na, dann lasst euch mal den Kuchen schmecken." Inka winkte und machte sich mit Alea und Yannik wieder auf den Weg.

Sie aßen ein Eis und stöberten bei den vielen Ständen herum. Alea fand für ihren Sohn ein niedliches T-Shirt mit einem lächelnden Seehund. Als Inka die winzigen Kleidungsstücke betrachtete, stellte sie sich vor, wie es wohl wäre, selbst ein Kind zu haben, das solche Sachen tragen könnte.

Ihre Freundin schien ihre Gedanken zu erraten und zeigte ihr ein entzückendes fliederfarbenes Shirt mit aufgedrucktem Regenbogen. „Ist das nicht süß? Ich kann mir sehr gut eine kleine Mini-Inka darin vorstellen. Na, kommst du nicht auf den Geschmack, wenn du so was siehst?"

„Auf den Geschmack schon, aber dafür fehlt mir etwas Entscheidendes: ein Mann."

„Ach, dazu kommst du schneller, als du gucken kannst." Alea lachte fröhlich.

Seit ihrer frühen Ehe war Inka nur ihr Beruf wichtig gewesen. Es bereitete ihr große Freude, sich so richtig mit Leib und Seele in ihre Aufträge hineinzuknien und das Beste für ihre Kunden zu finden. Natürlich hatte sie nach der Trennung von Stefan das ein oder andere Date gehabt, und mit einem Kollegen schien sich vor einem Jahr sogar etwas zu entwickeln. Aber dann hatte er einen äußerst lukrativen Auftrag für eine Luxusvilla an Land gezogen und schwebte fortan in anderen Sphären.

„Ich hab's nicht eilig", gab Inka zurück. „Mit dem Haus und dem Garten hab ich momentan neben meinem Job genug um die Ohren."

„Ja, das glaub ich dir. Trotzdem wäre es schön, wenn Yannik einen kleinen Spielgefährten hätte."

Inka zwinkerte ihrer Freundin zu. „Dann haltet euch mal mit einem Geschwisterchen ran."

Alea bekam ganz runde Augen. „Wenn ich an die Geburt denke, habe ich ehrlich gesagt noch etwas Zeit damit. Oder eher noch ganz viel Zeit."

„Alles klar. Danke für die Warnung!"

Sie lachten und schlenderten weiter, und Inkas Blick fiel auf ein Plakat:

Live auf dem Strandfest – Isern Deern, die beste Coverband der britischen Stars Iron Maiden aus Eiderstedt!

„*Isern Deern!* Na, das ist ja mal ein Name." Inka kicherte.

„Willst du dir die angucken?"

„Nee, die spielen heute, und da bin ich ja mit dir hier."

„He, Yannik müsste ohnehin bald Hunger kriegen. Ehrlich gesagt wundert es mich, dass er so lange friedlich bleibt." Alea beugte sich über den Kinderwagen und strich ihrem Sohn sanft über die Wange. Er lächelte zahnlos zu ihr hoch.

„Kein Problem", sagte Inka. „Wir hatten ja vorher schon ausgemacht, nur so lange zu bleiben, bis er unruhig wird. Komm, lass uns zum Auto gehen."

„Und du willst sie wirklich nicht ansehen? *Iron Maiden* ist eine deiner Lieblingsbands, oder?"

„Ja, genau: *Iron Maiden* und nicht *Isern Deern*. Klingt eher wie eine Karikatur, das muss ich nicht haben."

„Okay. Dann lass uns nach Hause fahren."

Bald darauf ließ Inka ihre Freundin samt Baby aussteigen und fuhr nach Hause. Dort angekommen stellte sie fest, dass sie keine Ruhe fand. Sie nahm ein Buch, um etwas zu lesen, konnte sich jedoch nicht konzentrieren. Im Fernsehen lief auch nur Blödsinn. *Isern Deern*. Sie kicherte bei diesem Namen. Das klang echt witzig. Die Songs der großartigen Metalband aus England hatte sie schon immer geliebt. Wäre es nicht toll, mal wieder bei einer Live-Band Spaß zu haben? Was sollte sie allein zu Hause rumhocken, wenn sie sich auch amüsieren konnte?

Kurz entschlossen fuhr sie noch einmal nach Sankt Peter-Ording. Das Publikum hatte sich inzwischen gewandelt. Anstelle von Familien liefen nun viele junge Leute herum. Einige sogar in Shirts von Rockbands.

Langsam schlenderte sie zur großen Bühne, wo sich bereits ein ansehnliches Publikum versammelt hatte. Darauf standen ein paar langhaarige junge Männer und bauten ihr Equipment auf. Schließlich verschwanden sie, die Beleuchtung ging an, und gespannte Erwartung senkte sich über die Zuschauer.

Als die ersten Akkorde erklangen und die Bandmitglieder auf die Bühne stürmten, gewann Inka für einen Moment den Eindruck, die originale Band stünde vor ihr. Der Sänger besaß das gleiche Temperament, die Gitarristen, der Bassist und der Drummer waren wirklich gut. Nach kurzer Zeit zeigte sich zwar, dass der Sänger beileibe nicht über dieselben Qualitäten verfügte wie Bruce Dickinson, aber sein fehlendes Talent machte er durch seine Energie wieder wett, mit der er über die Bühne flitzte und mit dem Publikum interagierte. Zwischen den Songs gab er launige Sprüche zum Besten. Die Stimmung steigerte sich mit jeder Minute. Begeistert sangen die Gäste die bekannten Songs mit und lachten über die lustigen Anekdoten. Was für eine gute Idee herzukommen!

„Die sind super", sagte plötzlich jemand neben ihr.

Inka wandte den Kopf und blickte in die strahlenden Augen von Jan Ehlers.

Ach du meine Güte!

„Ja, stimmt." Sofort wandte sie sich wieder der Bühne zu. Der hatte ihr gerade noch gefehlt!

Überrascht hörte sie, dass er den Text des folgenden Songs lückenlos mitsingen konnte. Offenbar war er wirklich ein Fan. Wer hätte das gedacht? Um sich keine Blöße zu geben, sang auch sie aus Leibeskräften mit.

„Irgendwie hab ich mir gedacht, Sie hier anzutreffen“, sagte er, während der Sänger einen seiner Sprüche losließ und es kurzzeitig etwas leiser war.

„Eigentlich wollte ich gar nicht kommen“, gab sie zurück und ärgerte sich im selben Moment über sich selbst. Das ging ihn überhaupt nichts an.

„Warum denn nicht?“

Sie zuckte die Schultern. „Es sind eben nicht die Originale.“

„Trotzdem haben sie was drauf und machen wirklich Spaß. Wenn sich die Originale nur so selten auf Tour begeben, muss man sich bis dahin eben mit dem Duplikat zufriedengeben.“

„Sie haben *Iron Maiden* schon live gesehen?“, fragte Inka verwundert.

„Klar. Schon dreimal. Einmal davon in Wacken.“

„Muss großartig gewesen sein. In Wacken hab ich sie leider verpasst.“

„Das darf einem wahren Fan aber nicht passieren!“, rief er und grinste.

In seinen Augen funkelte etwas wie Spott und erinnerte Inka erschreckend an den frechen Jungen von damals.

„Stimmt wohl. Ich hoffe, dass sie bald mal wieder dort auftreten.“

„Ich auch! Dieses Jahr bedauerlicherweise nicht, dabei hab ich bereits im letzten Jahr Tickets besorgt.“

Erstaunt riss Inka die Augen auf. „Sie haben Tickets für Wacken bekommen? Sie Glückspilz! Das wird ja immer schwieriger.“

„Ich kaufe jedes Jahr welche, sobald sie erhältlich sind. Wenn ich es nicht schaffe, hinzufahren, gebe ich sie an Freunde weiter. Während der letzten beiden Jahre habe ich es nicht hinbekommen, weil ich so viel Arbeit hatte, total schade. Aber ich gebe die Hoffnung nicht auf, dass es mal wieder klappt.“

Der nächste Song enthob Inka einer Antwort. Sie richtete ihre Aufmerksamkeit wieder auf die talentierten Musiker auf der Bühne und dachte darüber nach, was Jan Ehlers gerade erzählt hatte. Sie wunderte sich immer mehr über ihn.

Irgendwann ertappte sie sich dabei, ihn anzusehen, während sie begeistert die Lyrics mitgrölte. Er machte mit, und sie sangen sich fast die Lunge aus dem Leib. Schon lange hatte Inka nicht mehr so viel Spaß gehabt.

„Ich bin ganz heiser“, stöhnte sie, als das Konzert zu Ende war, und räusperte sich.

„Ich auch. Ach, das war wirklich klasse.“

„Ja, mir hat’s auch sehr gut gefallen.“

„Also, ich brauch jetzt dringend etwas zu trinken. Wenn ich nicht sofort meinen Hals befeuchte, kriege ich morgen kein einziges Wort mehr raus. Wie siehts aus, schließen Sie sich mir an?“

Inkas erster Impuls war abzulehnen. Sie konnte unmöglich mit dem Erzfeind ihrer Kindheit etwas trinken gehen!

„Bin dabei“, sagte sie stattdessen zu ihrer eigenen Überraschung. „Sonst geht’s mir morgen wie Ihnen.“ Sie kicherte und setzte sich neben ihm her in Bewegung. Was war los mit ihr? War sie eigentlich vollkommen verblödet?

„Bier, Wein, Wasser?“, fragte Jan sie im Gehen. „Oder lieber einen exotischen Cocktail?“

„Einen Cocktail“, entschied sie kurz entschlossen. Sie schätzte Jan als Biertrinker ein. Vielleicht würde er es sich anders überlegen und doch lieber getrennte Wege gehen wollen.

„In Ordnung. Heute bin ich mal total leichtsinnig und probiere zum ersten Mal im Leben so ein klebriges Ding“, sagte er zu ihrer grenzenlosen Verwunderung.

„Oh, das müssen Sie nicht“, warf sie rasch ein. „Die sind nicht jedermanns Sache, ganz klar. Wenn Sie lieber Bier trinken wollen, ist das in Ordnung. Ich kann auch allein ...“

„Kommt nicht infrage. Unterschätzen Sie nicht meinen Mut!“ Er lachte und zwinkerte ihr zu.

Verdammt, er war wirklich sympathisch. Wie konnte das bloß sein? Immerhin hatte er sie damals in die Brennnesseln geschubst.

An den Getränkeständen herrschte viel Gedränge, und sie reihten sich in die Warteschlange ein.

„Bin ich froh, dass ich heute pünktlich Feierabend machen konnte“, erzählte er. „Wäre wirklich schade gewesen, diese Band zu verpassen. Der Name ist echt ulkig. Ich hätte nicht erwartet, dass sie so gut sind.“

„Ich auch nicht.“ Sie konnten ein Stück vorrücken. Inka studierte die Karte mit der Getränkeauswahl, um nicht weiterreden zu müssen. Was, wenn er gleich auf ihren Garten zu sprechen kam? Wenn er sich erkundigte, wann er denn mit der Umsetzung ihrer Pläne beginnen konnte? Was zur Hölle sollte sie ihm sagen? Auf keinen Fall durfte sie vergessen, wer er war. Was er ihr angetan hatte. Aber es war etwas anderes, an seine

Quälereien aus Kindertagen zu denken oder hier neben ihm zu stehen, in heiterer Stimmung und in seine klaren blauen Augen zu blicken, die kein bisschen verschlagen wirkten, sondern vollkommen ehrlich. Und liebenswürdig.

Was dachte sie denn da? Sie hatte den Cocktail doch noch gar nicht getrunken.

„Puh, ich hab keine Ahnung, welchen ich nehmen soll." Mit gerunzelter Stirn las Jan Ehlers die Karte.

„Sie müssen das nicht meinetwegen machen", wiederholte Inka rasch. „Holen Sie sich doch ein Bier, wenn Sie das lieber möchten."

Er hob den Zeigefinger und hielt ihn ihr mit strengem Blick vors Gesicht. „Was hatte ich vorhin gesagt? Bitte ruinieren Sie nicht meine Entscheidung für das Risiko."

Für den Bruchteil einer Sekunde erinnerte er sie an den Jungen von damals, der sich mit drohendem Blick vor ihr aufbaute, mit seinem Finger vor ihrem Gesicht herumwedelte und ihr befahl, bloß niemandem zu erzählen, dass er ihren neuen Füller runtergeworfen hatte.

Dann verdrängte sein fröhliches Grinsen das düstere Bild.

„Okay, wenn das so ist, empfehle ich Ihnen den Tequila Sunrise. Der ist nicht so süß."

Sie waren an der Reihe, und Inka entschied sich für einen Pina Colada. Sie hasste Tequila Sunrise. Wenn sie Glück hatte, ging es Jan gleich ebenso. An einem kleinen Stehtisch fanden sie einen freien Platz und stießen miteinander an.

„Auf ein gelungenes Konzert", sagte Inka.

„Auf einen schönen Abend", gab er zurück.

Sie tranken, und Inka beobachtete neugierig sein Gesicht. Würde er es gleich angewidert verziehen? Stattdessen nickte er anerkennend. „Schmeckt besser, als ich befürchtet habe", gab er zu. „Vielen Dank für Ihren Tipp."

Mist. Das hatte leider nicht geklappt.

„Wie es scheint, mögen wir beide Rockmusik", sagte er.

„Ja."

„Ist immer cool, Gleichgesinnte zu treffen. Und, äh, unter Rockfans duzt man sich im Allgemeinen. Das wollte ich vorhin schon ansprechen, aber es war so laut. Ich weiß, wir sind Auftraggeberin und Auftragnehmer, aber was mich betrifft, fände ich es angenehmer, wenn wir ..." Unvermittelt hielt er ihr die Hand hin. „Also, ich bin Jan."

Sie starrte ihn an. Verdammt, sie war überhaupt nicht auf den Gedanken gekommen, er könnte ihr jemals das Du anbieten. Jetzt war wohl der Moment da, sich zu outen, was ihren kompletten Namen betraf.

„Inka", erwiderte sie und schüttelte seine Hand. Nebenbei beobachtete sie angespannt sein Gesicht. Machte es *klick?* Fiel der Groschen?

„Freut mich", erwiderte er und strahlte. Nicht einmal der Hauch eines Anzeichens von Erinnerung oder Erkennen zog über seine Miene. „So redet es sich gleich viel angenehmer. Ich mag diese förmliche Siezerei nicht."

Hatte sie sich denn wirklich so sehr verändert? Innerlich war sie ja noch dieselbe wie damals. Sie vergaß oft, welche Wirkung ihr verändertes Äußeres auf ihre Umwelt hatte.

Und er kannte sie nur mit ihrem durch Heirat erworbenen Nachnamen.

„Geht mir genauso", gab sie zurück und sog an ihrem Strohhalm.

„Hast du dich denn inzwischen schon gut eingelebt?", fragte er.

„Äh, ja. Danke. Mir gefällt es sehr gut hier."

„Wo hast du denn vorher gewohnt? Falls ich das fragen darf. Du musst natürlich nicht …"

„Auf Sylt."

Erstaunt riss er die Augen auf. „Was? Auf dieser tollen Insel? Was willst du denn dann auf Eiderstedt? Da ist auf Sylt doch viel mehr los."

„Mir gefällt's hier." Mit einer Armbewegung wies sie über die vielen feiernden Menschen. „Und ich finde, da ist sogar einiges los."

„Okay, stimmt schon. Ich lebe auch gern auf Eiderstedt. Ehrlich gesagt kann ich mir nicht vorstellen, woanders zu wohnen." Er verstummte für einen kurzen Moment. „Damals hab ich das allerdings mitunter anders gesehen. Da wäre ich gern ab und zu einfach abgehauen."

Inkas Herz holperte vor Überraschung. „Ach! Warum denn?"

Er musterte ihr Gesicht und schien einen inneren Kampf auszufechten. Schließlich seufzte er. „Ich meine als Kind. Äh … Meine Kindheit war nicht ganz einfach. Mein Vater war ein sehr schwieriger Mensch. Sehr jähzornig und aggressiv. Er hat meine Mutter und uns sehr oft …" Er schüttelte den Kopf, als wollte er damit auch die offensichtlich düsteren Erinnerungen abschütteln. „Ach, ist ja auch egal. Es ist lange her."

Betroffen sah Inka ihn an. „Das wusste ich nicht. Tut mir leid.“

„Muss es nicht. Ich war damals nämlich ebenfalls so ein richtiger Kotzbrocken, verstehst du? Ich hab meine Angst vor ihm und meinen ganzen Frust nämlich an anderen ausgelassen. Dafür schäme ich mich so! Ich würde all das, was ich anderen Kindern und Mitschülern angetan habe, so gern ungeschehen machen. Leider geht das nicht. Mein schlechtes Gewissen, das ich seitdem mit mir herumtrage, ist wohl die Strafe für mein damaliges saudämliches Verhalten.“

Mit jedem Wort schlug Inkas Herz schneller. Er sprach von ihr und wusste es nicht! Und es tat ihm leid! Konnte sie ihm das glauben? Ja, wenn sie in seinen Augen las, erkannte sie nichts als Aufrichtigkeit. Offenbar meinte er es wirklich ehrlich. Er bereute, was er getan hatte. Damit hatte sie nicht gerechnet.

„Oh! Das ist ... heftig.“

„Ja, das ist es. Es macht mir sehr zu schaffen.“

„Kann ich gut verstehen.“ *Mehr, als du dir vorstellen kannst!*

„Deshalb wäre ich damals oft am liebsten einfach von hier abgehauen. Natürlich ging das nicht. Und inzwischen bin ich froh, dass ich hiergeblieben bin. Zu Hause ist es doch am schönsten.“ Erschrocken hielt er inne. „Ach du meine Güte, manchmal bin ich doch zu blöd! Nicht, dass du wegen meines Geschwafels Heimweh nach Sylt bekommst.“

Sollte sie es ihm sagen? Wer sie war und wen er vor sich hatte? Auf ihren Vornamen hatte er nicht reagiert, und jetzt, wo er dachte, sie wäre Sylterin, würde er auch nicht mehr darauf kommen, sie könnten sich von früher kennen. Ein Teil von ihr wollte, dass er es wusste. Sie hatte keine Lust mehr, sich zu verstecken. Andererseits fürchtete sie sich. Wie würde er reagieren, wenn er erführe, dass sie von hier stammte? Würde er sie dann erkennen?

Okay, sie würde es wagen und ihm zumindest ein Stückchen ihrer Identität anvertrauen. „Keine Sorge, das passiert nicht", sagte sie mit klopfendem Herzen. „Sylt ist nicht mein Zuhause. Und ich bin deiner Meinung, dass es zu Hause am schönsten ist. Deshalb bin ich auch zurückgekommen."

Er starrte sie an. Verwirrt? Überrascht? „Zurückgekommen? Heißt das ... Du stammst von hier?"

Erkannte er sie jetzt? Würde er gleich vor Schreck erblassen und sie bei ihrem Spottnamen nennen: *Sag bloß, du bist Inka Versinka? Mein damaliges Lieblingsopfer.*

Gespannt beobachtete sie ihn und nickte. „Genau. Ich bin beruflich auf die Insel gezogen. Aber schließlich hat es mich doch wieder zurückgetrieben."

Immer noch musterte er sie. Sie konnte die Rädchen in seinem Kopf quasi rotieren sehen.

„Na, dann: herzlich willkommen zurück. Darauf müssen wir anstoßen. Darf ich dich zu einem weiteren Cocktail einladen?"

„Oh, das musst du nicht. Ich ..."

„Keine Widerrede. Eiderstedt hat eine ehemalige Bewohnerin zurückgewonnen. Also, welchen möchtest du diesmal?"

Nein, er wusste immer noch nicht, wer sie war. Und vielleicht war das auch besser so. Schließlich hatten sie nichts weiter miteinander zu schaffen.

Während sie noch überlegte, wofür sie sich entscheiden sollte, wurde Jan von einem Pärchen angesprochen. Offenbar waren es Kunden von ihm, denn sie bedankten sich strahlend für die wunderbare Gestaltung ihres Gartens. Erfreut nahm Jan das Lob an und schenkte Inka ein stolzes Lächeln. Die beiden breiteten in allen Einzelheiten die Fortschritte bei der Blüte ihrer unterschiedlichen Büsche aus, und Inka geriet wieder einmal in einen Interessenkonflikt. Offensichtlich war Jan gut in seinem Job. Auch sie hatte er wunderbar beraten. Trotzdem hatte sie nicht vor, auf sein Angebot zurückzukommen, während er immer noch darauf wartete.

War das nicht sehr unfair von ihr? Klar, er hatte sich ihr gegenüber jahrelang absolut scheiße verhalten. Aber es war viele Jahre her, und offenbar bereute er, was er getan hatte, auch wenn er nicht speziell sie damit angesprochen hatte. War nicht inzwischen längst Gras über die Sache gewachsen?

Während er sich immer noch zufrieden mit seinen Kunden unterhielt, stellte Inka fest, dass sie nach Hause wollte. Das waren einige Informationen, mit denen sie nicht gerechnet hätte, und die musste sie erst einmal in Ruhe verarbeiten. Sobald das Paar Luft schöpfen musste, wandte sie sich Jan zu.

„Du, hör mal, ich muss los.“

„Was, schon?“ Er wirkte sichtlich enttäuscht.

„Ja, ich bin plötzlich sehr müde. Es ist schon spät.“

„Wir wollten doch noch einen Cocktail ...“

„Das können wir ja mal nachholen.“ Verdammt, warum hatte sie das gesagt? Sie wollte sich doch wohl

nicht ernsthaft nochmals mit ihm treffen. „Also irgendwann. Vielleicht“, wich sie aus.

„Okay, sehr gern ... trotzdem schade.“

Sie rang sich ein Lächeln ab. „Tja, da kann man wohl
nichts machen.“

„Ja, dann ... Melde dich, wenn du dich wegen deines
Gartens entschieden hast, in Ordnung?“

Shit, jetzt hatte er doch noch daran gedacht.

„Mach ich.“

Natürlich nicht!

Sie wandte sich ab, winkte ihm noch einmal zu und
verschwand im Gewühl.

Kapitel 11

„Hast du kurz Zeit?", fragte ihre Mutter eine Woche später am Telefon.

„Ja. Worum geht's denn?" Mit einer Hand hielt Inka ihr Handy ans Ohr, mit der anderen die Gießkanne.

„Du erinnerst dich doch an Herrn Reichert von gegenüber, oder?"

„Klar. Wie geht es ihm?" Inka bedachte eine Zimmerpflanze mit Wasser.

„Gut soweit. Er ist gerade zu Besuch hier und würde dich gern etwas fragen. Allerdings lieber persönlich, nicht am Telefon."

„Ich kann eben rüberkommen." Sie stellte die Gießkanne auf den Boden.

„Ja? Das wäre toll."

Während sich Inka rasch auf den Weg machte, fragte sie sich, was der ältere Mann wohl von ihr wollte. Sie fand ihn im Sessel sitzend, eine Tasse Kaffee vor sich auf dem Tisch.

„Moin, Herr Reichert. Wie geht es Ihnen?"

„Moin, Inka. Ach, schlechten Leuten geht's immer gut, oder?" Er lachte und hustete.

Inka lachte kurz mit und wechselte einen verwirrten Blick mit ihrer Mutter.

„Wirklich schön, dass du wieder hier wohnst. Besonders für Gerda, nicht wahr?" Er bedachte sie mit einem Lächeln, das Mama strahlend erwiderte. „Du bist doch Immobilienmaklerin. Hast du vielleicht etwas freie Zeit?"

„Natürlich."

„Fantastisch. Wir suchen nämlich eine Wohnung für unseren Jüngsten, Torben. Der ist inzwischen einundzwanzig und will weg von uns Alten. Aber du weißt ja selbst, wie schwierig es inzwischen geworden ist, eine Wohnung zu finden, erst recht eine bezahlbare. Meinst du, dass du uns da vielleicht weiterhelfen könntest?"

„Das ist mein Job", erklärte Inka und lächelte zuversichtlich. „Wo möchte er denn hin?"

Herr Reichert rieb sein Kinn. „Es wäre schön, wenn er in der Nähe bleiben könnte. Man hat die Kinder eben gern bei sich, selbst wenn sie erwachsen sind."

„Da hat er recht", stimmte Mama ihm zu.

Was für ein Glück, dass sie bei solchen Worten jetzt kein schlechtes Gewissen mehr haben musste.

„Ich glaube, ich hätte da vielleicht das Richtige für ihn", erklärte Inka. Sie zog ihr Handy aus der Tasche und rief ihre Homepage auf. Dann öffnete sie das Exposé für eine Zweizimmerwohnung in einem Sechsfamilienhaus in Sankt Peter-Ording und zeigte es Herrn Reichert. „Das Angebot hab ich gerade erst reinbekommen. Laut Angaben der Vermieterin liegt das Haus in Zentrumsnähe."

Aufmerksam las sich Herr Reichert die Angaben durch. Als er Inka ihr Handy zurückgab, strahlte er.

„Das klingt großartig. Wäre es möglich, dass wir uns die Wohnung mal ansehen?“

„Natürlich. Warten Sie, ich rufe kurz beim derzeitigen Mieter an und frage nach, wann es möglich ist.“

Sie wählte die Nummer. „Guten Tag, Herr Krüger. Ich habe hier einen Interessenten für die Wohnung. Sie wohnen ja noch dort. Deshalb wollte ich mich erkundigen, wann wir denn mal zur Wohnungsbesichtigung kommen können?“

Sie hatten Glück und konnten bereits in einer Stunde einen Termin ausmachen.

„Wunderbar. Dann bis gleich und vielen Dank.“ Inka legte auf und wandte sich an Herrn Reichert. „Wollen Sie Ihrem Sohn Bescheid sagen? Wir können gleich losfahren.“

„Das ist toll! Herzlichen Dank, Inka! Ich weiß gar nicht, was ich sagen soll.“ Er war sehr aufgeregt, als er aufstand und sich zum Gehen wandte.

„Erst einmal muss Torben die Wohnung ja auch gefallen, und Frau Müller, die Eigentümerin, muss einverstanden sein.“

„Ach, das wäre großartig. Es ist nicht weit weg, da können wir ihn oft besuchen. Oder er uns.“

Wieder wechselten er und ihre Mutter einen einvernehmlichen Blick. Dann verließ er das Haus, um seinen Sohn zu informieren und sein Auto zu holen.

„Meinst du, dass ich mitkommen kann?“, fragte Mama. „Ich würde gern hinterher kurz in den Supermarkt gehen.“

„Natürlich. Bei der Gelegenheit kann ich auch gleich einkaufen.“

Kurz darauf fuhren sie nach Sankt Peter-Ording. Herr Reichert und Torben warteten bereits gemeinsam mit Herrn Krüger vor dem Haus und Herr Krüger begrüßte sie. Anschließend gingen sie alle in den zweiten Stock und besichtigten die Wohnung. Torben war begeistert und wäre am liebsten sofort eingezogen.

„In anderthalb Monaten ziehe ich aus", sagte Herr Krüger.

„Ich werde alles mit Frau Müller besprechen", erklärte Inka und sah Torben sowie seinen Vater an. „Danach melde ich mich wieder bei Ihnen."

„Vielen Dank. Es wäre toll, wenn es klappt." Torben wirkte, als würde er Inka um den Hals fallen wollen.

Nachdem sie sich von allen verabschiedet hatten, machten sich Inka und ihre Mutter auf den Weg zum Einkaufen.

Sie steuerten den großen Parkplatz an und betraten gleich darauf den Supermarkt. Während Inka sich das Obst ansah, fuhr ihre Mutter zielstrebig aufs Kaffeeregal zu. Milch, Brot und Müsli landeten im Einkaufswagen.

„Papa, darf ich bitte diese Bonbons haben?", hörte sie die Stimme eines Mädchens aus dem Nebengang.

„Die sind furchtbar ungesund für die Zähne, Mäuschen", erwiderte ein Mann.

War das nicht Jans Stimme?

„Ach, bitte!"

„Nimm lieber Schokolade, ja?"

„Aber ich liiieeebe die Bonbons! Da ist ein Einhorn auf der Packung. Ich liiieeebe Einhörner!"

Neugierig lugte Inka um die Ecke. Vor dem Regal stand ein vielleicht fünfjähriges Mädchen, eine große Tüte in der Hand, und starrte zu ihrem Papa hoch. Es war unzweifelhaft Jan.

Er hatte ein Kind! Trug er einen Ehering? Daran konnte sie sich nicht erinnern. Aber was spielte das auch für eine Rolle? War doch völlig egal, ob er verheiratet oder Vater war. Sie hatte mit ihm nichts zu tun. Daran änderte auch ein ähnlicher Musikgeschmack nichts.

Unbemerkt zog sie sich wieder zurück und ging weiter. Erst nach einigen Schritten merkte sie, dass sie fast auf Zehenspitzen dahinschlich. Sie verfiel ja automatisch wieder in ihre Kinderrolle! Klar, sie wollte nicht von ihm entdeckt werden, aber das war lachhaft. Damals wäre sie ihm auf jeden Fall bestmöglich aus dem Weg gegangen. Allerdings waren diese Zeiten längst vorbei.

Trotzdem wollte sie vermeiden, dass er sie sah, denn auf ein Gespräch mit ihm hatte sie keine Lust.

Als sie das Ende ihres Gangs erreichte und um die Ecke bog, blieb sie stehen und spähte erneut in den Gang, in dem sich Jan und seine Tochter befanden. Die Kleine stand immer noch vor dem Regal, und Jan kniete neben ihr und zeigte ihr eine andere Packung. Offenbar erfolglos, denn sie zog einen Schmollmund. Niedlich sah sie aus, mit blonden langen Locken.

Inka hielt die Luft an und schob ihren Wagen in Windeseile an dem Gang vorbei. Geschafft! Jan hatte sie nicht entdeckt. Sie packte ein Glas Erdbeermarmelade in ihren Wagen und steuerte die Kühlregale an.

„Darf ich ein Eis haben, Papa? Biiitteee", hörte sie die Mädchenstimme hinter sich.

Sie wollten in dieselbe Richtung wie sie! Das konnte doch wohl nicht wahr sein! Schnell zog sie sich in einen Nebengang zurück. Tütensuppen, Fertiggerichte ... Nein, so etwas brauchte sie nicht. Verstohlen spähte sie zu den Kühlregalen und fluchte leise. Vater und Tochter beugten sich über die Eistruhe. Direkt gegenüber gab es das Tiefkühlgemüse, zu dem Inka wollte.

Unmittelbar daneben befanden sich gefrorene Torten und Kuchen. Und genau darauf steuerte jetzt ihre Mutter zu. Inka beobachtete, wie sie suchend die Waren sichtete, die Truhe aufschob und einen Karton heraushob. Prüfend drehte sie ihn in der Hand und legte ihn wieder zurück. Dann hob sie den Kopf und sah sich suchend um.

Verflucht, nicht auch noch das, nicht gerade jetzt! Mama suchte nach ihr.

„Inka?", rief sie da schon. „Bist du hier irgendwo?"

Jans Kopf ruckte neugierig zu ihr herum.

Fieberhaft überlegte Inka, was sie jetzt machen sollte. Wenn sie zu ihrer Mutter ging, sah Jan sie. Wenn sie sich versteckte, käme sie sich wie ein Kleinkind vor. Entschlossen straffte sie die Schultern und atmete tief durch.

„Ja, ich bin hier", gab sie zurück und steuerte ihren Wagen aus der Deckung. „Was gibt's denn?"

Nicht nur ihre Mutter sah ihr entgegen, sondern auch Jan. Dessen Augen weiteten sich erstaunt, als er sie erkannte.

„Das ist ja ein Zufall", entfuhr es ihm.

Verwundert sah ihre Mutter zwischen ihnen hin und her.

Inka beschloss, die Sache kurz und schmerzlos abzuhandeln. Dabei hoffte sie im Stillen inbrünstig, dass Mama nicht versehentlich ihre wahre Identität preisgab, indem sie sich irgendwie verplapperte. Sollte sie sich jemals dazu entschließen, sie Jan anzuvertrauen, wäre dies auf jeden Fall sowohl die falsche Zeit als auch der falsche Ort. Wenn, dann sollte es in einer ruhigen Minute sein, und sie wollte von sich aus auf ihn zukommen.

„Hallo, Jan", grüßte Inka angespannt. Dann wandte sie sich demonstrativ ihrer Mutter zu. „Was wolltest du denn wissen, Mama?"

Die Augen ihrer Mutter waren voller Fragen, und es fiel ihr sichtlich schwer, den Blick von Jan zu wenden und sich auf ihre Tochter zu fokussieren.

„Äh, ja, diese Torte hier ... Meinst du, die ist gut?"

„Ganz bestimmt", erwiderte Inka verwundert. Seit wann fragte Mama denn so etwas? Normalerweise kaufte sie, was ihr zusagte, und testete selbst, ob es ihr schmeckte oder nicht.

„Sieht lecker aus", mischte sich Jan ein und lächelte freundlich.

„Kaufen wir auch eine Torte, Papa?", erkundigte sich die Kleine.

„Nein, heute nicht, Mäuschen. Vielleicht beim nächsten Mal."

„Aber dann möchte ich bitte ein Eis."

„Eine niedliche Tochter haben Sie", sagte Inkas Mutter und bedachte erst Jan, dann Inka mit einem festen Blick.

„Äh, danke. Ach, Inka, wo ich dich hier gerade sehe: Ich schulde dir noch einen Cocktail."

Schnell schüttelte sie den Kopf. „Unsinn, du schuldest mir gar nichts."

„Versprochen ist versprochen. Tut mir leid, dass wir neulich unterbrochen wurden."

„Kein Problem. Ich ..."

„Was ist ein Koktäl, Papa?"

„Ich glaube, ich nehme die Torte", entschied ihre Mutter.

Ein Kichern stieg in Inka auf. Die Situation war wirklich kurios. Auch Jan grinste, und als sie sich ansahen, brachen beide in Lachen aus.

„Ich rufe dich an, ja?", sagte er.

„Okay."

Während Jan mit seiner Tochter und einem Eis von dannen zog, starrte ihre Mutter den beiden immer noch hinterher.

„Wer war das denn?" Ein verträumtes Lächeln lag auf ihren Lippen.

„Jan Ehlers."

Ihre Mutter riss die Augen auf. „Was? Etwa *der* Jan Ehlers?"

„Genau."

„Wieso hast du ihn dann nicht an Ort und Stelle mit Saft übergossen oder mit Pudding beschmiert?"

Inka grinste. „Für solche Dinge war er immer zuständig."

„Hast du mir vielleicht etwas zu sagen, Kind?"

„Nö. Aber was war denn das gerade mit der Torte? Das fragst du mich doch nie."

Ihre Mutter lächelte verlegen. „Eigentlich wollte ich dich fragen, ob du mir die Zutaten vorlesen kannst. Die sind so klein gedruckt, dass ich sie ohne meine Lesebrille nicht entziffern kann, und die hab ich nicht dabei. Aber als ich merkte, dass du diesen jungen Mann kennst, war mir das plötzlich peinlich.“

„Aha.“ Inka schmunzelte belustigt.

„Beim Namen Jan hab ich mir nichts gedacht, den gibt's hier ja wie Sand am Meer. Aber dass es tatsächlich *der* Jan ist ... Hab ich das richtig gehört: Ihr duzt euch?“

„Ja.“

„Wieso das denn? Ich denke, du kannst den Typen nicht leiden. Was nach eurer gemeinsamen Vergangenheit mehr als verständlich ist.“

„Das eine schließt ja das andere nicht aus, oder?“

„Wieso trinkst du denn dann einen Cocktail mit ihm?“

Diese Episode hatte Inka ihrer Mutter bisher verschwiegen. Es war bedeutungslos, warum also große Worte darum machen?

„Das hatte sich neulich beim Strandfest einfach so ergeben. Da waren wir uns zufällig über den Weg gelaufen. Aber ich bin dann gegangen. Seitdem habe ich ihn nicht mehr gesehen. Und das soll auch so bleiben.“

„Ist wohl auch besser so. Offensichtlich ist er ja verheirateter Vater.“

„Keine Ahnung, ob er verheiratet ist.“

„Er hat ein Kind!“

„Ach, Mama ...“ In dieser Hinsicht war ihre Mutter seit jeher etwas altmodisch. Wahrscheinlich lag das daran, weil sie selbst Alleinerziehende gewesen war, und ihr Leben war beileibe nicht immer einfach gewesen.

„Halte dich lieber von ihm fern.“

„Genau das hab ich vor.“

Und so hoffte sie, dass Jan seinen Anruf bei ihr wieder vergessen würde. Sollte er lieber mit seiner Frau einen Cocktail trinken! Am besten einen *Sex on the Beach*.

Inkas Hoffnung erfüllte sich nicht. Zwei Tage später klingelte ihr Telefon. Sie las Jans Nummer und überlegte, einfach nicht ranzugehen. Aber dann würde er es womöglich wieder und wieder versuchen.

Seufzend nahm sie das Gespräch an. „Hi, Jan.“

„Moin, Inka, schön, dass ich dich erreiche. Wegen des Cocktails ...“

„Das ist keine gute Idee.“

„Was meinst du?“

„Mach das lieber mit deiner Frau.“

„Mit meiner Frau?“, echote er und klang sehr verwirrt. Dann schien der Groschen zu fallen. „Ach, du meinst, weil ...“

„Genau. Die Kleine war doch deine Tochter, oder? Also wird es auch eine dazugehörige Mutter geben, nehme ich an.“

„Ja, natürlich. Sie und ich ...“

„Ihr solltet mal wieder etwas zusammen unternehmen. Das tut eurer Beziehung gut, und du kommst nicht auf dumme Gedanken.“

„Auf dumme Gedanken?“, wiederholte er. Er machte einen extrem verwirrten Eindruck. „Was zum Teufel meinst du?“

„Bist du wirklich so ausgekocht?" Plötzlich standen sie wieder vor ihr, die Bilder von damals, die sie einfach nur vergessen wollte. Jan, mit ausgestrecktem Finger, umringt von seinen Kumpels, der sie auslachte, während sie im Modder lag, wohin Michael sie geschubst hatte.

„... mehr zusammen", hörte sie.

„Was?", hakte sie nach. „Ich hab gerade nicht zugehört."

„Ich sagte, dass Angela und ich nicht mehr zusammen sind, schon seit über einem Jahr. Und verheiratet sind wir auch nicht mehr lange. Das Trennungsjahr ist um, die Scheidung läuft."

Oh. „Aha. Trotzdem finde ich ..."

„Hör zu, Inka. Ich dachte, wir beide verstehen uns gut. Dein Garten nimmt tolle Formen an und das Konzert war lustig. Mir hat sogar der Cocktail geschmeckt, den du mir empfohlen hattest, aber wenn ich das alles falsch interpretiert habe, tut es mir leid."

Plötzlich schämte sie sich. Wie sie ihn behandelte, war nicht fair. Klar, seine Taten als Kind standen auf einem anderen Blatt. Aber er hatte gesagt, dass ihm leidtat, was er damals getan hatte, dass er darunter litt. Und wenn sie ihn betrachtete, wie er jetzt war, liebenswürdig und freundlich, verhielt sie sich nicht richtig.

„Nein, mir tut es leid", entgegnete sie und war überrascht über ihre eigenen Worte. Wer hätte gedacht, dass sie sich mal bei Jan Ehlers entschuldigen würde? „Ich hab überreagiert. Der Cocktail schmeckte wirklich gut, und wenn du darauf bestehst ..."

„Ja, das tue ich."

Sie hörte sein Lächeln durch die Leitung.

„Also gut, was hältst du von einem Drink auf meiner Terrasse? Der Blick über die Wiesen ist nämlich immer noch offen. Wenn du Lust hast, kannst du mir gern zwei Rhododendren mitbringen. Das wäre zumindest schon mal ein Anfang. Was meinst du?" Diese Idee kam ihr ganz spontan.

„Klingt gut. Rhododendren sind eine gute Wahl wegen des sauren Bodens. Ich würde dir allerdings ein paar mehr empfehlen, vielleicht vier. Die Lücke ist sehr groß. Dann bleibt immer noch genug Platz für weitere Überlegungen."

„Okay, ich vertraue dir da mal. Also vier."

„Gut. Und was den Drink betrifft ... Alles, nur nichts Süßes, ja?"

„Ich werde mir Mühe geben. Kommenden Samstagabend?"

„Ist notiert."

Inka grinste, als sie auflegte.

Und obwohl sie es sich selbst gegenüber niemals eingestehen würde, freute sie sich schon auf den Abend.

Kapitel 12

Am Samstagnachmittag ertappte sie sich dabei, dass sie ewig lange vor dem Spiegel stand und sich nicht für eine Frisur entscheiden konnte. Schließlich ließ sie ihr Haar einfach offen. Sie würde den Teufel tun und sich für Jan Ehlers aufbrezeln! Wenigstens bei ihrem Outfit brauchte sie sich nicht allzu viele Gedanken zu machen. Eine schwarze 7/8-Jeans, dazu eine schwarze Bluse, fertig.

Sie wischte den Tisch auf der Terrasse ab und legte Sitzkissen auf die Gartenstühle. Danach holte sie eine Auswahl an Getränken und stellte sie in den Kühlschrank. Anschließend füllte sie Chips, Salzstangen und Erdnüsse in kleine Schalen. Zu guter Letzt fror sie einige Packungen Eiswürfel ein.

Jan kam nicht allein, sondern in Begleitung von vier Töpfen mit Rhododendren. Sie waren bereits ungefähr achtzig Zentimeter hoch.

Die ersten Worte, die ihr in den Sinn kamen, waren Ablehnung. *Nein, die sehen ja furchtbar aus. Sorry, aber so etwas kommt mir nicht in meinen Garten.* Er würde sie erschrocken anstarren, vielleicht sogar verletzt. Hatte er nicht genau so etwas verdient?

„Toll, dass du sie mitgebracht hast, vielen Dank“, sagte sie stattdessen, denn sie dachte wieder an das schlechte Gewissen, das er seit damals mit sich herumtrug. An die Scham, die sie deutlich in seinem Gesicht gelesen hatte.

„Ist doch selbstverständlich.“

„In der Größe hätten sie nicht in mein Auto gepasst. Ich hätte kleinere kaufen müssen.“

„Da es dir darum geht, die Lücke zu schließen, ist es natürlich vorteilhaft, wenn sie bereits eine gewisse Größe haben. Bist du denn einverstanden damit? Ich kann sie sonst auch wieder mit zurücknehmen und ...“

Jetzt wäre die optimale Gelegenheit, ihm doch noch eins auszuwischen. Auch wenn die Vorstellung verlockend war ... Sie tat es nicht.

„Auf keinen Fall. Sie sind perfekt. Aber komm, setz dich erst mal.“

„Wenn du nichts dagegen hast, würde ich sie gern gleich einpflanzen.“

„Du hast Feierabend, oder? Das kann ich morgen auch allein machen.“

„Ich möchte es aber. Dann kann ich nämlich gleich abschätzen, wie groß die Lücke noch ist, und überlegen, was wir noch machen könnten.“

Er wirkte ja wirklich sehr engagiert.

„Lass uns eben die Töpfe an die betreffenden Plätze stellen“, schlug sie vor. „Dann können wir das auch erkennen.“

„Sorry, wenn ich etwas verbissen rüberkomme, aber diese Sache ist mir wichtig. Ich finde keine Ruhe, ehe ich meine Arbeit nicht erledigt habe.“

„Okay, dann machen wir es jetzt gleich. Umso besser schmecken hinterher die Drinks. Ich zieh mir eben was anderes an."

„Nee, das lässt du schön bleiben. Ich bin hier der Gärtner. Alles, was ich brauche, ist ein Spaten. Leider habe ich nicht daran gedacht, meinen mitzunehmen."

„Also gut, komm mit." Sie ging ihm voraus zu dem Gartenhäuschen, in dem die Gerätschaften lagerten. „Hier findest du alles, was du brauchst. Ich bereite die ersten Getränke zu."

„Da sag ich nicht Nein."

Während er sich ans Werk machte, holte Inka die Zutaten für einen Aperol Spritz, füllte alles in Gläser und gab Eiswürfel dazu.

In der Zwischenzeit hatte Jan den ersten Busch eingepflanzt und das Loch für den zweiten gegraben. Er arbeitete wirklich schnell.

„Die Drinks sind fertig!", rief sie.

„Moment. Ich setze nur den nächsten Rhododendron ein." Rasch befreite er die Pflanze vom Topf, setzte sie ins Loch und füllte es mit Erde. Dann trat er sie fest und begutachtete sichtlich zufrieden sein Werk. „Und, was meinst du?"

„Sieht sehr gut aus. Aber jetzt komm, sonst schmilzt das Eis."

„Ich geh mir nur rasch die Hände waschen."

Kurz darauf kam er zurück und nahm auf einem Stuhl Platz.

Inka gab ihm sein Glas und hob ihr eigenes. „Vielen Dank für deine Mühe."

„Mach ich gern. Auf einen schönen Garten."

Inka sog am Strohhalm. „Hat deine Kleine eigentlich neulich die Bonbons noch bekommen?“

„Oh, das hattest du mitbekommen?“, erkundigte sich Jan erstaunt.

„Es war nicht zu überhören.“ Inka schmunzelte.

Jan trank ebenfalls und schüttelte den Kopf. „Ich konnte Marie auf Schokolade und ein Eis umstimmen. Die ist nicht ganz so ungesund wie die reinen Zuckerbomben. Sie ... Sie ist mein Ein und Alles. Seit unserer Trennung versuche ich, ihr jeden Wunsch zu erfüllen, aber das hat sie schnell spitzgekriegt. Deshalb muss ich ihr wenigstens hin und wieder kleine Grenzen setzen.“

„Ist bestimmt alles nicht einfach für sie.“

„Nein. Sie hängt an uns beiden sehr. Als Angela mit ihr aus unserem Haus ausgezogen ist, brach eine Welt für sie zusammen. Ich wollte gehen, damit Marie in ihrer gewohnten Umgebung bleiben kann, aber Angela wollte weg. Sie und ich ... Das ging einfach nicht mehr. Wir sind wie Feuer und Wasser.“

„Tut mir leid.“

„Kein Ding. Ich hab das verarbeitet. Jetzt mach ich mir nur noch Sorgen um Marie, dass sie alles weiterhin einigermaßen verkraftet. Deshalb verwöhne ich sie, wo es nur geht. Abgesehen von zu vielen Süßigkeiten natürlich.“ Er nahm einen weiteren Schluck und lächelte. „Schmeckt sehr gut. Das leicht Bittere gefällt mir.“

„Ja, ich mag es auch sehr gern. Der ideale Sommerdrink, schön erfrischend.“

„Und du?“, fragte er vorsichtig. „Hast du auch jemanden auf Sylt zurückgelassen?“

„Nur meine tote Katze", entgegnete sie und fühlte sich plötzlich traurig. „Sie war schon alt, am Ende war es nur eine Frage der Zeit. Ich habe sehr an ihr gehangen."

„Oh, das tut mir leid! Man gewöhnt sich sehr an ein Tier."

„Sie hieß Minka und war rabenschwarz."

„Warum wundert mich das jetzt nicht?" Er wirkte belustigt.

Inka lächelte, es tat sehr gut und verscheuchte die Wehmut ein wenig. „Ich bin wohl sehr leicht zu durchschauen, was?"

„Eigentlich eher im Gegenteil. Mitunter finde ich dich sehr ... undurchsichtig. Um nicht zu sagen geheimnisvoll." Er wurde rot und sah rasch weg. „Und danach hast du dich entschieden, nach Eiderstedt zurückzukommen?"

Inka senkte den Kopf. „Der Anlass war noch viel trauriger. Meine Tante starb ebenfalls."

„Ach du meine Güte! Das ist ja schrecklich! Mein aufrichtiges Beileid. So viele Verluste, wie furchtbar!"

„Ja, sie fehlen mir beide sehr. Aber immerhin hatte es dafür gesorgt, dass ich hierher zurückgekommen bin. Meine Tante hat mir ihr Haus vererbt."

„Oh, dann hatte das Ganze wenigstens ein Gutes. Trotzdem ist das alles natürlich sehr schlimm." Er nippte an seinem Getränk. „Und sonst so? Keiner, der mit gebrochenem Herzen zurückblieb?"

Sie schüttelte den Kopf. „Ich bin schon länger wieder Single. Allerdings hatte ich sehr früh geheiratet. Ich will es nicht Jugendsünde nennen, aber im Grunde waren wir viel zu jung. Damals lebte ich noch in Hamburg."

„Du bist ja schon ganz schön rumgekommen." Jan grinste. „Dagegen bin ich ja richtig langweilig. Ich bin von Eiderstedt bisher noch nicht weggekommen."

„Muss man auch nicht. Ich bin am Ende ja auch wieder zurückgekehrt. Stefan kam mit nach Sylt, aber er langweilte sich dort recht schnell und wollte in die Großstadt zurück. Natürlich gab es noch mehr Gründe, aber wir ließen uns unter anderem auch deshalb scheiden." Sie sog an ihrem Strohhalm.

„Wirklich übel, dass du das auch schon durchmachen musstest. Da haben wir ja schon wieder was gemeinsam. Eine Trennung ist nie leicht, und eine Scheidung schon mal gar nicht. Was machst du beruflich, wenn ich fragen darf? Immer wieder Umzüge, das ist bestimmt nicht so einfach."

„Ich bin Immobilienmaklerin und arbeite freiberuflich. Das kann ich von überall aus machen. Allerdings muss ich mir hier erst einen Kundenstamm aufbauen. Einige habe ich schon gefunden, und ich betreue auch weiterhin Kunden auf Sylt. Aber ich mach mir keinen Stress. Erst mal richte ich mich hier in Ruhe ein." Inka leerte ihr Glas und stellte es auf den Tisch zurück.

„Du bist echt eine toughe Frau. So selbstständig. Ganz anders als Angela. Okay, sie ist zwar auch sehr selbstbewusst, andererseits schiebt sie unangenehme Aufgaben gern anderen zu, wenn es möglich ist."

„Das wird sich jetzt bestimmt ändern, wo sie wieder allein ist und alles selbst machen muss."

„Ja, das ist möglich. Ist ja auch egal. Ich möchte gar nicht mehr über sie reden." Jan trank ebenfalls aus. „So, jetzt mach ich mich mal an die beiden letzten Büsche."

Ehe er aufstehen konnte, legte Inka ihre Hand auf seinen Unterarm und hielt ihn zurück. Rasch zog sie ihre Hand wieder weg und spürte, wie ihr die Hitze ins Gesicht schoss. Was machte sie denn da?

Er sah sie an, die Augen voller Fragen.

„Nein, lass das doch", sagte sie schnell. „Es ist gerade so gemütlich. Lass uns lieber die nächsten Drinks mixen. Sieh mal hier, ich habe eine Auswahl an Getränken besorgt. Da ist bestimmt auch was für dich dabei."

Zögernd wandte er den Blick von ihr und betrachtete die Flaschen auf dem Beistellwagen.

„Oh, das sieht ja richtig gut aus." Er nahm eine Flasche Wodka heraus. „Müssen wir uns an irgendwelche Rezepte halten oder ist alles erlaubt?"

„Nach Rezept kann jeder, oder? Ich finde, wir machen einfach, was uns einfällt."

„Super Idee." Er grinste, bückte sich nach einer Flasche Orangensaft und suchte weiter.

Inka entschied sich ebenfalls für Wodka, dazu gab sie Kirschsaft, einen Schuss Orangenlikör und etwas Sekt. Schließlich stießen sie mit ihren Eigenkreationen an.

„Hm, lecker!", schwärmte Inka. „Wie ist deiner?"

„Auch sehr gut. Schmeckt nach mehr."

Es dauerte nicht lang, da hatten sie ihre Gläser geleert und unternahmen weitere Versuche. Bald fühlte sich Inkas Kopf angenehm leicht an, und sie hörte sich über irgendeinen Spruch von Jan kichern.

„So viel Spaß hatte ich schon lange nicht mehr", sagte Jan Stunden später und wandte den Kopf in Richtung Wiese. Inzwischen war es dunkel geworden, sie war nicht mehr zu sehen. „Jetzt hab ich komplett die Büche, Büsche vergessen."

„Die laufen ja nich weg." Inka kicherte. „Können sie ja nicht."

Sie sahen sich an, lachten und tranken weiter.

Irgendwann wurde sie müde. „Ich glaub, ich muss ins Bett", stellte sie fest.

Er warf einen Blick auf die Uhr. „Oh, so spät schon? Ich muss dann wohl auch nach Hause."

„Du kannst heute nich mehr fahrn. Das waren einige Cocktails."

„Dann ruf ich mir 'n Taxi."

„Musst du nich." Hatte sie das wirklich gerade gesagt? „Ich hab ein Gästezimmer. Frisch renoviert. Du kannst es einweihn, wenn du wills."

„Echt?"

„Klar. Wieso nich?"

Ja, warum eigentlich? Weil er ihr jahrelang das Leben zur Hölle gemacht hatte? Weil sie lange Zeit nicht einmal die Erinnerung an ihn und seine damaligen Kumpane ertrug? Waren das nicht genug Gründe?

Aber – war all das nicht schon lange vorbei? Er bereute es, und er besaß nicht mehr die geringste Ähnlichkeit mit dem Jan von damals.

„Ja, okay, dann ... danke."

Sie gingen ins Haus, Inka legte ihm ein Handtuch heraus und zeigte ihm das Gästezimmer im ersten Stock. Das Bett darin war das einzige Möbelstück von Tante Astrid, das sie behalten hatte. Darin hatte sie selbst oft geschlafen, wenn sie ihre Tante besucht hatte. Obwohl es schon alt war, hatte sie es nicht übers Herz gebracht, das Bett zu entsorgen. Dafür barg es zu viele wunderbare Erinnerungen.

„Sieht gemütlich aus", stellte er fest. „Vielen Dank nochmals."

„Kein Problem. Ja, dann ... schlaf gut."

„Du auch."

Er stand im Türrahmen. Als sie an ihm vorbeigehen wollte, taumelte sie und rammte ihn ein wenig. Etwas wie ein Stromschlag durchfuhr sie, und plötzlich war sie sich seiner Nähe bewusst. Er starrte sie an, und sie konnte nichts anderes tun, als seinen Blick zu erwidern. Es war wie ein Bann, und aus irgendeinem Grund war sie unfähig, sich daraus zu lösen.

Er hob die Hand und strich ihr eine Haarsträhne aus der Stirn. Überdeutlich spürte sie seine Berührung, und er kam noch etwas näher heran. Sein Arm legte sich um ihre Taille, sein Gesicht näherte sich, und schon sah sie auf seine Lippen, die sie mit einem Mal lockten wie Honig einen Bären.

Jans Mund legte sich auf ihren, und sie hob wie ferngesteuert ihre Hand und vergrub sie in seinem Haar. Er zog sie fester an sich, küsste sie und ...

Himmel, was machte sie denn hier? War sie vollkommen verrückt geworden?

Abrupt löste sie sich von ihm und trat einen Schritt zurück. Ihr Atem flog, ihr Herz raste, und sie wartete einen Moment, bis sie wieder Luft bekam.

Jans Blick war verschleiert, und es hatte den Anschein, als müsste auch er erst wieder mühsam in die Gegenwart zurückfinden.

„Was ... Was ist denn?", fragte er mit belegter Stimme.

„Es geht nicht", erklärte sie. „Tut mir leid. Gute Nacht."

Sie machte auf dem Absatz kehrt und lief die Treppe hinunter. In der Küche schenkte sie sich ein Glas

Wasser ein und leerte die Hälfte in einem Zug. Was war los mit ihr? Er war nicht irgendein Mann – er war Jan, ihr Quälgeist der Kindheit. Ihr Erzfeind! Von allen Männern auf der Welt war er, abgesehen von seinen Kumpels, der Einzige, auf den sie sich nicht einlassen durfte. Und ausgerechnet er küsste sie! Sie musste verrückt sein, dass sie ihn nicht sofort hochkant rauswarf!

Stattdessen zog sie sich aus, wusch sich und legte sich ins Bett. Doch immer wieder sah sie seine sanften Augen vor sich, spürte seine weichen Lippen. Es dauerte eine gefühlte Ewigkeit, bis sie endlich in einen unruhigen Schlaf fiel.

Als Inka erwachte, schien die Sonne hell ins Zimmer. Offenbar hatte sie gestern vergessen, die Vorhänge zuzuziehen. Ihr Blick fiel auf die Uhr, und sie erschrak. Schon nach neun! Eigentlich war sie eine Frühaufsteherin. Was war passiert, dass sie verschlafen hatte? Schnell sprang sie aus dem Bett und fasste sich im selben Moment gequält an den Kopf. Sofort fiel ihr alles wieder ein. Die Cocktails. Jans Kuss!

Ach du meine Güte! Was hatte sie sich nur dabei gedacht? Wie konnte es so weit kommen?

Schlief er etwa noch oder war er längst gegangen? Nein, sie brachte es nicht fertig, hochzugehen und nachzusehen. Ohne Abschied wäre er bestimmt nicht einfach verschwunden. Oder?

Wie auch immer. Sie duschte erst einmal ausgiebig, trank ein großes Glas Wasser gegen die Kopfschmerzen, kochte Kaffee und bereitete ein Früh-stück zu. Für zwei. Auch wenn sie einen gewaltigen Fehler gemacht hatte, wollte sie trotz allem höflich bleiben.

Dann setzte sie sich, um endlich in Ruhe Kaffee zu trinken. Da hörte sie Schritte auf der Treppe. Sofort sprang ihr Herz in ihrer Brust herum wie ein lebhafter Welpe.

„Guten Morgen", grüßte Jan. Sein blondes Haar war verstrubbelt und wirkte ungeheuer anziehend.

Inka erinnerte sich daran, wie weich es sich gestern unter ihren Fingern angefühlt hatte. Sofort erinnerte sie sich an seinen Kuss und ihr wurde ganz heiß. Und kalt vor Schreck zugleich. Rasch senkte sie den Blick und wies diffus auf den gedeckten Tisch. „Moin. Setz dich doch. Ich hab Kaffee gekocht."

Jan folgte ihrem Vorschlag, ohne sie aus den Augen zu lassen. Es war ihm anzusehen, dass er etwas auf dem Herzen hatte.

Nein, nicht reden, bloß nicht reden! Weil sie schlicht und einfach keine Ahnung hatte, was sie sagen sollte. Sie wusste ja nicht mal, was sie denken sollte. Geschweige denn fühlen!

Sie sprang auf, holte die Kaffeekanne und schenkte ihm ein. Ihre Hand zitterte leicht, und mit aller Kraft versuchte sie, sich zur Ruhe zu rufen. Dann stellte sie die Kanne wieder zurück und zeigte erneut über den Tisch. „Es ist alles da: Zucker, Milch, Toastbrot, Butter, Käse ... Siehst du ja. Greif zu."

„Inka. Bitte setz dich, ja?"

Sie ließ sich auf ihren Stuhl plumpsen, fühlte sich plötzlich ganz matt. Er sollte nicht sprechen! Was auch immer er ihr zu sagen hatte, es ging nicht.

„Hab ich irgendetwas falsch gemacht?", fragte er leise.

Ja! Zumindest damals alles, was man nur falsch machen kann!

„Äh, nee." Sie griff nach einer Brotscheibe, obwohl sie gar keinen Hunger hatte. Aber sie musste sich mit irgendetwas beschäftigen, sich ablenken.

„Warum bist du dann plötzlich so anders?"

„Bin ich gar nicht. Ich hab nur Kopfschmerzen."

„Kein Wunder! Ich hab auch 'nen Brummschädel. War wohl ein Cocktail zu viel, was? Aber soll ich dir was sagen? Das war mir die Sache wert. Die Drinks waren köstlich, und der Abend war wunderschön."

Wie sanft seine Stimme klang. Ohne dass sie es wollte, drehte Inka den Kopf und sah ihn an.

Seine Augen blickten klar und offen. Etwas wie Sorge stand darin.

„Stimmt, es war sehr schön", gab sie zu.

„Ist es wirklich nur der Kopf? Gestern Abend warst du locker und fröhlich. Und seit ... dem Kuss ist es, als hättest du in dir eine Tür verschlossen. Warum, Inka? Bitte sag mir, wenn ich etwas falsch gemacht habe."

„Hast du nicht. Es ist alles in Ordnung."

Er schwieg und betrachtete sie. Inka brachte es nicht fertig, seinen Blick zu erwidern. Hektisch griff sie zur Butter. Sie war noch zu hart, und sie strich sie viel zu grob aufs Brot, das dadurch an zwei Stellen zerbröselte.

Schon legte er seine Hand auf ihre. Sie hielt still, als wäre sie erstarrt.

„Ich fand nicht nur den Abend auf der Terrasse schön, Inka", fuhr er fort. „Sondern auch das, was danach kam. Den Kuss. Jedenfalls, bis du ihn abgebrochen hast. Wenn es nicht an mir liegt, was ist es dann? Ist da noch jemand anders? Gibt es einen Mann, den du ...?"

„Nein. Es ist nur, es ist, weil ..." Nein. Sie konnte es nicht. Die Worte wollten einfach nicht herauskommen.

Dabei war es so einfach: *Ich bin's, Inka Versinka. Du hast mich jahrelang gequält. Du und deine dreckigen Freunde habt mir meine Kindheit zur Hölle gemacht. Scher dich zum Teufel.*

Aus irgendeinem Grund brachte sie es nicht fertig, es auszusprechen, solange er sie so ansah wie jetzt. So sanft. So besorgt. So mitfühlend. Tief in sich spürte sie, dass sie ihm vertrauen konnte. Weil er sich verändert hatte. So wie sie.

„Ich gehe besser, oder?", fragte er leise. Seine Enttäuschung war unübersehbar.

„Tut mir leid", flüsterte sie.

Tat sie das Richtige? Ja, ganz bestimmt. Sie konnte und durfte nicht ausgerechnet mit ihm zusammenkommen. Was wäre, wenn sie sich an ihn gewöhnte, ihn womöglich in ihr Herz ließ und er dann erfuhr, wer sie war? Was, wenn das nur zu bekannte fiese Glitzern in seine Augen zurückkehrte, vor dem sie sich jahrelang gefürchtet hatte? Würde ihr Outing nicht alles, was sich zwischen ihnen entwickelt hatte, sofort wieder zerstören? Es war undenkbar, dass er Inka Versinka attraktiv finden könnte. Sobald er wusste, wer sie war, würde ihm unwillkürlich ihr Bild von damals vor Augen stehen. Sie, still, verschüchtert und dürr, den Blick zu Boden gesenkt, übergossen mit Kakao, der aus ihren Haaren tropfte. Wie sollte er sie jemals respektieren können? Es war unmöglich, selbst wenn sie sich nichts mehr wünschte, als offen zu ihm zu sein. Jetzt, wo sie auf dem Weg war, ihn zu mögen, war ihre Angst vor seiner Reaktion einfach zu groß. Stumm starrte sie ihn an, unfähig, ein weiteres Wort herauszubringen.

Jan stand auf. Aus irgendwelchen Gründen tat es furchtbar weh.

„Ich will nur, dass du weißt, dass ich den Abend mit dir sehr genossen habe", sagte er leise. „Und ich wünsche mir, dass wir das mal wiederholen können. Egal, ob mit Cocktails, einem Konzert oder einfach nur einem Spaziergang. Ich habe festgestellt, dass ich sehr gern Zeit mit dir verbringe, Inka. Du bist humorvoll, lustig und eine tolle Gesprächspartnerin. Das mit meinem Vater und meiner üblen Kindheit habe ich lange niemandem anvertraut. Aber bei dir hab ich das Gefühl, dass ich das machen kann." Er lächelte. „Noch dazu mixt du köstliche Cocktails und kochst guten Kaffee – wenn du nicht gerade Zucker mit Salz verwechselst."

Gegen ihren Willen musste Inka schmunzeln.

„Ah!", sagte er erleichtert und musterte sie. „Es geht ja doch noch, da bin ich froh. Ich mag dich sehr, hörst du? Aber ich möchte dich zu nichts drängen. Wenn du meinst, dass du Zeit brauchst, dann sollst du sie natürlich haben, egal, wie lange es dauert. Aber ich bin immer für dich da, worum es auch geht."

Inka schloss für einen Moment die Augen. Warum war er nicht damals schon so gewesen? So ... lieb? Er hätte ihr viel Kummer ersparen können, viele Komplexe, die sie jahrelang mit sich herumgetragen hatte. Und sehr viel Misstrauen.

Sie sollte ihm sagen, wer sie war. Jetzt. Sofort. Er musste es wissen.

„Danke", erwiderte sie stattdessen. Sie brachte es einfach nicht fertig; die Worte saßen immer noch wie ein dicker Kloß in ihrer Kehle fest. „Das ist lieb von dir."

„Ich hoffe, du kommst darauf zurück. Okay, ich gehe dann jetzt." Zögernd blieb er noch einen Moment stehen, als hoffte er, dass sie ihn aufhielt.

Das tat sie nicht, und er ging. Inka zuckte zusammen, als die Haustür klappte.

War es wirklich richtig, was sie tat? Sollte sie nicht viel lieber über ihren Schatten springen und ihm alles an den Kopf werfen, was sie so viele Jahre lang belastet hatte? Sich seiner Reaktion stellen, sobald er ihre wahre Identität erfuhr und damit klarkommen, wie auch immer sie ausfallen mochte? Womöglich hätte er sich erschrocken, dass er Inka Versinka geküsst hatte. Er wäre geflohen, und das Thema hätte sich ein für alle Mal erledigt.

Oder sie hätten sich endlich, nach all den Jahren, aussprechen können.

Kapitel 13

Später ging Inka in den Garten, nahm den Spaten und grub die beiden verbliebenen Rhododendren ein. Dabei musste sie an Jan denken, wie eifrig er sich gestern ans Werk gemacht hatte. Immer noch konnte sie kaum glauben, dass er wirklich derselbe war wie der schreckliche Junge von damals.

Nachdem sie beide Büsche eingepflanzt hatte, musterte sie ihr Werk. Die Lücke war nun wesentlich kleiner und ihr Garten deutlich von der Wiese dahinter abgegrenzt. Sie setzte sich probeweise auf die Terrasse, um den Anblick von dort zu testen. Immer noch konnte sie in die Wiese hineinschauen, und mit den Büschen davor wirkte es jetzt sogar noch schöner. Vorerst war sie damit zufrieden.

Anschließend arbeitete sie ein paar Stunden lang. Torben Reichert bekam den Zuschlag für die Wohnung von Herrn Krüger, und Inka setzte den Mietvertrag auf.

Immer wieder schweiften ihre Gedanken zum vergangenen Abend. Jan und sie hatten sich echt gut verstanden. Und wie er sie heute Morgen angesehen hatte. So sanft, beinahe flehend. Seine Worte fand sie wirklich berührend.

Aber er war Jan Ehlers! Derselbe Jan, der sie damals mit Sand beworfen hatte, der ihr in Augen und Nase geriet. Er hatte ihr Schulbrot in den Dreck geworfen. Sie immer wieder mit Schimpfnamen bedacht. Er war dabei gewesen, als Michael und die anderen die Reifen ihres Fahrrads zerstochen oder eine Tintenpatrone in ihrer Schultasche ausgeleert hatten, ohne ihr zu helfen. Sie könnte stundenlang Beispiele aufzählen, mit denen er ihr das Leben schwer gemacht hatte.

Aber er war niemals dabei gewesen, wenn es richtig hart wurde. Zum Beispiel, als Michael sie beim Baden unter Wasser gedrückt hatte, so lange, bis sie Todesangst bekam. Und auch kein einziges Mal, wenn sie verprügelt wurde. Hatte er sich von Michael und seinen Kumpels fernhalten wollen? Wollten die ihn bei so etwas nicht dabeihaben? Oder war alles nur Zufall gewesen?

Und dann dachte sie an sein Geständnis, wie leid ihm das alles tat. Klar, er wusste nicht, wer sie war und dass sie damals sein bevorzugtes Opfer gewesen war. Trotzdem trug er schon seit vielen Jahren diese Scham mit sich herum. Weil er wusste, dass es falsch gewesen war, was er getan hatte. Weil er es zutiefst bereute. Wenn das so war, konnte er tief in sich kein schlechter Mensch sein. Oder?

Hatte er sich seit damals so sehr verändert? Immer wieder dachte sie daran, wie gut sie sich verstanden und zusammen gelacht hatten. Und wie er sie geküsst hatte.

Tagelang drehte Inka immer wieder seine Visitenkarte zwischen den Fingern und starrte auf seinen

Namen. Doch sobald sie darüber nachdachte, seine Nummer zu wählen, stand in Gedanken ein Junge vor ihr und lachte sie aus, während sie im Matsch lag und ängstlich zu ihm sah.

Eine knappe Woche gelang es ihr, nichts zu unternehmen. Dann hielt sie es nicht mehr aus. Sie wollte direkt zu Jan in die Gärtnerei fahren unter dem Vorwand, ein paar weitere Stauden für die Beete zu kaufen. Und wenn er vor ihr stand, würde sie ihn in eine ruhige Ecke ziehen, ihm sagen, wer sie wirklich war, und feststellen, wie er reagierte.

Sie war nervös, als sie sich auf den Weg zum *Gartenparadies* machte. Sie parkte und ging erst einmal zu den Außenanlagen, um sich abzulenken und Mut für ihr Geständnis zu sammeln. Und um sich von den Bäumen und Büschen inspirieren zu lassen. Vielleicht sollte sie eine japanische Zierkirsche in die verbliebene Lücke zwischen den neuen Rhododendren setzen. Das würde bestimmt sehr hübsch aussehen. So bekäme sie einen Windschutz und könnte trotzdem noch die Wiesen dahinter sehen. Sie griff nach dem Schildchen an einem Baum, um sich den Preis anzusehen.

„Verdammt, das geht nicht so einfach, wie du dir das vorstellst", hörte sie eine Männerstimme.

Das war Jan!

„Das sagst du immer, egal, worum es geht", gab eine wütende Frau zurück. „Du bist einfach nur faul und bequem. Krieg deinen Arsch mal hoch, dann geht das ruckzuck."

„He, ich bin nicht schuld daran, dass du in finanziellen Schwierigkeiten steckst. Warum verkaufst du dein dämliches Klavier nicht selbst? So etwas geht eben nicht von heute auf morgen. Ich hab nebenbei auch noch andere Dinge zu tun."

„Weil du es in Wahrheit gar nicht verkaufen willst, damit ich mir den Urlaub nicht leisten kann, gib es schon zu!"

„Ich geb gar nichts zu, ich hab nämlich die Schnauze voll von diesem Thema! So, und jetzt hab ich zu tun."

Rasche Schritte näherten sich. Erschrocken eilte Inka den Gang zwischen den Bäumen weiter und huschte um die nächste Ecke, hinter die Fliederbüsche.

Die Frau lachte höhnisch. „Ja, das bist typisch du! Wenn es kompliziert wird, einfach nur schweigen oder wegrennen. Das ist alles, was du kannst."

„Und alles, was du kannst, ist herumzunörgeln. Warum hast du damals deinen Job aufgegeben, als Marie unterwegs war? Ich hatte dich nicht darum gebeten. Hättest du weitergearbeitet, hättest du dir auch den Urlaub leisten können, ohne dein Klavier verkaufen zu müssen."

„Und wer hätte sich dann um sie kümmern sollen? Wer hätte dir dein Essen kochen oder das Haus putzen sollen?"

Die Stimmen kamen immer näher. Hektisch sah sich Inka um. Wenn sie jetzt in diesen Gang hineinsahen, würden sie sie entdecken. Das durften sie auf keinen Fall! Langsam schob sie sich weiter, um Platz zwischen sich und das streitende Paar zu bringen.

„Das sind alles nur Ausreden, Angela! Wie machen das andere Paare denn? Es gibt Krippen und Kindertagesplätze."

„Hätte ich Marie etwa abschieben sollen?", keifte die Frau. „Wie wär's denn, wenn du stattdessen deinen Job hättest aufgeben müssen? Du ..."

Sie mussten plötzlich die Richtung geändert haben. Inka spürte die Blicke, bevor sie Jan entdeckte. Der sie direkt anstarrte.

Die Hitze schoss ihr ins Gesicht, und am liebsten hätte sie sich in Luft aufgelöst oder wäre davongeflogen. Wie peinlich war das denn jetzt?

„Inka!", entfuhr es ihm.

Er klang genauso schockiert, wie sie sich fühlte.

„Mit wem redest du?" Schon erschien Angela hinter ihm und starrte an ihm vorbei. „Ach, du bist es! Hi!", rief sie.

Plötzlich konnte Inka nicht mehr atmen. Jetzt war geschehen, was auf keinen Fall hätte passieren dürfen. Nicht auf diese Art und Weise. Sie hatte es ihm persönlich sagen wollen. In einer ruhigen Minute und an einem ungestörten Ort, in der sie unter sich gewesen wären.

Aber nicht so und jetzt und hier! Ihr wurde schwindelig.

„Hallo, Angela", sagte sie leise.

Angela war damals in ihre Parallelklasse gegangen. Sie waren nicht befreundet gewesen, hatten sich aber trotzdem immer gut verstanden. Während eines Besuchs hier auf Eiderstedt vor ungefähr zwei Jahren hatte Inka sie zufällig bei einem Spaziergang mit ihrer Mutter getroffen, deshalb wusste Angela, wie sie inzwischen aussah. So eine Scheiße!

„Ihr kennt euch?", fragte Jan verwirrt und sah zwischen ihnen hin und her.

„Klar. Bist du blöd? Was ist los mit dir? Du weißt doch auch, wer sie ist. Immerhin hast du sie gerade beim Namen genannt. Jetzt sag nicht, du erinnerst dich nicht mehr an damals! Das würde gut zu dir passen. Unangenehme Dinge hast du ja schon immer erfolgreich verdrängt, damit du dich nicht damit befassen musst." Angela starrte ihren Noch-Mann verächtlich an.

Inka stand wie angewurzelt da. Dabei wäre sie am liebsten weggelaufen, geflohen. Nur weg hier! Aber es ging nicht. Sie konnte sich nicht rühren.

„Ehrlich gesagt weiß ich gerade echt nicht, was du …", sagte Jan zutiefst verwirrt.

„Inka Versinka!", fuhr Angela ihn an.

Inka zuckte zusammen und spürte das Schimpfwort wie einen Messerstich in ihrer Brust.

„Das musst du doch noch wissen", fuhr Angela aufgebracht fort. „Du warst damals ein Riesenarschloch ihr gegenüber. Und wenn ich so nachdenke, hast du dich bis heute nicht verändert."

Damit kehrte sie um, warf Inka einen nicht zu deutenden, aber nicht unfreundlichen Blick zu, eher mitleidig, und verschwand.

Jan kaute sichtlich auf Worten herum, während er kaum wagte, sie anzusehen. So verlegen hatte sie ihn noch nie gesehen. „Ich weiß gar nicht, was ich … Bist du es etwa wirklich? Du siehst komplett anders aus."

Schon wollte Inka zustimmen. Diese Sache endlich aus der Welt schaffen. Aber sein Gesicht … Er wirkte regelrecht schockiert. Gerade noch rechtzeitig besann sie sich anders. Ihr Schock verflog. Sie straffte den Rücken und atmete tief durch.

„Nein“, erwiderte sie kalt. „Dieses Mädchen gibt es nicht mehr. Seine Seele hat sich damals unter all den Beleidigungen und Quälereien in nichts aufgelöst.“

Damit rauschte sie an ihm vorbei, verließ die Gärtnerei, lief zu ihrem Auto und ließ sich auf den Sitz fallen, ohne ihm die Chance zu einer Entgegnung zu geben. Mit einem Mal waren ihre Beine wie aus Gummi, und ihr Herz schlug wie ein Presslufthammer gegen ihren Brustkorb.

Ihr Kopf war währenddessen völlig leer. Sie hatte keine Ahnung, was sie denken sollte. Benommen drehte sie den Zündschlüssel und legte den ersten Gang ein.

In dem Moment erschien Jan auf dem Parkplatz. Er sah sich suchend um, hörte den laufenden Automotor und entdeckte sie. Schon rannte er los, auf sie zu.

Inka gab Gas und fuhr mit quietschenden Reifen los. Im Rückspiegel sah sie, dass Jan ihr noch ein paar Schritte nachlief und dann mit hängenden Schultern stehen blieb.

Nun wusste er es also. Er würde sich wieder an alles erinnern, an jede einzelne Kränkung. Auch wenn er sie nicht mehr mit Schneebällen bewarf, konnte sie ihm nie wieder in die Augen sehen. Noch einmal würde sie den Ausdruck von Hohn und Verachtung darin nicht ertragen. Nicht, nachdem sie seinen Kuss gespürt hatte.

Zu Hause stellte Inka den Wagen ab und floh regelrecht in ihr Haus. Sie verschloss die Tür und ließ sich auf die Couch fallen. Dort saß sie minutenlang schwer atmend, während die Gedanken in ihrem Kopf herumflatterten wie gefangene Vögel in einem Käfig.

Denn jetzt stellte sie fest, dass sie sich bereits an Jan gewöhnt hatte, an seine Freundlichkeit und Hilfsbereitschaft. Und gerade, wo sie begonnen hatte, ihm zu vertrauen und sie sich tatsächlich vorstellen könnte, ihn ganz behutsam besser kennenzulernen, war sie auf genau die Art und Weise enttarnt worden, die nicht hätte geschehen dürfen. Sie wollte es ihm selbst erzählen, heute, in aller Ruhe. Damit hätten sie die Gelegenheit, alles aufzuklären und endlich aus der Welt zu schaffen. Dazu war es nun nicht mehr gekommen. Das Schicksal hatte andere Pläne gehabt und ihr Angela geschickt. Jetzt hatte Jan auf direktem, schonungs-losem Weg erfahren, wer sie war. Er sah gewiss all die Bilder von damals wieder vor sich, und sie hatte keine Gelegenheit mehr, ihm ihre Wut an den Kopf zu schleudern. Klar, sie hätte nicht weglaufen müssen. Aber in dem Moment hatte die Situation sie völlig überfordert. Sie hatte keine andere Lösung gesehen, als daraus zu fliehen.

Ihr Telefon klingelte, und sie zuckte erschrocken zusammen. Vielleicht war es Alea oder ihre Mutter?

Nein. Sie erkannte die Nummer wieder. Es war Jan. Sie lehnte das Gespräch ab und warf ihr Handy auf den Tisch. Nach ihrer unfreiwilligen Enttarnung war sie weder in der Lage noch in der Stimmung für ein klärendes Gespräch. Erst musste sie dringend wieder runterkommen. Gleich darauf klingelte ihr Telefon erneut. Sie schaltete den Ton aus.

Dann sprang sie auf, um sich einen Tee zu kochen, und tigerte nervös durch die Wohnung. Was soll's, versuchte sie sich einzureden. Es war ja noch nichts zwischen ihnen passiert. Zum Glück! Wenn sie ihn jetzt nicht mehr wiedersehen würde, wäre es gar nicht so schlimm. Bis vor Kurzem hatte sie ihn sogar noch gehasst!

Da hatte sie aber auch noch nicht gewusst, wie er sich verändert hatte, wie liebenswürdig er geworden war.

Jedenfalls bis heute. Jetzt wusste er, wen er wirklich vor sich hatte. Nicht die toughe Maklerin, die schon auf Sylt und in Hamburg gewohnt hatte. Sondern das verängstige, dürre Mädchen von einst, das vor lauter Panik alles mit sich hatte machen lassen.

Er würde sie nie wieder für voll nehmen können!

Sie goss den Tee auf, setzte sich wieder hin und zwang sich zur Ruhe. Vielleicht war es besser so. Eine wie auch immer geartete Freundschaft zu Jan war ohnehin irrsinnig gewesen. Jetzt konnte sie sich wenigstens wieder voll auf ihre Karriere konzentrieren, ohne von ihm abgelenkt zu werden.

Unvermittelt klingelte es an der Tür, und sie erschrak erneut. Wer konnte das sein? Die Post? Ein Nachbar?

Oder etwa Jan?

Vorsichtig schlich sie ans Fenster und spähte durch einen Spalt in der Gardine hinaus. Tatsächlich, dort stand er und starrte zur Tür. Er wirkte besorgt. Vielleicht sogar verzweifelt? Nein, das musste Wunschdenken sein. Jetzt, wo er wieder wusste, wer sie war, würde er sich an jede Einzelheit erinnern, an jede Beschimpfung, jede Tat. Damit würde er erneut jeden Respekt vor ihr verlieren. Inka beschloss, ihn zu ignorieren.

Er klingelte erneut, und als sie nicht reagierte, klopfte er.

„Inka? Ich weiß, dass du da bist. Dein Wagen steht draußen. Bitte mach auf."

Sie antwortete nicht, wagte kaum noch zu atmen, aus Angst, er könnte es hören. Nein, nicht aus Angst. Vielmehr war es der Wunsch, es möge möglichst schnell vorbei sein. Vielleicht war es sogar gut, dass alles so gekommen war. Ehe sie sich zu tief in diese Sache verstrickt hatte.

„Inka, bitte! Ich möchte nur mit dir reden. Mach auf, bitte!"

Sie zögerte. Es klang so dringlich. Als ob es ihm tatsächlich wichtig wäre. Als ob *sie* ihm wichtig wäre.

Wenn er noch einmal klopfte, würde sie ihm öffnen. Sie würde ihm die Chance geben, ihr alles zu erklären.

Sie lauschte. Stille. Dann hörte sie Schritte. Jan ging zu seinem Auto zurück. Dort blieb er stehen, sah noch einmal zum Haus und stieg schließlich ein. In diesem Moment erinnerte er Inka an einen geprügelten Hund, der davonschlich. Fast tat er ihr leid.

Sie ging zum Sofa zurück, ließ sich fallen und saß nur regungslos da. Ihr Tee wurde kalt, ohne dass sie ihn anrührte.

Alles war kaputt, ehe es richtig begonnen hatte.

Und was sie am meisten überraschte, war, wie weh das tat.

Kapitel 14

Inka war früh schlafen gegangen und erwachte am folgenden Morgen entsprechend zeitig. Fast sehnte sie sich nach den Kopfschmerzen vom Vortag zurück, denn die diffuse Traurigkeit, die sie nun erfüllte, war viel schwerer zu ertragen. Diese verstärkte sich noch, als sie frühstückte und die Dinge sah, die gestern auf dem Tisch gestanden hatten, als sie zusammen mit Jan hier gesessen hatte.

Heute bekam sie kaum etwas runter und vergrub sich anschließend für eine Weile in ihrer Arbeit. Die Ablenkung tat gut, und als sie nach einigen Stunden Hunger bekam, fühlte sie sich besser. Sie beschloss, rasch etwas einzukaufen und sich etwas zu kochen. Ein kurzer Blick in den Spiegel, dann nahm sie ihre Tasche, schloss die Haustür auf und öffnete sie.

Und prallte erschrocken zurück!

Auf den Stufen vor der Tür saß Jan. Jetzt sprang er schnell auf und drehte sich zu ihr um. Seine Augen waren vor Sorge ganz dunkel, und in der Hand hielt er einen üppigen Blumenstrauß, der allerdings schon leicht verwelkt war.

„Inka!", rief er.

Ihr erster Impuls war, sich umzudrehen, ins Haus zu rennen und ihm die Tür vor der Nase zuzuschlagen.

Stattdessen starrte sie ihn an, unfähig, sich zu bewegen oder ein Wort herauszubringen. In diesem Moment fühlte sie sich wieder hilflos wie das kleine Mädchen von damals. Wie es schien, hatte sie noch längst nicht alle Schatten der Vergangenheit abgeschüttelt.

„Ich bin so froh, dich zu sehen", sagte er und trat einen Schritt näher an sie heran.

Instinktiv wich sie zurück.

Sofort blieb er stehen, und die Sorge in seinen Augen wandelte sich zu Schmerz.

„Ich weiß, dass ich ein Riesenarschloch war! Bitte lauf nicht weg! Lass mich dir alles erklären. Bitte!"

Immer noch konnte sie nicht sprechen, aber immerhin konnte sie sich wieder rühren und wich zur Tür zurück.

Erschrocken streckte er die Hand aus. „Nein, warte!", flehte er. „Es ist wichtig, wirklich sehr, sehr wichtig. Ich muss unbedingt mit dir reden. Ich kann nicht nach Hause fahren, bevor ich dir nicht alles erklärt habe. Und zuallererst muss ich mich entschuldigen. Du ahnst gar nicht, wie leid mir alles tut! Bitte glaube mir! Ich habe das all die Jahre mit mir herumgetragen."

Plötzlich kochte die Wut, die sie all die Jahre über verspürt und in sich hineingefressen hatte, hoch wie heiße Lava. „Du? Du hast das mit *dir* herumgetragen?", fuhr sie ihn an. „Was meinst du denn, wie es *mir* ging?"

„Können wir das bitte in Ruhe drinnen besprechen? Es muss ja nicht die ganze Nachbarschaft mitbekommen."

„Nein? Warum denn nicht? Damals hat doch auch die ganze Klasse mitbekommen, wenn du mich verspottet und beleidigt hast. Ach, was sage ich! Die ganze Schule hat gesehen, wie du mich herumgeschubst hast, mit Dingen beworfen und bekleckert, meinen Rock hochgehoben und dich kaputt gelacht hast. Weil ich so dürre Stelzenbeine hatte, erinnerst du dich?"

Jan war ganz blass geworden. Mit offenem Mund und riesigen Augen starrte er sie an.

„Bitte glaube mir", flüsterte er. „Wenn ich könnte, würde ich alles ungeschehen machen."

„Das kannst du aber nicht. Du hast es getan, immer wieder. Weißt du eigentlich, was das mit mir gemacht hat?" Sie steigerte sich immer mehr in ihren Zorn hinein. Es war wie bei einem Wolkenbruch. Nach den ersten Tropfen ließen sich die Wassermassen nicht mehr stoppen und prasselten herab. Zugleich spürte sie, dass es ihr guttat, nach all den Jahren ihre angestaute Wut herauszulassen. Mit jedem Wort fiel ein Stückchen Schorf von den alten Wunden ab. „Nein, natürlich weißt du das nicht. Jemand wie du kann sich so etwas nicht vorstellen. Jemand wie du ist eiskalt und immun gegen den Schmerz anderer Menschen. Sonst kann er nicht tun, was du getan hast. Hau einfach ab, Jan, verstehst du mich?" Mit jedem Wort wurde sie lauter.

Schockiert wich er zurück. „Bitte, lass mich doch ..."

„Verschwinde!", schrie sie. „Los, verpiss dich!"

Jans Augen wurden noch größer, sein Gesicht noch bleicher. Behutsam legte er den Blumenstrauß auf die unterste Stufe. Dann drehte er sich zögernd um und ging mit schleppenden Schritten zu seinem Wagen. Den Rücken ihr zugewandt, blieb er kurz stehen, als hoffte er, sie würde es sich überlegen und ihn zurückrufen. Da konnte er lange warten! Schließlich warf er ihr noch einen tieftraurigen Blick zu, stieg ein und fuhr davon.

Inka stand da und spürte erst jetzt, dass ihr ganzer Körper vor Anspannung verkrampft war. Sie atmete tief durch, um sich wieder zu entspannen. Zugleich spürte sie, dass ein großer Druck von ihr abgefallen war. Sie hatte nach all den Jahren Jan Ehlers, einem der Scheusale ihrer Kindheit, ihre Meinung ins Gesicht geschrien! Endlich hatte er sehen können, dass sie nicht mehr das Opfer von damals war. Ein großes, ein gigantisches Gewicht fiel ihr von den Schultern, und sie fühlte sich von einer gewaltigen Last befreit. Zugleich jedoch verspürte sie Traurigkeit, fast schon Schmerz. Wie betroffen Jan gewirkt hatte, schockiert. Er war davongeschlichen wie ein geprügelter Hund.

Er hatte ihr doch erklärt, dass die Ursache für sein Verhalten bei seinem Vater lag. Im Grunde war auch Jan nichts als ein Opfer.

Vor allem war er im Vergleich zu Michael Klausen nur ein kleines Licht gewesen. Ein Mitläufer. Schlimm genug.

Langsam ging sie wieder ins Haus. Ihr Einkauf würde warten müssen, denn der Appetit war ihr vergangen.

Als kurz darauf ihr Telefon klingelte, zuckte sie zusammen und wagte kaum, aufs Display zu schauen. Konnte er sie nicht einfach in Ruhe lassen? Sie wollte von ihm weder etwas hören noch sehen, sondern brauchte Zeit, um alles zu verarbeiten. Doch es war nur ihre Mutter. Erleichtert nahm sie das Gespräch an.

„He, hast du Lust, zum Abendbrot zu mir zu kommen? Wir könnten uns mal wieder unterhalten."

„Ich bin gleich bei dir, ja?"

„Oh, das freut mich. Ich ..."

Inka hatte bereits aufgelegt.

„Was ist denn los, Inka? Du bist ja ganz blass." Ihre Mutter wirkte besorgt, als Inka ihr wenige Minuten später am Küchentisch gegenübersaß.

„Er weiß es!"

„Was meinst du? Wer weiß was?" Plötzlich weiteten sich ihre Augen. „Du lieber Himmel! Meinst du etwa Jan Ehlers? Erinnert er sich wieder?"

Inka nickte. Mit knappen Worten berichtete sie von der unschönen Begegnung in der Gärtnerei.

„Also ich finde es gut, dass er jetzt Bescheid weiß", sagte ihre Mutter schließlich und rührte in ihrer Teetasse. „Oder wie lange wolltest du noch um den heißen Brei herumeiern?"

„Am Anfang dachte ich, dass es ihn überhaupt nichts angeht, wer ich bin. Wir hatten ja nichts weiter miteinander zu schaffen, weißt du?" Inka strich Butter auf ihr Brot.

„Aber das hat sich jetzt geändert?" Ihre Mutter musterte sie mitfühlend.

„Ja. Nein. Ach, ich weiß auch nicht."

„Ihr versteht euch gut, oder?"

„Ja. Wenn ich es nicht wüsste, würde ich nie auf die Idee kommen, dass er derselbe Mann ist, der mir damals ein Bein stellte, damit ich mitten im Klassenzimmer vor allen Kindern hinfalle."

„Jan hat sich verändert. So wie du. Ihr seid beide erwachsen geworden. Gibst du mir bitte den Käse?“

Inka reichte ihn ihr und belegte ihr Brot mit Lachsschinken. „Wahrscheinlich ist es so. Ich weiß ja selbst nicht, was ich von allem halten soll. Einerseits ist er jetzt ganz anders als damals. Total nett, lustig, interessiert. Andererseits weiß ich natürlich, dass er immer noch er ist. Derselbe Kerl, der mich jahrelang gemobbt hatte.“

„Und der sich jetzt bei dir entschuldigt hat und dir alles erklären will.“ Der prüfende Blick ihrer Mutter schien bis in Inkas Seele vorzudringen. „Gerade sagtest du, dass er jetzt anders ist als damals und ihr euch gut versteht. Da ist doch noch mehr, oder?“

Inka hob die Schultern. „Vielleicht hätte sich etwas zwischen uns entwickeln können, wenn das von damals nicht geschehen wäre oder wir uns zumindest beide nicht mehr daran erinnert hätten. Wenn wir bei null hätten anfangen können, verstehst du? Aber so ... Jetzt, wo er weiß, wer ich bin, ist plötzlich alles wieder da und so deutlich, als wäre es gerade erst geschehen. Wie soll er mich jemals respektieren können, wenn er mich vor sich im Dreck liegen sieht?“ Sie hielt das Brot in der Hand, ohne zu essen.

„Meinst du nicht, dass du ihn das einfach mal selbst erklären lassen solltest?“

„Ich will ja, aber ...“

„Du hast Angst, oder?“

Inka nickte stumm und legte das Brot auf den Teller zurück.

„Das ist kein Wunder. Bei diesem Gespräch wird alles noch weiter hochkommen. Der ganze Schmerz von damals, die Scham, die Ohnmacht."

Allein beim Gedanken daran wurde Inka übel. Sie ballte die Fäuste im Schoß so fest, dass sich ihre Fingernägel in die Handflächen gruben. Ihr Outing Jan gegenüber hatte sie sich anders vorgestellt. Sie hatte ihn weiterhin hassen wollen und ihm all ihre Vorwürfe an den Kopf werfen wie spitze, harte Steine.

„Nur so könnt ihr es aus der Welt schaffen", fuhr ihre Mutter fort. „Wenn ihr niemals darüber redet und euch keine Chance gebt, euch gegenseitig zu verstehen, werdet ihr niemals feststellen, ob das, was sich zwischen euch entwickelt, tatsächlich eine Chance haben könnte."

Ihre Mutter hatte recht, das wusste Inka natürlich. Trotzdem war es unfassbar schwer, den Gedanken an ein klärendes Gespräch mit Jan zuzulassen. Niemals hätte sie damit gerechnet, dass er sich zuvor bereits klammheimlich in ihr Herz geschlichen hatte.

„Ohne Ehrlichkeit braucht ihr es gar nicht erst zu versuchen", erklärte ihre Mutter abschließend. „Gebt euch die Möglichkeit dazu. Meinst du nicht, dass es dir hinterher wesentlich besser gehen wird?"

„Vielleicht."

„Ganz bestimmt."

„Kann ich heute Nacht bei dir schlafen, Mama? Ich muss darüber nachdenken. Und ich will nicht allein sein."

„Natürlich kannst du das. Gib dir die Zeit, die du brauchst." Mit einer Kopfbewegung wies ihre Mutter auf Inkas Teller. „Iss etwas, Liebes."

„Ich bekomme nichts runter. Nimm du es, ja?"
Mit sorgenvollem Blick erfüllte ihre Mutter ihr den Wunsch.

Am nächsten Morgen erwachte Inka mit Bauchschmerzen. Ihre Mutter kochte einen Pfefferminztee und sah sie über den Tisch hinweg an.

„Das war bei dir schon als Kind so", erklärte sie. „Dinge, die dich belasteten, sind dir immer auf den Magen geschlagen."

„Ich erinnere mich noch gut daran. Während der Schulzeit war mir dauernd schlecht, weil ich nie wusste, was sich Jan oder später Michael und die anderen wieder für Gemeinheiten ausgedacht hatten. Nur während der Ferien ging es mir gut."

„Diese Zeiten sind zum Glück vorbei." Über den Tisch hinweg griff ihre Mutter nach Inkas Hand und drückte sie. „Du bist eine starke Frau geworden, die ihren Weg geht. Gerade überwältigen dich die Erinnerungen, deshalb fühlst du dich schlecht. Aber davon lässt du dich doch nicht mehr kleinkriegen! Sprich mit ihm. Lass ihn alles erklären, und vor allem mach ihm deine Sicht der Dinge klar. Hinterher wird es dir besser gehen. Und dann kannst du ihn immer noch zum Teufel jagen."

Plötzlich ging es Inka besser. „Du hast natürlich recht. Klar hör ich mir an, was er zu sagen hat."

„So will ich dich sehen!" Ihre Mutter lächelte.

Entschlossen stand Inka auf. „Ich geh dann mal nach Hause. Meinst du, ich soll ihn anrufen?"

„Nö. Warte einfach ab, was er macht. Wenn es ihm wirklich wichtig ist, wird er sich wieder melden. Wenn nicht … Dann kannst du ihn tatsächlich in der Pfeife rauchen."

Sie lachten, und Inka entspannte sich zusehends.

Trotzdem entfuhr ihr ein überraschter Ruf, als sie ihr Haus erreichte und die Blumen auf der Vortreppe entdeckte. Gleich zwei üppige Blumensträuße standen dort, beide in hübschen Vasen. Und in beiden steckte ein Kärtchen. Neugierig zog Inka das erste heraus.

Bitte lass uns reden. Ich war so ein Riesenidiot.

Da konnte sie ihm nicht widersprechen.

Der zweite Blumenstrauß war sogar noch größer und farbenfroher. Dieses Kärtchen war eng beschrieben.

Es ist morgens um sechs, und ich sitze hier auf deiner Treppe neben meinen unangetasteten Blumen von gestern Abend. Offenbar bist du nicht zu Hause oder du versteckst dich. Das kann ich so gut verstehen, Inka. Was ich getan habe, ist kaum zu erklären oder wiedergutzumachen. Trotzdem werde ich es weiterhin versuchen und lasse dir auch diese Blumen hier. Bitte gib mir die Chance, dir zu erläutern, warum ich so dermaßen dämlich war.

Inka schloss die Haustür auf und trug beide Vasen samt Sträußen in die Wohnung. Der Anblick und der Duft der Blumen sowie die Texte auf den Karten hatten ihren Ärger nicht vollständig verpuffen, aber sich sehr verkleinern lassen. Nun schwelte er nur noch im Untergrund, um sie daran zu erinnern, dass sie auf der Hut bleiben sollte.

Nachdenklich betrachtete sie die beiden Sträuße, die sie auf den Stubentisch gestellt hatte. Was sollte sie jetzt machen? Jan anrufen? Nein, ihre Mutter hatte recht. Das war seine Aufgabe. Er war es, der etwas zu erklären hatte, nicht sie.

Um sich von ihren Grübeleien abzulenken, nahm sie sich ihre E-Mails vor und tätigte anschließend einige Anrufe. Allerdings konnte sie sich kaum konzentrieren. Immer wieder sah sie auf die Uhr. Was wohl Jan gerade machte? Ob er erneut zu ihr kommen würde? Und was dann? Wären sie in der Lage, sich ruhig und ohne Vorwürfe zu unterhalten, all ihre Probleme zu klären und aus der Welt zu schaffen? Inzwischen ging es auf den Abend zu, und er hatte nicht mehr versucht, sie anzurufen. Vielleicht hatte er aufgegeben? Was dann? Sie war nicht sicher, ob sie sich trauen würde, von sich aus die Initiative zu ergreifen. Plötzlich wollte die Zeit überhaupt nicht mehr vergehen und zog sich wie Kaugummi.

Kapitel 15

Der Krimi, den Inka abends zur Ablenkung eingeschaltet hatte, war gerade besonders spannend, als es an der Tür klingelte. Inka konnte einen erschrockenen Aufschrei gerade noch unterdrücken. Trotzdem begann ihr Herz zu rasen, als sie aufstand und langsam zur Tür ging. War es wirklich Jan? Wie würde ihr Gespräch verlaufen?

Das Erste, was sie sah, waren bunte Blumen: Rosen, Gerbera und Levkojen. Erst dann senkte Jan den Strauß, und Inka blickte in seine verschämten Augen.

„Nimmst du die Blumen an?", fragte er leise.

„Du musst dich nicht so in Unkosten stürzen", sagte sie anstelle einer Antwort und rührte sich nicht.

„Ich sitze an der Quelle, schon vergessen? Ich bekomme sie zum Einkaufspreis."

„Trotzdem. Ein paar Blumensträuße machen nicht alles wieder gut. Und überhaupt: Wohin soll ich mit so vielen Sträußen?" Entgegen ihren harschen Worten war Inka jedoch gerührt. An einer Aussprache schien ihm wirklich sehr viel zu liegen. Hieß das, dass sie ihm etwas bedeutete? Zumindest war sie ihm offenbar nicht gleichgültig. Ihr Herz schlug schneller.

„Wenn wir heute nicht miteinander reden, bringe ich dir weitere. So lange, bis du mich alles erklären lässt."

„Soll das eine Drohung sein?" Inka konnte sich ein Schmunzeln nicht verkneifen.

„Wenn du es so sehen willst ... Obwohl, nein, vergiss das ganz schnell wieder. Tatsächlich soll dir nie wieder jemand drohen, Inka. Es ist schlimm genug, was du damals alles durchmachen musstest." Immer noch stand Jan in der Tür, die Blumen im Arm.

Endlich streckte Inka die Hand aus, nahm ihm den Strauß ab und gab die Tür frei. „Wenn das so ist, dann komm mal rein. Geh am besten in die Stube. Noch müssten wir da Platz finden, auch wenn es vor lauter Vasen bald eng werden könnte."

Mit einem verlegenen Grinsen zog er seine andere Hand hinter dem Rücken hervor, und eine weitere Vase kam zum Vorschein. „Ich wusste nicht, ob du welche hast. Und bevor die Blumen womöglich verwelken ... Es wäre schade drum."

„Du hättest sie wieder auf die Treppe gestellt, wenn ich nicht geöffnet hätte?"

„Natürlich. Wie gesagt, ich mache das so lange, bis du mir zuhörst."

„Und wenn ich für einige Wochen in den Urlaub gefahren wäre?" Mit jedem Wort schmolz Inkas noch vorhandener restlicher Ärger weiter dahin.

Wortlos hob Jan die Schultern und grinste unsicher. Er folgte ihr ins Wohnzimmer und nahm auf dem Sofa Platz. Besser gesagt saß er nur auf der Kante, als fürchtete er, sofort wieder aufspringen zu müssen und rausgeworfen zu werden.

„Möchtest du etwas trinken? Tee, Wasser, Bier ...?"

„Ein Tee wäre nett.“

„Okay, warte kurz, ja?“

Während Inka in der Küche Tassen aus dem Schrank holte und Tee aufbrühte, versuchte sie, durch ruhiges Atmen ihre angespannten Nerven etwas zu beruhigen. Würde dieses Gespräch all die verschütteten Erinnerungen noch weiter hochkommen lassen, die sie doch einfach nur hatte vergessen wollen?

Ihre Hände zitterten leicht, während sie die Teekanne, Tassen und eine Zuckerdose auf ein Tablett stellte und damit in die Stube ging. Jans Anblick auf ihrem Sofa rührte sie. Er wirkte wie ein verschüchterter Junge im Büro des Schuldirektors. Und was zur Hölle dachte sie denn da? Dies war Jan Ehlers, ihr Erzfeind seit Kindertagen. Er hatte kein Mitgefühl verdient. Oder etwa doch?

Inka stellte eine Tasse vor ihn hin, goss Tee ein und schob ihm die Zuckerdose hin. „Bitte sehr, bedien dich.“

„Danke.“ Vorsichtig gab er einen Löffel Zucker in seine Tasse.

Inka fiel sein leichtes Zögern auf, bevor er das tat, und sie unterdrückte das Grinsen, das in ihr aufstieg. „Keine Sorge, es ist wirklich Zucker.“

Sein Lächeln geriet leicht schief. „Wenn es wieder Salz wäre, hätte ich es verdient. Das war kein Versehen neulich, oder?“

„Jetzt hast du mich erwischt.“

„Geschieht mir recht. Okay, wenn du mich in Ruhe anhörst, ohne mich vorzeitig rauszuschmeißen, darfst du gerne Salz holen und ich trinke die Tasse brav leer.“

„Ich glaube, das dürfte nicht nötig sein. Ich lasse dich auch so aussprechen." Inka pustete auf den heißen Tee und nippte vorsichtig daran.

„Das weiß ich zu schätzen. Ehrlich, wenn ich daran denke, was ich dir alles angetan habe, weiß ich gar nicht, womit ich diese Chance verdient habe."

„Tja …" Sie hob die Schultern. „Warten wir mal ab, was du mir zu sagen hast. Danach überlege ich, was ich mit dir mache."

„Alles, was du willst, wenn du mir nur verzeihen kannst." Jan holte tief Luft. „Zuerst möchte ich mich noch einmal in aller Form bei dir entschuldigen, Inka. Ich war damals so ein riesengroßer Volltrottel."

„Da kann ich dir nicht widersprechen."

„Alles, was ich gemacht habe … die Spottnamen, die ich dir gegeben habe, das Schubsen, das mit der Mütze … Ich kann dir gar nicht sagen, wie leid mir das alles tut." Die Scham war ihm deutlich anzusehen.

„Warum hast du es dann gemacht? Nur weil dein Vater streng war?"

„Weil ich mich stark fühlte, wenn ich dich schikanierte", gestand Jan leise. „Du warst ein Mädchen. Ich war viel kräftiger als du und deshalb wusste ich, dass du dich nicht wehren konntest. Dass ich damit durchkam. In diesen Momenten fühlte ich mich mächtig. Es ist so, dass … Ich hatte ständig Angst, verstehst du?"

Inka wusste nicht, was sie darauf antworten sollte, und starrte Jan nur an.

„Mein Vater war ein unglaublich herrischer Mann und sehr brutal. Wenn er trank, wurde es noch viel schlimmer. Und er trank sehr oft, beinahe täglich. Meine Mutter, meine Schwester und ich lebten in permanenter Angst vor einem seiner gefürchteten Wutanfälle. Die überkamen ihn sehr häufig und wehe, man kam ihm dann in die Quere. Ein Funken genügte, und er explodierte. Wir hatten alle ständig blaue Flecken und Schürfwunden, besonders meine Mutter."

Bestürzt hörte Inka zu. Dass es so schlimm war, hätte sie nicht gedacht. Sie bekam kein Wort heraus.

„Damals dachte ich, wenn ich es schaffe, ihn stolz zu machen, wird er vielleicht weniger wütend. Dafür musste ich so werden wie er. Also suchte ich mir ein Opfer, mit dem ich leicht fertig werden konnte." Verschämt senkte er den Blick und betrachtete einen Punkt auf dem Fußboden. „Und das warst du. Du warst dünn, schwach und schüchtern."

„Meine Mutter und meine Tante waren immer wieder bei deinen Eltern, um mit ihnen darüber zu reden. Geholfen hatte es nichts", wandte sie leise ein.

Jan lachte bitter. „Als sie zum ersten Mal zu uns kamen, fürchtete ich, mir jetzt eine gewaltige Tracht Prügel einzuhandeln. Er schickte mich weg, als die beiden ankamen, und ich zitterte vor Panik. Aber als sie wieder weg waren, schlug er mich nicht etwa windelweich. Nein, mein Plan war aufgegangen! Er lachte und schlug mir väterlich auf die Schulter. ‚Gut gemacht, Sohn!', lobte er mich."

„Wie bitte?" Inka fiel aus allen Wolken.

Jan nickte. „Damals war ich so stolz! Ich hatte es geschafft, mich meinem Vater endlich anzunähern. Klar, dass ich damit weitermachte. Auch als ich vor den Rektor musste, hielt mein Vater zu mir."

„Das ist ja unglaublich", flüsterte Inka erschüttert.

„Er lästerte in einer Tour über euch und behauptete, es wird höchste Zeit, dass euch blöden Weibern mal einer zeigt, wo der Hammer hängt. Ihr dämlichen Zicken hättet es geschafft, alle Männer in eurer Umgebung zu verjagen." Verlegen blickte Jan auf seine Hände im Schoß. „Er meinte, wenn ich dir zeige, wo dein Platz ist, nämlich ganz unten, bist du mit etwas Glück noch zu retten und wirst nicht so eine beschissene Feministin wie die beiden Alten."

Inka keuchte entsetzt, konnte es nicht unterdrücken.

„Deshalb hab ich immer weitergemacht", fuhr Jan rasch fort, als hätte er Angst, es nicht mehr zu wagen, sobald er innehielt. „Du glaubst mir das sicher nicht, wie auch? Aber ich hatte gar nichts gegen dich persönlich. Auf meine kaputte Art mochte ich dich. Du warst nur das perfekte Opfer. Und ich wollte dich auf jeden Fall *retten*, wie mein Vater es ausgedrückt hatte. Dazu gesellte sich jedes Mal dieses überwältigende Gefühl von Macht. In diesen Momenten war ich nicht der Junge, der Angst vor seinem Vater hatte, sondern ich saß selbst am Hebel. Ich weiß, dass das keine Entschuldigung ist, aber ich war nur ein dummes Kind. Und deshalb schloss ich mich später auf der Realschule Michael Klausens Bande an."

Allein die Erwähnung des Namens sorgte dafür, dass es Inka schwindelig wurde.

„Ich werde mir bis ans Ende meiner Tage vorwerfen, dass sie erst durch mich überhaupt auf dich aufmerksam wurden. Weil ich es nicht lassen konnte, dich zu ärgern und dir diese fiesen Namen zu geben. Aber Michael und die anderen ... Ich merkte schnell, dass die anders waren als ich. Hemmungsloser, rauer. Und die schienen das ebenfalls zu spüren. Vielleicht hab ich auch mal was gesagt, was sie misstrauisch machte. Jedenfalls störte es sie nicht, dass ich mich immer mehr von denen zurückzog. Irgendwann fiel mir auf, dass du immer ängstlicher wurdest. Geradezu panisch. Wenn ich etwas geahnt hätte ..."

„Wenn du gesehen hattest, dass ich solche Panik hatte, warum hast du dich dann nicht eingemischt? Hast deine Freunde mal drauf angesprochen, was sie eigentlich so treiben?"

Einige Sekunden lang sagte Jan nichts, sondern sah sie nur an. In seinem Gesicht stand so großer Schmerz geschrieben, dass sich Inka fragte, ob womöglich nicht nur sie ein Opfer gewesen war.

„Das habe ich", sagte er schließlich leise. „Eines Tages, als ich mitbekam, wie Michael, Philipp und Sebastian feixten und darüber redeten, es dir wieder mal so richtig gezeigt zu haben, habe ich sie zur Rede gestellt."

„Oh! Im Ernst?", fragte Inka völlig überrascht.

Jan nickte finster. „,Was habt ihr mit ihr gemacht?', schrie ich sie an. Sie starrten mich an, als hätte ich nicht alle Tassen im Schrank. ,Das geht dich überhaupt nichts an!', fuhr Michael mich an. ,Warmduscher' nannte er mich. Aber ich ließ nicht locker, packte ihn am Kragen und brüllte, dass sie dich in Ruhe lassen sollten." Jan schwieg einen Moment, als müsste er erst Mut fassen, bevor er weiterreden konnte. Er seufzte. „Dafür habe ich die Prügel meines Lebens bezogen. Noch nicht mal mein Vater hatte jemals so fest zugeschlagen wie die drei."

Schockiert starrte Inka Jan an. Sie konnte nicht glauben, was sie da hörte. „Was?", brachte sie heraus.

Allein die Erwähnung dieser Brutalität bewirkte, dass Inkas Herz einige Schläge aussetzte und ihre Hände ganz schwitzig wurden. Plötzlich standen vor ihrem inneren Auge wieder all die schlimmen Bilder, die sie verdrängt hatte. Erneut fühlte sie die Schwäche und den Schmerz von damals.

„Danach drohten sie mir, dass dies erst der harmlose Anfang war, sollte ich jemals ein Wort darüber verlieren, was gerade geschehen ist", sagte Jan leise. „Und dass mir sowieso niemand glauben würde, egal, was ich erzählen sollte, weil Michaels Vater schon dafür sorgen würde, dass ich als Lügner dastünde. Ich hätte nie damit gerechnet, dass sie dermaßen brutal sind."

Er verstummte, und für eine Weile sagte keiner von beiden etwas. Immer noch hing der Schock in der Luft, raubte Inka den Atem und brachte ihr Herz zum Rasen.

„Das ist ... Das wusste ich nicht", brachte sie schließlich heraus. In ihrem Kopf wirbelten die Gedanken durcheinander wie Blätter im Herbststurm. Jan hatte sich für sie einsetzen wollen! Er hatte sich Michael und seinen Kumpels entgegengestellt und dafür üble Prügel kassiert. Sie spürte, wie sich tief in ihr der letzte Groll ihm gegenüber in nichts auflöste wie Nebel in der Sonne. Stattdessen stieg etwas anderes auf: Erleichterung und Freude.

Jan wagte nicht, sie anzusehen. „Vielleicht hilft es dir, wenn ich dir sage, dass ich mich in all den Jahren immer grässlicher gefühlt habe. Damals hätte ich mich so gern bei dir entschuldigt. Aber du warst weggezogen, und ich traute mich nicht, deine Mutter nach deiner Telefonnummer zu fragen."

„Die hätte sie dir sowieso nicht gegeben."

„Völlig zu Recht." Jan betrachtete seine im Schoß ruhenden Hände.

Ein, zwei Sekunden gelang es Inka noch, ihre strenge Fassade aufrechtzuerhalten. Dann konnte sie sich nicht länger beherrschen und legte ihre Hand auf seine.

„Du hast dich für mich verprügeln lassen", sagte sie. „Das war unglaublich mutig von dir, Jan. Und wenn ich ehrlich sein darf: Das hätte ich nie von dir erwartet."

„Wundert mich nicht." Er grinste schief, doch als er sie ansah und in ihrem Gesicht las, leuchtete etwas in seinen Augen auf. Tiefe Freude. „Bedeutet das, dass du mich jetzt nicht sofort rausschmeißt?"

„Ein Weilchen kannst du noch bleiben." Sie schmunzelte und zog ihre Hand wieder zurück, um einen Schluck Tee zu trinken.

„Ich bin unglaublich erleichtert."

„Was ist eigentlich aus deinem Vater geworden?"

„Er hat sich buchstäblich zu Tode gesoffen. Vor sechs Jahren starb er an Leberzirrhose, einsam und verbittert."

„Und deine Mutter?"

Trauer überzog Jans Gesicht. „Sie starb zwei Jahre nach ihm. Es war das Herz. Wahrscheinlich hatten die jahrelange Angst, der Kummer und die Sorgen es gebrochen."

„Das tut mir leid. Es wundert mich nicht. Wie geht es deiner Schwester? Wie hat sie das alles verkraftet?"

„Sie zog mit siebzehn aus, ging nach Baden-Württemberg. Möglichst weit weg von hier." Zum ersten Mal erschien ein sanftes Lächeln auf seinem Gesicht. „Sie ist verheiratet und hat zwei entzückende Kinder."

„Das freut mich. Wenigstens eine, die heil aus dieser Geschichte rausgekommen ist.“

„Darf ich dich auch etwas fragen?“

„Klar. Heute soll alles auf den Tisch kommen.“

Jan rang sichtlich nach Worten und atmete tief durch. „Wie hast du das alles verarbeitet? Ich hab dich viele Jahre lang nicht gesehen. Mittlerweile weiß ich ja, dass du damals weggezogen bist.“

„Es geht mir wieder gut. Deshalb hab ich auch endlich den Mut gefasst, wieder zurück nach Eiderstedt zu kommen. Ich will mich von niemandem mehr ins Bockshorn jagen lassen.“

„Das ist echt mutig! Furchtbar, dass du wegen alldem deine Heimat verlassen hast!“

Inka musterte ihn prüfend. „Weißt du eigentlich, was damals genau passiert ist? Was sie mir angetan haben?“

Jan schüttelte den Kopf. „Michael und die anderen haben mir nie erzählt, was sie mit dir gemacht haben. Ich weiß nur das, was in der Zeitung stand und sich so rumgesprochen hat. Dass sie dir aufgelauert und dich geschlagen haben.“

„Okay, heute muss alles raus. Wie ein Gewitter.“ Inka holte tief Luft und tauchte noch einmal in die schrecklichen Bilder ihrer Vergangenheit ein. „Wenn deine Freunde ohne dich unterwegs waren, haben sie sich mit mir amüsiert. Michael hat mich mehrere Male in der Nordsee oder im Freibad so lange unter Wasser gedrückt, bis mir die Luft ausging. Ich dachte, ich muss sterben.“ Inka sprach immer schneller und lauter, als all die Emotionen von damals wieder auf sie einprasselten wie dicke Hagelkörner.

„Großer Gott!", keuchte Jan. „Hat denn niemand etwas bemerkt? Der Bademeister zum Beispiel?"

„Er hat wohl in dem ganzen Tumult nichts mitbekommen, denn Philipp und Sebastian fingen zur Ablenkung einen Streit an. Und als Michael mich endlich losließ und ich wieder hochkam, drohte er mir, bloß nichts zu verraten, sonst würde ich beim nächsten Mal nicht mehr hochkommen. Ich hatte lange Zeit Panik vor dem Wasser. Ins Freibad oder ins Meer bin ich für den Rest der Schulzeit nie wieder gegangen."

Jan starrte sie an, zu schockiert, um etwas zu erwidern.

Inka wischte sich über die Augen. So viele Jahre war es ihr gelungen, die Bilder von damals zu verdrängen. Jetzt standen sie wieder vor ihr, als wäre es gestern gewesen. „Michael wurde immer hinterhältiger und brutaler. Ständig lauerte er mir auf, natürlich stets in Gesellschaft seiner beiden Leibwächter. Und immer nur, wenn ich allein unterwegs war und es niemand mitbekam. Eines Tages packte er mich am Hals und drückte mich gegen einen Baum. ‚Los, gib mir dein Taschengeld', zischte er. Sein gerötetes Gesicht war so nah vor meinem, dass mir sein Speichel ins Gesicht spritzte.

‚Ich hab's nicht dabei', wagte ich zu sagen.

Da schlug er mir in den Magen. ‚Wenn du mich verpetzt, setzt es noch mehr davon!', drohte er."

„Dieses dreckige Arschloch!", presste Jan hervor.

„Von dem Tag an übergab ich ihm regelmäßig mein Taschengeld", fuhr Inka schnell fort, ehe sie der Mut verließ. „Zu Hause erzählte ich kein Wort davon, dafür schämte ich mich viel zu sehr. Als ich älter wurde, mit dreizehn oder vierzehn, wagte ich es erneut, mich

Michaels Forderungen zu widersetzen. Ich drohte ihm alles zu verraten, doch er lachte nur und meinte, sein Vater würde ihn sowieso aus jeder Scheiße wieder rausboxen."

Jan lachte bitter. „Ja, mit dem hat er oft angegeben. Sein Vater, der große Anwalt."

„Eine Weile ließen sie mich tatsächlich in Ruhe. Drei Monate vergingen, nachdem ich Michael gedroht hatte, vier oder noch mehr. Langsam fühlte ich mich sicher. Ich wurde sorglos. Und das war mein großer Fehler."

Jan starrte sie in banger Erwartung an.

„Eines Abends kam ich von einem Besuch bei einer meiner Freundinnen. Es wurde bereits dunkel. Als die Schatten hinter den Bäumen am Straßenrand hervortraten, wusste ich, dass ich mich geirrt hatte. Natürlich hatten sie nicht aufgegeben. Zwischen Sebastian und Philipp trat Michael hervor.

,Na, wo wollen wir denn hin?', fragte er und verstellte mir den Weg.

,Lass mich durch!', bat ich. Ich weiß noch, dass mein Herz so wild in meiner Brust hämmerte, als wollte es sich gewaltsam daraus befreien und fliehen.

,Erst, wenn du mir mein Geld gegeben hast!'

Panisch blickte ich nach links und rechts, aber niemand war zu sehen, die Gegend war wie ausgestorben.

,Ich hab nichts', brachte ich raus. Meine Kehle fühlte sich an wie zugeschnürt.

,Lüg mich nicht an!' Mit beiden Händen griff Michael zu und packte mich an den Oberarmen. Zugleich kamen die beiden anderen heran und begannen, meine Jackentaschen abzutasten.

,Sie hat recht', behauptete Philipp.

Michael grinste. ‚Auch die Hosentaschen.‘

Ich hatte so eine Angst! Ich riss, zerrte und schrie, aber Michael hielt mich fest wie eine Schraubzwinge. Ich konnte nichts machen, als sich Sebastians Hände in meine Hosentaschen gruben, eine nach der anderen. Dabei grinste er mich schmierig an.

‚Sie hat wirklich nichts‘, stellte er schließlich fest.

‚Tja, das ist aber ganz schlecht‘, sagte Michael.

Und dann landete seine Faust blitzschnell einen Treffer in meinem Magen. Ich krümmte mich vor Schmerz. Es tat höllisch weh, wie flüssiges Feuer.“

„Diese verdammten Wichser!“, fluchte Jan erbittert und ballte die Fäuste.

„Michael ließ mich los. ‚Lass dir das eine Lehre sein. Und wehe, du sagst nur ein Wort. Ab morgen will ich wieder regelmäßig meine Kohle von dir haben.‘

Lachend verschwanden die drei in der Dämmerung.

Ich hab mich unter Schmerzen nach Hause geschleppt. Diesmal schwieg ich nicht länger, sondern erzählte alles, was sich heute und in der Vergangenheit zugetragen hatte.

Noch am selben Abend standen meine Mutter und meine Tante vor der Haustür von Michaels Eltern.

‚Haben Sie Beweise?‘, fragte sein Vater.

‚Ja! Die Aussage meiner Tochter!‘

‚Mehr nicht? Das ist schlecht für Sie, denn es steht Aussage gegen Aussage. Und weil mein Sohn zwei Zeugen dafür aufbringen kann, dass sich nichts Derartiges zugetragen hat, gehen Sie am besten gleich wieder nach Hause. Und unterlassen Sie zukünftig derart bodenlose Unterstellungen!‘

Trotzdem musste mein Auftritt etwas bewirkt haben, denn es verging tatsächlich über ein Jahr, während dem ich von den Jungs in Ruhe gelassen wurde. Wieder wagte ich es, aufzuatmen.

Bis zu jenem Abend. Inzwischen war ich sechzehn. Ich war auf dem Heimweg von der Schulabschlussfeier. Wir hatten die zehnte Klasse geschafft und unsere Realschulabschlüsse in der Tasche, und es hatte eine fröhliche Party mit einigen Klassenkameraden gegeben. Ich fuhr mit dem Fahrrad nach Hause. Allein. Immerhin hatte ich mehr als ein Jahr lang meine Ruhe gehabt und begann, mich sicher zu fühlen.

Als sich mir Michael in den Weg stellte, flankiert von Sebastian und Philipp, ging mir auf, dass ich einen riesigen Fehler begangen hatte.

‚Zahltag‘, grüßte Michael und starrte mich finster an. Aber dieses Mal ging es ihm nicht um Geld, sondern um Rache.

Philipp packte meinen Lenker und hinderte mich am Wegfahren, Michael zerrte mich vom Rad, und Sebastian warf es in den Straßengraben.

Ich hatte so eine verdammte Angst! ‚Lasst mich gehen, und ich sage niemandem etwas‘, flehte ich.

‚Wer's glaubt!‘, höhnte Michael. ‚Beim letzten Mal hattest du auch nichts Besseres zu tun, als sofort bei Mami petzen zu gehen, stimmt es nicht? Was meinst du, wie mein Alter mir den Abend zur Hölle gemacht hat! Zusammengestaucht hat er mich und mir das Taschengeld für ein halbes Jahr gestrichen! Aber dafür wirst du jetzt büßen. Jetzt setzt es für dich die Abreibung des Jahrhunderts, du Miststück!‘

An das, was dann geschah, habe ich nur noch verschwommene Erinnerungen. Die Schläge prasselten so heftig auf mich ein, dass ich hinfiel und mich zusammenkrümmte. Alles ging so schnell, dass ich nicht einmal dazu kam, um Hilfe zu rufen. Schließlich hörte ich laufende Schritte, die sich in der Dunkelheit verloren. Eine Weile wagte ich nicht, mich zu rühren aus Angst, die Kerle könnten zurückkommen und weitermachen. Als das nicht geschah, setzte ich mich vorsichtig auf und kam irgendwann auf die Beine. Es gab keine Stelle an meinem Körper, die nicht schrecklich wehtat.

Meine Mutter schlug entsetzt die Hände über dem Kopf zusammen, als sie mich entdeckte. Sie schleppte mich sofort zur Notaufnahme des Krankenhauses und rief gleichzeitig die Polizei, um Michael und die anderen anzuzeigen."

Erschöpft hielt Inka inne und trank einen Schluck Kaffee.

Jans Gesicht hatte jede Farbe verloren. Auch er nippte an seinem Getränk, sah sie an und rasch wieder weg, als schämte er sich.

„Ich bin entsetzt", sagte er schließlich. „Dass es so schlimm war, hätte ich niemals gedacht."

„Das Gerichtsverfahren gegen die drei, meine Aussage als Zeugin, während ich ihnen erneut gegenüberstehen musste ... Das alles war damals sehr schwer für mich gewesen", erzählte Inka weiter. „Zu meiner Überraschung kam dabei heraus, dass nicht nur ich ein Opfer der Dreckskerle gewesen war. Es gab weitere Mädchen und auch zwei Jungen, die von ihnen ausgenommen, eingeschüchtert und zum Teil verprügelt worden waren. Ich war nicht allein. Dieses Wissen half mir sehr. Sie wurden zu unterschiedlichen Jugendstrafen verurteilt. Während sie ihre Strafe absaßen, absolvierte ich eine Ausbildung als Einzelhandelskauffrau. Und dann wurden die drei nacheinander entlassen. Als letzter Michael. Von da an lebte ich in ständiger Angst vor seiner Rache. Ich bekam seine Stimme nicht mehr aus dem Kopf, die mir drohte. Und eines Tages wurde daraus Realität. Es war ein windiger Herbsttag, ich joggte am Strand, und da stand er plötzlich vor mir."

„Ach du Scheiße!"

Inka nickte. „Es war furchtbar. Ich fürchtete, dass er mir wieder etwas antut. Es waren kaum Leute unterwegs, und die paar waren weit entfernt. Du hättest sein Gesicht sehen müssen! ‚Na, sieh mal an, wer hier ist‘, knurrte er. ‚Die miese kleine Denunziantin. Ich glaube, wir müssen da mal was klären, oder? Du hast mich in den Knast gebracht. Dafür wirst du büßen.‘ Ich bekam Panik und rannte weg, und zum Glück war einer der Spaziergänger inzwischen ein gutes Stück nähergekommen. Michael ließ mich laufen. Von diesem Tag an fand ich keine Ruhe mehr. Ständig rechnete ich damit, dass er mir erneut auflauert. Dass er sich rächen will für das, was ich ihm angeblich angetan habe. Überall meinte ich ihn zu sehen. Die Angst vor ihm verfolgte mich. Irgendwann hielt ich das nicht mehr aus. Ja, und deshalb zog ich schließlich weg von hier."

Jans Augen wirkten riesig in seinem bleichen Gesicht.

„Total schlimm, dass es so weit kommen musste. Was für eine starke Frau du bist, das alles durchzustehen und wegzustecken! Du wirkst so gefestigt. So selbstbewusst."

„Wenn du wüsstest, was für ein hartes Stück Arbeit das war! Mein Selbstbewusstsein lag am Boden. Zerschlagen von Michaels Fäusten, untergegangen von all den miesen Drohungen, die ich mir über viele Jahre anhören musste. Ich fühlte mich damals wertlos. Vollkommen unnütz. Nur dafür da, damit andere mit mir ihre Späße treiben konnten."

Jan holte Luft, um etwas zu sagen, aber Inka hob die Hand.

„Zum Glück hatte ich zwei wunderbare Rettungsanker. Ohne meine Mutter und meine Tante wäre ich vielleicht gar nicht mehr hier. Die beiden haben mir das Leben gerettet mit ihrer Liebe, Wärme und Fürsorge. Trotzdem dauerte es sehr lange, bis ich mich wieder halbwegs als normaler Mensch fühlte, der etwas wert war. Mit zwanzig ging ich nach Hamburg und lernte zwei Jahre später Stefan kennen. Er zeigte mir, dass ich kein Opfer bin, sondern eine ganz normale Frau, die lustig und anziehend ist und mit der man gern seine Zeit verbringt. Ich erkannte, wie schön das Leben sein kann. Dass es so etwas wie wahre Freundschaft gibt und nicht jeder ein Arschloch ist. Und dass man angstfrei leben kann. Mein neues Äußeres half mir dabei. Mein altes Ich hatte ich abgestreift und hinter mir gelassen wie eine Schlange ihre alte Haut."

Jan wies mit einer Kopfbewegung auf Inkas Haar. „Also hast du dich deswegen so verändert?"

„Natürlich! Es war reiner Selbsterhaltungstrieb. Nichts sollte mehr an das verschüchterte Mädchen von damals erinnern."

„Das ist dir gelungen. Ich hab dich beim besten Willen nicht wiedererkannt."

„Ich dich dafür sofort. Deine Augen, dein Gesicht und deine Stimme hatten sich unauslöschlich in mein Gedächtnis eingebrannt.“

„Warum hast du dich nicht gleich zu erkennen gegeben? Wir hätten ...“

„Was denkst du? Als ich realisierte, wen ich vor mir habe, habe ich mich nicht gerade gut gefühlt, okay? Eine Diskussion mit dir über unsere gemeinsame Vergangenheit war das Letzte, was ich mir da gewünscht hatte. Wir beide hatten nichts miteinander zu schaffen.“

„Du hättest mir mitten in der Gärtnerei eine Szene machen können. Ich hätte Ärger bekommen.“

„Was hätte das gebracht? Mir wurde gesagt, du seiest der Chef.“

Er wurde rot. „Ich bin Geschäftsführer der Gärtnerei. Sie gehört meinen Noch-Schwiegereltern. Es ist nur noch eine Frage der Zeit, bis sie mich rausschmeißen. Im Grunde rechne ich täglich damit. An jenem Tag hättest du das beschleunigen können.“

„Wenn ich das geahnt hätte ...“ Inka spürte, dass durch Jans Geständnis und seine Entschuldigungen eine große Last von ihr abgefallen war. Es war, als wäre der Stachel, der immer noch in der Wunde gesessen und sie an der vollständigen Heilung gehindert hatte, nun entfernt worden.

„Ich danke dir für dein Vertrauen und deine Ehrlichkeit“, sagte Jan. „Dass du mich angehört und mir das alles erzählt hast, bedeutet mir sehr viel.“

„Danke ebenfalls. Jetzt verstehe ich einiges besser. Das waren eine Menge Informationen. Ich muss das alles erst einmal sacken lassen.“

Jan stand, auf. „Klar. Ich hoffe so sehr, dass du mir eines Tages vergeben kannst." Ohne ihre Antwort abzuwarten, ging er zur Tür, schenkte ihr noch ein schüchternes Lächeln und trat hinaus.

Inka tat nichts, um ihn aufzuhalten. Erst einmal wollte sie in Ruhe über alles nachdenken, was sie erfahren hatte, musste die durch ihre Erzählung wieder hochgekommenen Erinnerungen verarbeiten.

Stumm sah sie zu, wie er davonfuhr.

Kapitel 16

„Jetzt wird mir einiges klar", sagte ihre Mutter, als Inka sie am folgenden Tag besuchte und ihr vom Gespräch mit Jan erzählte. „Astrid und ich hatten uns damals die ganze Zeit gewundert, warum sich nichts ändert, warum Jans Vater seinem Sohn nicht verbietet, dich weiterhin zu hänseln. So ein Drecksack!"

Bei dem Schimpfwort aus Mamas Mund musste Inka grinsen. „Er muss ein sehr schwacher Mann gewesen sein", erklärte sie. „Diese Schwäche musste er irgendwie kompensieren."

„Furchtbar, solche Kerle! Hm, Jan hat trotz allem die Gene seines Vaters. Und immerhin ist seine Ehe am Ende, oder? Klar, er scheint dich zu mögen und möchte dir gegenüber natürlich gut dastehen."

„Was er mir gestern erzählte, hat alles andere als ein gutes Licht auf ihn geworfen", gab Inka zu bedenken. „Es muss ihn viel Mut gekostet haben, das alles einzugestehen. Und wir haben ja gesehen, wie er mit seiner Tochter umgeht. Die Kleine machte keinen ängstlichen Eindruck. Im Gegenteil, sie schien genau zu wissen, was sie will und wie sie ihren Willen bei ihrem Vater durchsetzen kann."

„Vielleicht vergöttert er die Kleine und ist nur seiner Frau gegenüber ein Fiesling?"

„Ich habe neulich einen Streit zwischen ihm und Angela mitbekommen. Sie machte einen selbstbewussten Eindruck und nicht den einer verschüchterten Frau."

Trotz all der unangenehmen Dinge, die Inka mit Jan erlebt hatte, hatten die forschenden Worte ihrer Mutter es nicht geschafft, Zweifel in Inkas Herz zu säen. Als sie darüber nachdachte, war sie selbst erstaunt. Aber Jan war so authentisch rübergekommen, so ehrlich, dass sie nicht an dem zweifelte, was er ihr erzählt hatte. Dass er keine Ahnung davon hatte, was Michael und die anderen ihr angetan hatten. Dass er sich bei denen sogar für sie eingesetzt hatte und dafür brutal verprügelt worden war. Und dass er aufrichtig bedauerte, was mit ihr geschehen war.

Immer wieder ertappte sie sich dabei, über ihn nachzudenken. Wie liebevoll er mit seiner Tochter umging. Wie gut er aussah mit seinem blonden Haar, seinen himmelblauen Augen und den Grübchen in seinen Wangen. Wie sie zusammen beim Konzert mitgegrölt und später Cocktails gemixt hatten. Und wie fleißig er sich um ihren Garten gekümmert hatte. Nicht einmal der Dauerregen, Salz im Kaffee, zu viel Chili und ihr Gemecker hatten ihn davon abhalten können. Und nicht zuletzt waren da seine wiederholten Entschuldigungen und das Blumenmeer in ihrem Wohnzimmer. Offenbar lag ihm etwas an ihr. Daran, sich mit ihr zu versöhnen und die Schatten der Vergangenheit auszulöschen.

Was, wenn er nicht der Jan Ehlers von damals wäre, sondern irgendein Mann ohne gemeinsame Vor-geschichte? Wie würde sie ihm gegenüber empfinden? Er brachte sie zum Lachen, und er schaffte es, dass sie immer öfter über ihn nachdachte. Er war fleißig und leistete gute Arbeit. Und er ließ sich von seiner kleinen Tochter um den Finger wickeln. Bewies das nicht seine Gutmütigkeit und dass er in der Lage war, aufrichtig zu lieben?

Ja, wären da nicht die dunklen Erinnerungen aus der Vergangenheit, könnte sie sich vorstellen, dass sich etwas zwischen ihnen entwickeln konnte. Vorausgesetzt, sie blendete seine wahre Identität aus, mochte sie ihn. Sehr sogar. Aber würde sie es wirklich schaffen, ihm so richtig, tief und vollkommen zu vertrauen? Und was würde geschehen, wenn er seine ehemaligen Freunde wiedersah, Michael und die anderen? Ihr gruselte beim Gedanken an die Vorstellung, dass Jan sich bei einem zufälligen Aufeinandertreffen auf dessen Seite stellen könnte, und sei es nur durch eine winzige Geste, ein schiefes Grinsen, ein unbedachtes Wort. Würde das nicht längst verheilte Wunden wieder aufreißen und sie psychisch um Jahre zurückwerfen? Würde nicht jeder noch so kleine Streit, jede Meinungsverschiedenheit sie sofort glauben lassen, Jan könnte in alte Muster zurückfallen?

Würden nicht bei allem guten Willen immer irgendwelche Reste von Misstrauen übrig bleiben, die weiterschwärten wie ein Splitter in einer Wunde?

Oder war sie inzwischen so stark geworden, dass sie erkennen könnte, dass es nichts mehr mit damals zu tun hatte?

Während sie Jans Erklärungen ein paar Tage lang erst einmal sacken ließ, besuchte sie Alea und berichtete ihr ausführlich von ihrem Gespräch. Der Tag war warm und sie saßen im Garten. Yannik hopste auf Aleas Schoß und spielte mit einer Rassel.

„Krass!", rief ihre Freundin, sodass der Kleine sie erstaunt ansah. „Er hat dir alles erklärt und sich bei dir entschuldigt? Und er bedauert tatsächlich aufrichtig, was er dir angetan hat? Das hätte ich echt nicht von ihm gedacht", sagte Alea, nachdem Inka ihr alles erzählt hatte.

„Ich auch nicht!"

„Er scheint sich komplett verändert zu haben. Das mit seinem Vater ist natürlich der Hammer. Wie war der bloß drauf? Wie kann ein Mann seinem Sohn so etwas einreden?"

„Wahrscheinlich hatte er Komplexe, Minderwertigkeitsgefühle."

„Unglaublich! Und Jan hatte damals seine Methode übernommen und dich schikaniert. Und dann eingesehen, wie falsch das war."

Yannik ließ seine Rassel fallen und schaute ihr hinterher.

Inka stand auf, hob sie auf und gab sie ihm zurück. „Das hatte er schon lange eingesehen. Er hatte mir schon vor einiger Zeit erzählt, wie leid ihm alles tut, was er damals anderen angetan hat."

„Das beweist seinen guten Charakter."

„Ja, oder? Da wusste er allerdings noch nicht, wen er vor sich hat. Also wem er das gerade anvertraut."

„Dass er es dir überhaupt erzählt hatte, finde ich sehr mutig von ihm. Er scheint darunter zu leiden, was er getan hat. Und jetzt hat er sich bei dir entschuldigt. Er hätte sich auch einfach nicht mehr bei dir melden brauchen. Hätte ‚Scheiß drauf‘ denken können. Stattdessen schenkt er dir ein Blumenmeer und legt dir sämtliche Hintergründe dar. Mir gefällt das. Das zeigt, dass er sich für damals wirklich schämt und es jetzt anders machen will. Besser.“

Die Rassel landete erneut auf dem Boden und Yannik gluckste.

Wieder gab Inka sie ihm zurück und stupste ihn zart an der Nase. „Meinst du?“

„Klar. Er hatte sich aus eigenen Stücken von Michael und seinen Freunden ferngehalten, als er feststellte, dass die Dinge taten, die ihm zu weit gingen, oder?“

„Ja.“

„Und nicht nur das, er hat denen sogar ins Gewissen geredet. Dass es im Endeffekt nichts geholfen hat, ist nicht seine Schuld. Stattdessen hat er eine gewaltige Tracht Prügel dafür bezogen, dass er sich für dich eingesetzt hat.“

„Das stimmt. Ich konnte es kaum glauben, als er mir das erzählt hat!“

„Frag mich mal, wie es mir geht! Seine Noch-Frau und seine Tochter machen auch keinen verschüchterten Eindruck, oder?“

„Nee, im Gegenteil. Ich glaube, die lassen sich beide nicht die Butter vom Brot nehmen.“

„Na, siehst du? Nicht nur du hast dich verändert, sondern er auch. Offenbar bedauert er wirklich, wie er damals drauf war.“

Zum dritten Mal schlug das Spielzeug rasselnd auf dem Boden auf. Yannik lachte sich kaputt.

Auch Inka kicherte, während sie sich wiederum nach der Rassel bückte und sie ihm zurückgab. „Du kleiner

Schlingel! Dann denkst du, dass ich ihm vertrauen kann?“

„Tja, nach allem, was du erzählt hast … Ehrlich, ich hätte nie gedacht, dass ich das von dem ehemaligen Kotzbrocken mal sagen würde, aber ja, das glaube ich.“

Und wenn Inka ehrlich zu sich selbst war, glaubte sie es ebenfalls. Hatte nicht jeder eine zweite Chance verdient?

Und war es nicht so, dass im Grunde jede Beziehung, egal zu wem, ein gewisses Risiko barg? Man wusste nie, wie sich der Mensch, auf den man sich einließ, entwickelte. Jan war einst ein Stinkstiefel gewesen, aber er bereute es.

Ja, auch er hatte eine zweite Chance verdient.

Aleas Vorschlag kam da genau zur rechten Zeit.

„Svenja feiert doch in zwei Wochen ihren Geburtstag. Willst du Jan nicht mitbringen? Das wäre ein guter Test, um zu sehen, wie er sich so inmitten all deiner Freunde verhält. Er allein. Weit weg von seinen Kumpels.“

„Seinen *ehemaligen* Kumpels. Sie haben schon lange nichts mehr miteinander zu schaffen.“

„Ja, natürlich. Umso besser, oder? Um ehrlich zu sein, würde ich auch gern einen Blick auf ihn werfen, ehe meine beste Freundin sich so richtig festlegt. Klar, ich denke, nein, ich bin mir sicher, dass er sich verändert hat und kein übler Kerl mehr ist. Aber wenn das so ist, hat er ja nichts zu befürchten, wenn unsere Freunde und ich ihn heimlich etwas genauer unter die Lupe nehmen, oder?“

„Ich weiß nicht … Alle wissen, wie Jan mich damals behandelt hat. Was sollen die denn denken, wenn ich da plötzlich mit ihm aufkreuze?"

Yannik warf die Rassel zum vierten Mal herunter. Alea setzte ihn auf den Boden, damit er dort mit ihr spielen konnte.

„Dass du ein Herz aus Gold hast und deinem ärgsten Feind verzeihen konntest", erwiderte sie. „Wenn es ihm wirklich ernst mit dir ist, wird er gegen ein paar strenge Nachfragen nichts einzuwenden haben."

Inka grinste. „Im Grunde gar keine üble Idee."

„Natürlich nicht. Meine Ideen sind immer super."

Sie sahen sich an und lachten. Inka fühlte sich unglaublich erleichtert. Sie hatte es geschafft, sich mit ihrem Erzfeind aus Kindertagen auszusöhnen. Und nicht nur das: Er brachte sogar ihr Herz nach langen einsamen Jahren wieder zum Klingen.

Wurde endlich alles wieder gut?

Trotzdem wartete Inka eine ganze Woche, ehe sie Jan am folgenden Sonntagmorgen anrief. Sie musste sicher sein, dass es wirklich das war, was sie wollte, und dachte noch einige Male gründlich über alles nach.

Als sie ihn schließlich anrief, ging er bereits beim zweiten Klingeln ran, als hätte er die ganze Zeit darauf gewartet.

„Moin, Inka, ich freu mich total, dass du dich meldest. Wie geht es dir?"

„Moin. Mir geht's gut, danke. Ich hab ausführlich über alles nachgedacht, was du mir erzählt hast."

Sie meinte förmlich zu hören, wie Jan die Luft anhielt.

„Ich mag ja kaum fragen ... Zu welchem Ergebnis bist du gekommen?“

„Na ja, nachdem ich bereits weiß, wie schlecht du singst und wie gut du gärtnern kannst, möchte ich gern mal deine Wetterfestigkeit testen.“ Draußen goss es in Strömen, und ein stürmischer Wind wehte vom Meer her. „Hast du Zeit?“

„Klar! Um dir gegenüber Beweise dafür anzutreten, dass ich mich geändert habe, immer!“

„Was hältst du von einem Strandspaziergang?“

„Da bin ich sofort dabei.“

„Gut. Wollen wir uns in einer halben Stunde beim Parkplatz in Sankt Peter-Ording treffen?“

„Sehr gern.“

„Super. Ach ja ... Jan?“

„Ja?“

„Bitte bring keine Blumen mit, okay?“

Er lachte und klang unglaublich erleichtert. „Bist du sicher?“

„Absolut! Zwei deiner Sträuße stehen immer noch hier.“

„Also gut. Aber sag Bescheid, wenn sie hinüber sind, dann bringe ich ...“

Jetzt lachte auch Inka. „Nein, bitte nicht! Also dann, bis gleich.“

Während sie in wetterfeste Schuhe schlüpfte und ihre Regenjacke anzog, spürte sie, dass sie so gut gelaunt war wie schon lange nicht mehr. Die Aussprache mit Jan hatte ihr gutgetan, und die letzten Narben in ihrem Inneren verblassten mit jedem Tag mehr. Endlich konnte sie wieder unbelastet nach vorn schauen.

Als Inka ihren Wagen auf dem großen Parkplatz am Strand abgestellt hatte, sah sie sich neugierig um. Trotz des schlechten Wetters waren einige unerschrockene Spaziergänger unterwegs. Und dort stand auch schon Jan. Gerade entdeckte er sie ebenfalls und kam in ihre Richtung.

Unwillkürlich schlug ihr Herz schneller. Er trug eine schwarze Regenjacke und hatte die Kapuze aufgesetzt. Seine Hände steckten in den Jackentaschen. Dennoch meinte Inka, das Leuchten seiner Augen selbst auf die Entfernung erkennen zu können.

Er blieb vor ihr stehen, während sie die Autotür verschloss.

„Da bist du ja", stellte er fest. Tatsächlich strahlte er regelrecht vor Freude.

Gerührt erwiderte Inka sein Lächeln und steckte den Autoschlüssel in die Jackentasche. „Ja, sieht so aus."

„Du ahnst nicht, wie froh ich war, als du mich angerufen hattest. Die vergangene Woche war die Hölle für mich."

Erstaunt sah Inka ihn an. „So schlimm?"

Er nickte heftig, und Wassertropfen lösten sich von seiner Kapuze und flogen herum. „Während der ersten zwei, drei Tage war ich noch zuversichtlich, dass du dich melden würdest. Aber je mehr Zeit verging, desto schneller schwand die Hoffnung."

Sie konnte nicht die Spur von Hohn in seinem Gesicht erkennen. Es wirkte vollkommen aufrichtig. „Wäre das denn schlimm gewesen?", fragte sie leise. „Also wenn ich mich nicht mehr gemeldet hätte?"

„Das wäre es. Mir ist klar, dass ich es verdient hätte. Wir wissen beide, wie schwer du es mit mir hattest, und das über Jahre. Ehrlich, Inka, ich hätte es verstanden, wenn du mit mir nichts mehr hättest zu tun haben wollen. Trotzdem hätte es mir sehr, sehr leidgetan. Ich hätte dich vermisst. Mehr, als ich dir sagen kann. Und dass du dich jetzt mit mir triffst, beweist mir, was für eine großartige Frau du bist und was für ein großes Herz du hast."

Ihr wurde ganz warm vor Freude. Wer hätte gedacht, dass er jemals solche Worte aussprechen würde?

„Danke", sagte sie leise.

Langsam setzte sie sich in Bewegung in Richtung Strand und Meer, und Jan ging neben ihr her.

„Es ist mein voller Ernst", sagte er. „Als ich dich zum ersten Mal seit damals wiedersah, an jenem Tag in der Gärtnerei, hast du irgendetwas in mir berührt. Ich kann das gar nicht erklären, Inka. Da war irgendetwas an dir, das in mir eine Saite zum Klingen brachte. Ich wusste ja nicht, wer du warst. Trotzdem hast du mir sofort gefallen. Sehr sogar. Und ich gestehe, ich bin nur auf das Konzert beim Strandfest gegangen, weil ich hoffte, dass du auch da bist. Ich hatte die ganze Zeit nach dir Ausschau gehalten. Wir sind uns nicht zufällig begegnet."

Erstaunt betrachtete sie ihn von der Seite. Unter seiner Kapuze erkannte sie nur sein Profil, aber jetzt wandte er ihr sein Gesicht zu und lächelte sie an. Fast wirkte er schüchtern.

Immer noch konnte sie nicht glauben, dass dies derselbe Mann war wie der freche Junge von damals. Wie hatte er sich dermaßen ändern können? Bewies das nicht, dass er schon immer einen guten Kern in sich trug, dass seine Seele seit jeher sanft gewesen war?

„Das hast du ja geschickt eingefädelt", erwiderte sie schmunzelnd.

Er blieb stehen. „Weil du mir gefallen hast. Vom ersten Moment an. Ich wollte dich wiedersehen."

„Obwohl ich deinen Kaffee versalzen und auf dein Sandwich viel zu viel Chili getan habe? Und obwohl ich die ganze Zeit über deine Arbeit genörgelt habe?"

Er grinste. „Na ja, ich dachte mir eben, oje, die Frau hat gerade einen schlechten Tag. Kommt vor. Der Kunde ist König, das ist bei mir immer so. Und wenn es sich dann noch um so eine attraktive und süße Kundin handelt wie dich ... Ja, ich wollte dich tatsächlich unbedingt wiedersehen. Auch auf die Gefahr hin, einen Regenwurm in meinem Cocktail vorzufinden oder so was in der Art."

Inka kicherte kurz, wurde aber gleich wieder ernst. „Und wenn du da bereits gewusst hättest, wer ich bin? Dass ich Inka Versinka bin? Hätte das irgendwas geändert?"

Er schluckte. „Na ja, in dem Fall wäre ich nicht so mutig gewesen. Ich hätte nicht mit dir zusammen die Songs mitgegrölt und keine Cocktails gemixt. Stattdessen hätte ich dich wahrscheinlich heimlich aus der Ferne angehimmelt, bis ich genug Mut gefasst hätte, dich anzusprechen."

„Dann hättest du das trotzdem gemacht? Also in Kontakt zu mir treten."

„Auf jeden Fall! Wie gesagt, ich war vom ersten Moment an geflasht von dir. Ja, grins nur, aber es ist so! Du bist so hübsch! In deinen großen blauen Augen hätte ich sofort versinken können. Deine schwarzen Haare bilden dazu einen Wahnsinnskontrast." Seine Blicke huschten über sie, und er lächelte. „Und der ganze Rest ist ebenfalls nicht zu verachten. Nein, ganz ehrlich, Inka. Es war deine ganze Art, die mich in den Bann gezogen hatte. Humorvoll, sanft und trotzdem mitten im Leben stehend. Das ist eine Frau, die weiß, was sie will, dachte ich."

„Und das gefällt dir?"

„Und wie! Oh, und, Inka?"

„Ja?"

„Bitte nenne nie wieder den Namen Inka Versinka. Mein Magen zieht sich richtig zusammen beim Gedanken daran, was das damals mit dir gemacht haben muss."

„*Jan Ehlers, dem fehlt was,* war auch nicht gerade nett von mir."

„Das war nur gerecht. Ich hatte es verdient. Du nicht."

Langsam schlenderten sie weiter über den breiten Strand in Richtung Meer.

„Damals, das war nicht ich", fuhr Jan fort. „Du wirst es mir wahrscheinlich nicht glauben, aber ich bin im Grunde ein ganz anderer Mensch als der fiese Junge, den du kennengelernt hast. Ich bin ruhig, naturliebend und oftmals viel zu gutmütig. Nicht gerade glaubhaft nach deinen Erlebnissen mit mir, ich weiß. Aber es ist tatsächlich so. Ich war einfach oftmals so verzweifelt. Inzwischen weiß ich, dass ich nicht bin wie mein Vater. Gott sei Dank! Du kannst dir gar nicht vorstellen, wie sehr ich ihn hasse für das, was er uns allen angetan hatte."

„Doch, das kann ich." Denn ebenso hatte sie Jan all die Jahre gehasst. Aber sie sprach es nicht aus. Es war vorbei. Endlich.

„Meine Scham ist wahrscheinlich der Anlass dafür, dass ich jetzt alles besonders gut machen will.“ Zum ersten Mal lachte er. „Marie hat das schnell spitzgekriegt. Sie tanzt mir ganz schön auf der Nase rum. Aber das lasse ich mir nur zu gern gefallen. Die Hauptsache ist, dass sie ein glückliches Kind ist, das sorgenfrei aufwachsen kann.“

„Sie ist ein süßes Mädchen. Und ich finde es sehr schön, dass du dir solche Mühe gibst, deine Fehler wiedergutzumachen.“

Inzwischen waren sie dem Meer ganz nah. Stürmische Böen wehten ihnen entgegen und trieben den Regen in ihre Gesichter. Die Nordseewellen trugen weiße Schaumkronen und wogten laut rauschend auf den Strand. Möwen schrien hoch über ihnen. Inka hatte die Augen zu Schlitzen zusammengezogen und stemmte sich gegen den Sturm. Sie liebte so ein Wetter, wenn sie die Naturgewalten hautnah erleben konnte.

„Dann bist du mir nicht mehr böse?“, vergewisserte sich Jan und blieb erneut stehen.

Forschend betrachtete Inka sein Gesicht. Aufrichtig sah er sie an, ernst und hoffnungsvoll. Sie horchte in sich hinein.

Und sie spürte, dass all der alte Groll vergangen war. Jans Entschuldigung und sein Geständnis hatten alle bösen Erinnerungen vertrieben, hatten sie verweht wie der Sturm den Rauch und nur Klarheit und Ruhe zurückgelassen.

Sie lächelte. „Nein, bin ich nicht. Wer so sehr für Vergebung kämpft wie du, hat eine zweite Chance auf jeden Fall verdient.“

Offensichtlich erleichtert erwiderte er ihr Lächeln.

Und als sie langsam weitergingen, am Meeressaum entlang und Jan zögernd nach ihrer Hand griff, verwehrte Inka sie ihm nicht. Stattdessen verflocht sie ihre Finger mit seinen. Überdeutlich spürte sie seine Wärme.

Sie und Jan hatten sich gemeinsam Seite an Seite den Stürmen der Vergangenheit gestellt. Und sie bewältigt. Nun boten sie zusammen einem weiteren Sturm die Stirn.

Wenn das kein gutes Omen war.

Bevor sie sich später voneinander verabschiedeten, lud Inka Jan zu Svenjas Feier ein. „Es ist in knapp zwei Wochen. Was meinst du? Hast du Zeit und Lust?"

„Ich hab immer Zeit und Lust, dich zu sehen!"

„Aber es werden eine Menge Freunde von mir dabei sein. Freunde, die wissen, wie dämlich du damals mir gegenüber warst."

Er lächelte schief. „Da muss ich wohl durch, oder? Ich werde es als reinigendes Feuer betrachten. Als meine ganz persönliche Gerichtsverhandlung."

„Möglich, dass sie dir unangenehme Fragen werden stellen. Dass du dir eine Menge Vorwürfe anhören musst."

Sanft schob er ihr eine Haarsträhne aus der Stirn. „Inka, wenn das hilft, dass du mir wieder vertraust, dass du mir wirklich eine echte Chance gibst, mache ich alles dafür! Und wenn ich dich vor Zeugen auf Knien um Vergebung bitten müsste, würde ich auch das tun."

Sie lächelte. „Das wird wohl nicht nötig sein, denke ich. Andererseits weiß man nie, was meinen Freunden so einfällt."

„Ich bin auf alles gefasst. Und ich werde jede Strafe von ihnen annehmen."

Seine Augen glänzten klar, während er sie ansah. In ihnen las Inka nichts anderes als Aufrichtigkeit, Sanftmut und einen Rest von Scham.

„Okay, wenn du sicher bist, dass du dir das antun möchtest, lade ich dich hiermit offiziell als meine Begleitung ein."

„Und ich erteile dir hiermit offiziell eine Zusage."

Zum Abschied gab es heute noch keinen Kuss. Dafür war alles viel zu zart, zu neu. Aber Inka ließ es zu, dass Jan sie in seine Arme zog und an sich drückte. Niemals hätte sie es für möglich gehalten, aber es fühlte sich gut an. Sehr sogar. Sie fühlte sich geborgen. Und sicher.

Kapitel 17

Svenjas Geburtstagsfeier fand in einer Kneipe in Sankt Peter-Ording statt, in der Inka damals schon oft mit ihnen zusammen gefeiert hatte. Um etwas trinken zu können, fuhr sie mit dem Taxi hin. Jan wollte etwas später nachkommen, weil er länger arbeiten musste. Es war Inka ganz recht, dass sie nicht zusammen auf der Party aufkreuzten. Das mit Jan war noch viel zu frisch, und es gab all die Begebenheiten aus der Vergangenheit, von denen natürlich auch ihre Freunde wussten. Es war besser, wenn sie behutsam an den Gedanken, dass Jan womöglich bald fest zu ihr gehören könnte, gewöhnt wurden.

Sobald Inka die Kneipe betrat, wurde sie von Stimmengewirr, Wärme und Musik empfangen, und freudige Erwartung erfüllte sie.

Svenja, Bekki und ein paar andere waren bereits da, und es folgte eine lautstarke Begrüßung. Nacheinander wurde Inka von allen umarmt und gedrückt. Sie spürte, wie gut es ihr tat, wieder zurück in der Heimat zu sein. Alle waren ihr so vertraut. Sie übergab Svenja ihr Geburtstagsgeschenk, einen Bildband über die Wüsten

der Erde, denn dafür interessierte sich ihre Freundin
sehr.

„Vielen Dank! Der sieht richtig edel aus. War bestimmt teuer."

„Verrate ich nicht. Die Hauptsache ist, dass er dir gefällt."

„Sehr sogar! Den hätte ich mir allein sicher nicht leisten können. Danke nochmals."

„Gerne!"

„Es ist so toll, dass du wieder zurückgekommen bist.
Wir haben uns all die Jahre nur so selten gesehen."

Inka lächelte. „Damit ist es nun vorbei, versprochen.
Ihr habt mich jetzt wieder am Hals."

„Nichts lieber als das!" Die Freundinnen lachten und
stießen mit den ersten Cocktails miteinander an.

Weitere Freunde trudelten ein. Zuletzt kamen Alea
und Heiko dazu, weil sich Aleas Mutter, die auf Yannik
aufpassen wollte, verspätet hatte.

Als bis auf Jan alle da waren, bat Inka um Aufmerksamkeit. Das Herz klopfte ihr vor Aufregung bis zum
Hals, während ihre Freunde sie gespannt ansahen. „Ich
muss euch etwas sagen, was euch garantiert sehr überraschen wird. Heute wird noch ein Gast dazukommen,
sozusagen meine Begleitung für heute Abend."

Ihre Freundinnen rissen die Augen auf. „Was? Sag
bloß, du bist kein Single mehr! Hast du wieder einen
Freund? Wer ist es? Kennen wir ihn?"

Lächelnd ließ Inka die auf sie einprasselnden Fragen
über sich ergehen, sog am Strohhalm und wartete, dass
es wieder ruhiger wurde. „Ja, ihr kennt ihn."

Sofort flogen mindestens ein Dutzend Männernamen
in den Raum.

Inka schüttelte den Kopf. „Es ist keiner von denen. Und ihr werdet auch nicht draufkommen."

Nur Alea wusste Bescheid, und die sah Inka mit einer Mischung aus Spannung und Besorgnis an.

„Bitte zerreißt ihn nicht gleich in der Luft, wenn ihr ihn seht", bat Inka. „Jeder hat eine zweite Chance verdient, oder? Also auch er. Und glaubt mir, ich habe es mir selbst nicht leicht gemacht. Aber ich weiß, dass er sich seit damals verändert hat."

„Wieso? Wer ist es denn nun? Jack the Ripper?"

„Nicht ganz." Inka holte tief Luft. „Es ist Jan Ehlers."

Die Stille, die plötzlich über dem Tisch hing, war beinahe mit Händen greifbar. Alle starrten Inka an, als hätte sie gerade verkündet, dass sie ein Kind vom Präsidenten der Vereinigten Staaten erwartete.

„Bitte?" Svenja hielt sich eine Hand hinters Ohr. „Hab ich das gerade richtig verstanden?"

„Nicht dein Ernst!", rief Bekki. „Ausgerechnet *der*? Was hast du dir dabei gedacht?"

Dann sprachen alle durcheinander, laut und erregt. Inka hatte das erwartet und ließ sie erst einmal reden. Bald wurde es ruhiger, doch aller Augen waren auf sie gerichtet. „Ich hätte selbst niemals damit gerechnet", begann sie. „Ihr wisst ja selbst, was für ein Idiot Jan damals war."

„Das ist gar kein Ausdruck für den!", rief Svenjas Freund Tim.

„Kackeimer trifft es besser!" Zwischen Heikos Augen war eine steile Falte erschienen.

„Wie bist du bloß auf den gekommen?", fragte Bekki immer noch ganz fassungslos.

„Als ich einzog, brauchte ich einen Gärtner", erklärte
Inka. „Und dabei geriet ich ausgerechnet an Jan. Glaubt
mir, ich war genauso erschrocken wie ihr gerade."

„Du hast ihm ernsthaft einen Auftrag erteilt?", fragte
Svenja ungläubig.

„Ja, nach einigem Überlegen. Er erkannte mich nicht
und hatte keine Ahnung, wer ich bin. Ich wollte die Gelegenheit nutzen und mich ein wenig an ihm rächen."
Plötzlich grinste Inka. „Ich hab's ihm nicht leicht gemacht. Sein Kaffee mit einem großen Löffel Salz darin
war bestimmt köstlich. Oder das Sandwich mit viel zu
viel Chili drauf. Knallrot ist er geworden und hat kaum
noch Luft bekommen. Und was die Arbeit im Garten betraf, konnte er mir anfangs überhaupt nichts recht machen. Alles hab ich bemängelt. Er war schon ganz verzweifelt."

„Geschieht ihm recht!"

„Um es kurz zu machen: Schließlich erkannte er
mich, und wir sprachen uns aus. Er hat mir alles erklärt, und vor allem hat er sich unzählige Male für alles
entschuldigt."

„Das ist wohl das Mindeste!", fand Svenja. Die anderen murmelten zustimmend.

„Meine Wohnung ist jetzt noch voller Blumen. Ich
konnte es selbst kaum glauben, aber Jan hat sich verändert. Und ich möchte euch bitten: Gebt ihm eine
Chance. Werft ihm ruhig eure Vorwürfe und Fragen an
den Kopf, meckert herum, aber reißt ihm nicht den
Kopf ab."

Die anderen sahen sich an und tuschelten leise miteinander.

„Ich glaube, wenn Inka das kann, kriegen wir das mit Leichtigkeit hin, oder?“, warf schließlich Svenja die Frage in den Raum.

„Wir müssen ihn ja nicht gleich mögen“, ergänzte Bekki.

„Danke!“ Inka war erleichtert. „Darauf geb ich ’ne Runde aus. Die nächsten Drinks gehen auf mich!“

Bald stand der zweite Cocktail vor ihr, und sie stießen miteinander an. Immer noch war Inka sehr aufgeregt, doch sie fühlte sich inmitten ihrer Freunde pudelwohl.

Wenn neue Gäste hereinkamen, warf sie einen Blick zur Eingangstür. Bisher war Jan nicht dabei. Was, wenn er sich doch nicht traute? Sie könnte es ihm nicht verdenken. Hier aufzukreuzen, inmitten all dieser potenziellen Ankläger, erforderte eine große Menge Mut.

Inka sog am Strohhalm ihres Pina Coladas. Ihr Tisch stand in der Nähe des langen Tresens, und an diesem nahm soeben eine Gruppe Männer etwa in ihrem Alter Platz und orderte lautstark die Getränke. Sie achtete nicht weiter auf sie, bis einer von ihnen lachte und „Prost!“ rief. Aus Neugier sah sie hin.

Und erschrak. Es handelte sich um keinen anderen als Michael Klausen. Der Schreck fuhr ihr in die Glieder, und sie wandte sich sofort ab. Es war eine Sache, Jan wiederzusehen. Michael hingegen war eine ganz andere Hausnummer. Fast meinte sie wieder, den Schmerz zu spüren, als seine Faust ihren Magen getroffen hatte. Hatte sie gedacht, dass ihre Angst mit den Jahren vergangen war, stellte sie jetzt entsetzt fest, dass sie in rasender Geschwindigkeit zurückgekehrt war.

Sie konnte gut darauf verzichten, dass er sie entdeckte und womöglich erkannte!

„Was ist denn?", erkundigte sich Alea verstohlen. „Du siehst aus, als hättest du einen Geist gesehen."

„So ähnlich. Oder nein, viel schlimmer." Mit einer Kopfbewegung wies Inka zum Tresen. „Kennst du den Typen noch? Dunkelgrünes Shirt …"

Alea riss die Augen auf. „Fuck! Der Schläger! Was hat der hier zu suchen?"

„Ich hatte gehofft, den nie wiederzusehen." Demonstrativ wandte Inka ihm den Rücken zu und zog den Kopf zwischen die Schultern. Ihr Herz hämmerte so wild wie eine Trommel, die zur sofortigen Flucht aufrief.

Alea beobachtete sie besorgt. „Du musst dir keine Sorgen machen. Der erkennt dich niemals, so, wie du dich verändert hast. He, nicht mal Jan hat dich erkannt. Lass dir von Michael Arschloch Klausen nicht dem Abend verderben."

„Ich versuch's." Trotzdem blieb Inka bemüht, sich dem Kerl nicht von vorn zu zeigen.

Der hatte ohnehin anderes zu tun, grölte mit seinen Kumpanen herum und orderte eine Runde Korn nach der nächsten.

„Sind die anderen auch dabei?", wisperte Inka. „Du weißt schon, Sebastian und Philipp?"

„Nee. Die anderen kenne ich alle nicht."

Wenigstens etwas. Das verringerte die Gefahr, dass sie erkannt wurde.

Dann ging die Tür wieder auf. Und mit einem Schwall frischer Luft kam Jan herein.

Sofort beschleunigte sich Inkas Herzschlag. Ohne ihr Zutun hob sich ihre Hand, und sie versuchte, seine Aufmerksamkeit auf sich zu ziehen.

Jan sah sich suchend um und entdeckte sie. Mit einem Lächeln kam er direkt auf sie zu.

Dazu musste er an Michael vorbei. Inka hielt den Atem an. Was, wenn er bei ihm stehen blieb und mit ihm redete? Wenn sich herausstellte, dass er ihr nur etwas vorgemacht hatte und sich doch noch gut mit seinem ehemaligen Kumpel verstand?

Nein, schon war er an ihm vorbei, ohne ihn anzusprechen, und blieb neben ihr stehen. Sie konnte seine Anspannung förmlich spüren, während die forschenden Blicke ihrer Freunde ihn abtasteten wie Laserscanner.

„Hallo", grüßte er in die Runde und hob mit einem unsicheren Lächeln die Hand. „Und danke, dass ich kommen durfte."

Nur zögernd grüßte der ein oder andere zurück, und auch mit dem Lächeln hielten sich alle abwartend zurück.

Plötzlich tat er Inka leid, und sie hatte das Bedürfnis, hier und jetzt ein Statement abzugeben. Den Rücken weiterhin Michael zugewandt, stand sie auf und umarmte Jan kurz, aber fest. „Schön, dass du hier bist", sagte sie leise und mit einem warmen Lächeln, während sie seine Nähe genoss und die Wärme, die er ausstrahlte. Seinen inzwischen schon vertrauten Duft.

Er entspannte sich ein wenig. „Du siehst super aus", flüsterte er ihr ins Ohr.

Inka wurde von Wärme durchflutet. „Vielen Dank."

Ein paar Sekunden lang gab es nur sie und ihn, waren sie ganz im Anblick des anderen versunken, und Inka spürte gewaltiges Glück und unendliche Erleichterung in sich aufsteigen.

Schließlich lösten sie sich voneinander. Jan wandte sich an die anderen. „Darf ich mich zu euch setzen?"

Svenja wies mit einer Hand in die Runde und nickte. „Wenn du noch Platz findest."

Die Stühle waren alle belegt.

„Hier ist noch einer!", rief ein Mann vom Nebentisch, der das Gespräch offenbar mitbekommen hatte. „Den könnt ihr gerne haben."

„Danke." Jan zog ihn heran, die anderen rückten tatsächlich etwas zusammen, und er schob seinen Stuhl neben Inka und setzte sich. Aus der Jackentasche holte er ein kleines eingepacktes Geschenk, das er Svenja überreichte.

Überrascht nahm sie es entgegen. „Danke schön, das ist ja lieb."

„Ich hoffe, es gefällt dir."

Zumindest ihr hatte er damit den Wind aus den Segeln genommen, dachte Inka, und auch die Mienen der anderen wurden etwas weicher. Trotzdem ließen sie Jan natürlich nicht so einfach davonkommen.

„Mutig von dir herzukommen", begann Tim. „Ich hätte ehrlich gesagt nicht gedacht, dass du dich trauen würdest."

Die anderen murmelten beifällig, einige sagten etwas Ähnliches.

„Ich weiß, dass ich viel Scheiße gebaut habe", erwiderte Jan ruhig. „Und ich kann mir vorstellen, was ihr von mir denkt. Deshalb danke ich euch, dass ihr mir die Chance gebt, bei euch zu sitzen und mit euch zu sprechen. Das von damals tut mir alles irre leid. Und ich will versuchen, alles wiedergutzumachen."

„Finde ich gut!", rief Svenja, andere pflichteten ihr bei, andere wirkten immer noch skeptisch.

Neugierig wurden die Typen vom Tresen jetzt doch auf sie aufmerksam und beobachteten das Geschehen. Scheiße! Rasch drehte sich Inka weg.

„He, Jan!", rief Michael zu ihrem Erschrecken. „Dich hab ich ja ewig nicht gesehen."

„Das ist wohl auch besser so", gab Jan kühl zurück.

„Wie bitte? Was soll das denn? Bist du jetzt was Besseres, oder was?"

Jan reagierte nicht und wandte Michael demonstrativ den Rücken zu. Inka wechselte einen stummen Blick mit ihm. Auch die anderen am Tisch verfolgten das Gespräch neugierig und zugleich angespannt. Keiner sagte ein Wort.

„Setz dich doch zu uns!", rief Michael. „Wir könnten ein bisschen plaudern. Von den alten Zeiten und so, du weißt schon."

„Keine gute Idee. Wir haben nichts mehr miteinander zu tun", brummte Jan. „Lass mich einfach in Ruhe."

Inka bemerkte, dass sich einige ihrer Freunde anerkennend ansahen.

Im Rücken spürte sie Michaels neugierige Blicke wie eiskalte Finger. Sicher fragte er sich gerade, bei welcher Frau sein ehemaliger Kumpel denn da saß. Ob ihm schnell aufging, wer sie war? Oder war sie die Letzte, die ihm als Gesellschaft für Jan in den Sinn kam?

Angespannt wartete sie, aber Michael sagte nichts weiter.

„Möchtest du lieber woanders hingehen?", fragte Jan leise. „Wir müssen nicht hierbleiben, in seiner Nähe."

Der Gedanke war verlockend, das musste Inka im Stillen zugeben. Raus aus der Reichweite des schlimmsten Kerls, dem sie jemals begegnet war. Andererseits wollte sie nicht mehr fliehen. Das war ihr fester Vorsatz, und daran wollte sie festhalten.

„Nein." Lächelnd schüttelte sie den Kopf. „Wozu? Ich bin hier in bester Gesellschaft und fühle mich wohl. Warum sollte ich das aufgeben? Nur wegen des Losers da an der Bar?"

Jan legte seine Hand auf ihre. „Ich muss schon sagen, ich bin schwer beeindruckt. Das Mädchen von damals ist tatsächlich spurlos verschwunden."

„Stimmt das, was du da gerade zu dem gesagt hast?", hakte Tim misstrauisch nach. „Ihr habt wirklich nichts mehr miteinander zu schaffen?"

„Nein, schon seit einer Ewigkeit nicht. Ich hatte mich schon damals zunehmend von ihm ferngehalten, weil ich nicht gutheißen konnte, wie er drauf war. Klar, ich war beileibe auch kein Unschuldsengel und will das auch gar nicht kleinreden. Aber der und seine Freunde waren mir viel zu aggressiv und gewaltbereit. Deshalb hätte ich mich schon damals noch stärker von ihnen distanzieren müssen. Und vor allem hätte ich Inka in Ruhe lassen müssen. Ich bereue das alles sehr."

„Inka hat dir verziehen, oder?", fragte Bekki.

Jan schenkte Inka einen dankbaren Blick. Vielleicht sogar zärtlich? „Ja, das hat sie. Sie hat ein sehr großes Herz."

Bekki wandte sich an ihre Freundinnen und Freunde. „Okay, was mich betrifft, bin ich bei Inka. Wenn sie dir eine Chance gibt, wer bin ich, das nicht auch zu tun?"

Ein paar andere murmelten ebenfalls ihre Zustimmung.

„Danke", sagte Jan gerührt. „Ich weiß das wirklich zu schätzen."

„Ja, dann lasst uns endlich zum gemütlichen Teil übergehen!", rief Svenja. „Ich denke, das hier ist eine Geburtstagsfeier und keine Gerichtsverhandlung. Wo bleiben die nächsten Drinks?"

Jan wies auf Inkas Glas. „Was trinkst du denn da Schönes? Sieht lecker aus."

„Ist es auch." Sie grinste. „Ist allerdings genau das, was du nicht magst: süß und klebrig."

„Macht nichts. Heute möchte ich auf jeden Fall dasselbe trinken wie du." Er lächelte sanft.

„Dann muss ich ja schnell sein, ehe du es dir noch anders überlegst." Inka wandte sich an die Kellnerin, die gerade die Bestellungen aufnahm. „Bitte noch zwei Pina Coladas."

„Kommen sofort."

Während der nächsten halben Stunde musste sich Jan noch einigen Fragen ihrer Freunde stellen, die er bereitwillig beantwortete. Immer wieder drückte er sein Bedauern und seine Scham aus, und das anfängliche Misstrauen ihrer Freunde wich mehr und mehr der Akzeptanz. Nach und nach wandten sie sich wieder anderen Themen zu und führten angeregte Gespräche zusammen. Bald erfüllte lautes Gelächter die Ecke, in der sie saßen. Besser hätte der Abend gar nicht laufen können.

Bis Inka mal auf die Toilette musste. Sie stand auf und lief rasch am Tresen vorbei, an dem die Kerle immer noch becherten und ihr zum Glück die Rücken zuwandten. Als sie zurückkam, blieb sie jedoch wie angewurzelt stehen, als wäre sie gegen eine unsichtbare Wand gerannt. Denn gerade trat Michael an ihren Tisch und sprach Jan an. Der sah auf, lächelnd. Offenbar hatte er sie erwartet und nicht den. Inka beobachtete, wie sein Lächeln wie ein Sonnenstrahl angesichts einer Gewitterwolke verschwand. Auch die anderen am Tisch verstummten und starrten auf den Eindringling.

Alles in ihr drängte danach, sich herumzuwerfen und auf der Stelle die Kneipe zu verlassen. Ehe sie von Michael entdeckt wurde. Ehe er womöglich ...

Was zur Hölle dachte sie denn da? Entschlossen rief sie sich zur Ordnung. Diese Zeiten waren vorbei. Sie ließ sich nicht mehr einschüchtern. Von niemandem. Schon gar nicht von so einem Armleuchter wie Michael Klausen. Ohnehin würde er sie wahrscheinlich gar nicht wiedererkennen. Das war nicht einmal Jan gelungen.

Trotz ihrer guten Vorsätze atmete sie viel zu hastig, als sie die wenigen Schritte zum Tisch zurücklegte, und sie spürte, wie ihr der Schweiß ausbrach.

„Hau einfach ab", sagte Jan gerade an Michael gewandt. „Wir beide sind fertig miteinander."

„Ja, verschwinde, Michael!", stimmten die anderen am Tisch lautstark zu.

Michael drehte sich um. Zwischen seinen Augen stand eine steile Falte, die Lippen waren zusammengekniffen. Er war offensichtlich sauer.

Inka war inzwischen so nah heran, dass sie nur noch zwei Schritte von ihm entfernt war. Er entdeckte sie und starrte sie an. Eine Sekunde, zwei. Drei. Sie konnte nicht anders als hypnotisiert zurückzustarren. Nachdenklich senkten sich seine Augenbrauen, und er kaute auf seiner Unterlippe herum. Die Zeit schien stillzustehen.

Jan streckte die Hand nach ihr aus. „Komm her!"

„Lass dich von dem nicht verunsichern, Inka!", rief Bekki arglos. „Du weißt doch, dass der nur ein armes Würstchen ist. Er wollte sowieso gerade gehen."

Was war es, was sie verraten hatte? Die Nennung ihres Namens? Oder zeigte sich da ein Hauch von Furcht auf ihrem Gesicht? Tief in ihren Augen verborgen? Konnte Michael ihn wittern wie ein Bluthund eine Fährte?

Die vielen Jahre, die zwischen ihrer letzten Begegnung lagen, schienen in Windeseile zum Bruchteil einer Sekunde zusammenzuschrumpfen. Mit einem Mal war alles wieder so präsent, als wäre es gerade erst geschehen.

„Du!", rief er. Er bohrte seinen Blick in ihre Augen, und seine Lippen verzogen sich zu einem Grinsen. „Das nenne ich mal eine Überraschung. Da ist ja unsere Inka Versinka!"

„Verpiss dich, Arschloch!", herrschte Jan ihn an. Er stand sofort auf und war an ihrer Seite.

„Was soll das denn jetzt? Damals warst du doch der Erste, der sie begeistert bei diesem Namen gerufen hat."

„Du hast es immer noch nicht begriffen, oder? Diese Zeiten sind längst vorbei."

„Was bist du denn für ein Weichei geworden?" Nach einem verächtlichen Blick wandte sich Michael wieder an Inka. „Ich muss schon sagen, du hast dich ganz schön verändert. Man erkennt dich nicht, wenn man nicht zweimal hinsieht. Eine richtig heiße Braut bist du geworden. Aber dein Gesichtsausdruck ist immer noch derselbe. Wie ein kleines verhuschtes Mäuschen."

Das war es also tatsächlich gewesen. In dieser Hinsicht war Michael wie ein Raubtier. Er witterte die Furcht seiner Beute.

Jan trat vor, schob sich schützend vor Inka und stellte sich direkt vor Michael. „Du bist hier unerwünscht, merkst du das nicht?"

Inkas Blick huschte über seinen Rücken zu ihren Freunden, die das Schauspiel verwirrt, besorgt oder ärgerlich verfolgten. Tim und Heiko hatten die Muskeln angespannt, als wollten sie jeden Augenblick aufspringen und eingreifen.

Und dann war der kurze Moment der Schwäche vorüber. Es war nur die Überraschung gewesen, die sie aus der Fassung gebracht hatte. Sie war nicht mehr Inka Versinka, würde es nie wieder sein. Mit einem Schritt trat sie neben Jan, unmittelbar vor Michael, und starrte ihm in die Augen. „Hast du es nicht gehört?", fragte sie scharf. „Verschwinde! Niemand will dich hier haben, du Schwachkopf! Hau ab!"

Michaels zornige Miene wandelte sich zu Erstaunen. Und dann trat noch etwas hinzu.

„Wow, sie kann sprechen!", rief er. Deutlich hörte Inka seine Unsicherheit. „Wer hätte das gedacht? Damals hatte sie immer nur gefleht und gewinselt ..."

„Halt die Klappe, du Null!", fuhr Inka ihn an.

Verdutzt wich Michael zurück.

„Hör auf sie", sagte Jan freundlich. „Das ist gesünder für dich."

Michael fuhr zu ihm herum. „Bist du jetzt ihr Schoßhündchen? Was bist du für ein Schlappschwanz geworden? Du hast uns damals erst auf Inka Versinka ...“

Ohne ein weiteres Wort packte Jan Michael am Kragen und zerrte ihn durch den Raum auf die Ausgangstür zu. Seine Freunde an der Bar verfolgten das Schauspiel tatenlos. Niemand griff ein, um ihm zu helfen.

„Was soll das?“, rief Michael halbherzig. Offenbar war er zu perplex, um sich ernsthaft zur Wehr zu setzen.

Vielleicht stand er auch erneut unter Bewährung und durfte sich nichts zuschulden kommen lassen. Es hätte Inka jedenfalls nicht gewundert.

„Warte!“, rief sie.

Die beiden Männer blieben stehen und sahen ihr entgegen.

Vor Michael blieb Inka stehen und legte alle Verachtung in ihren Blick, die sie aufbringen konnte. Und das war viel. Sehr viel. „Ich bin noch nicht ganz fertig mit dir. Der einzige Waschlappen hier bist du, du Stück Scheiße. Du bist nur in der Gruppe stark. Allein machst du dir doch ins Hemd.“ Sie sprach mit allem Hohn, den sie finden konnte.

Seine Kumpels am Tresen begannen zu tuscheln und zu lachen. Unsicherheit erschien in Michaels Augen. Sie war Balsam für die Narben auf Inkas Seele.

„Im Gegensatz zu anderen hast du dich nicht weiterentwickelt. Wie ein Primat“, legte sie nach und wandte sich ab. Sie spürte, wie sich all die noch verbliebenen Wunden in ihr nun rasend schnell schlossen. Das tat so unglaublich gut.

„Ich lass mich doch von dir nicht ...“, unternahm Michael einen halbherzigen Versuch.

„Da drüben ist der Ausgang“, fiel Jan ihm ins Wort und legte den Arm um Inkas Schultern. „Und *jetzt* sind wir hier fertig. Ein für alle Mal.“

Michael schien plötzlich zu realisieren, dass er ganz allein hier stand. Seine Kumpels waren alle am Tresen sitzen geblieben und flüsterten miteinander. Unsicher sah er sich nach ihnen um. Falls er noch etwas sagen wollte, schluckte er es jetzt hinunter.

Demonstrativ küsste Inka Jan auf den Mund. Er zog sie an sich und küsste sie zurück, und sie konnte hören, wie Michael scharf die Luft einsog.

„Ich hau ab!“, erklärte er und wandte sich zum Gehen.

„Na, endlich!“, riefen einige von Inkas Tisch.

„Nicht so schnell!“, gebot der Barmann Einhalt und hielt Michael einen Zettel unter die Nase. „Hier haut niemand ab, ohne vorher zu bezahlen.“

Irgendjemand am Tisch von Inkas Freunden begann zu kichern, und gleich darauf lachten alle, während Michael mit hochrotem Gesicht sein Portemonnaie zückte. Sogar seine Kumpels fielen mit ein. Schließlich schlich er zur Tür wie ein geprügelter Hund. Augenblicke später war er verschwunden.

„Dem hast du's ganz schön gegeben“, sagte Jan anerkennend, während sie zu ihrem Tisch zurückkehrten und sich setzten.

„Das war schon lange überfällig.“

„Wusstet ihr, dass er schon zweimal geschieden ist?“, fragte Bine, eine Freundin von Svenja, die Inka nur vom Sehen kannte. „Beide Frauen sind ihm weggelaufen.“

„Wundert mich kein bisschen. Es ist vielmehr erstaunlich, dass er überhaupt welche gefunden hat." Sie kicherten.

„Einen Job hat er seit einiger Zeit auch nicht. Selbst sein Chef wollte nichts mehr mit ihm zu tun haben."

„Ach je, der arme Kerl", sagte Inka sarkastisch.

Es wurde noch ein sehr fröhlicher Abend. Inka wusste, dass sie nie wieder Angst vor Michael haben würde. Und Jan hatte bewiesen, dass er zu ihr stand, dass sie sich auf ihn verlassen konnte. Das waren gute Gründe zum Feiern, und es wurde spät.

Als Alea und Heiko schließlich mit Inka nach Hause fahren wollten, legte Jan seine Hand auf ihre. „Du kannst auch bei mir mitfahren", bot er an.

Stumm musterte sie ihn. Seine Augen blickten klar und ehrlich und las sie nicht sogar Zärtlichkeit darin?

Sie holte tief Luft und nickte. „Okay."

Sein Gesicht leuchtete vor Freude.

Inka wandte sich an ihre Freundin, stand auf und umarmte sie.

„Ich freu mich für dich", flüsterte Alea ihr ins Ohr.

„Dann meinst du auch, dass ich gerade das Richtige tue?"

„Wer hätte gedacht, dass ich das mal sagen werde, aber ja, das denke ich. Jan hat sich von diesem Idioten losgesagt und hat klar zu dir gestanden. Wenn das kein Liebesbeweis ist."

Glücklich hielt Inka ihre Freundin einen Moment in den Armen, während sie Erleichterung, tiefe Freude und Aufregung zugleich verspürte.

Kurz darauf saß sie neben Jan in seinem Auto, während sie durch die Nacht fuhren.

„Wenn mir damals jemand gesagt hätte, dass ich mal freiwillig zu dir ins Auto steige, hätte ich ihn für verrückt erklärt", sagte Inka.

„Verständlicherweise! Ich war so ein verdammter Riesenidiot!"

„Stimmt. Das warst du. Aber du hast bewiesen, dass du jetzt keiner mehr bist. Im Gegensatz zu diesem Grottenolm."

Jan schnaufte. „Ich kann beim besten Willen nicht mehr verstehen, warum ich mich damals so an ihn gehängt habe. Er ist nichts weiter als ein Hohlkopf. Ich bin froh, dass diese Zeiten vorbei sind."

„Und ich erst!"

Als sie vor ihrem Haus hielten, klopfte Inkas Herz vor Nervosität bis zum Hals.

„Es war sehr schön vorhin", sagte Jan.

„Fand ich auch. Ein wunderbarer Abend."

„Das auch." Er lächelte. „Aber das Highlight war dein Kuss. So etwas hätte ich nie zu hoffen gewagt. Ich habe jede Sekunde davon genossen."

„Möchtest du eine Wiederholung?"

„Im Ernst? Bist du wirklich sicher?"

„Ja. Absolut."

Inka beugte sich zu Jan und küsste ihn erneut. Und als sie seine Lippen auf ihren spürte, seine weiche Zunge und er sie an sich zog, dachte sie gar nichts mehr, sondern genoss nur noch das wunderbare Gefühl, endlich alle belastenden Probleme überwunden zu haben.

Kapitel 18

So wie auf Sturm und Regen immer wieder Sonnenschein und Licht folgten, hatte Inka nun endgültig alle bedrückenden Schatten ihrer Vergangenheit hinter sich gelassen.

Jedes Mal, wenn sie Jan traf, mit jedem Tag, an dem sie im Anblick seiner sanften Augen versank und doch weitere Blumen von ihm entgegennahm, wuchs ihr Vertrauen in ihn, bis es schließlich so stark geworden war, als hätte es niemals schlimme Ereignisse zwischen ihnen gegeben. Damals war vergangen, war endgültig vorbei.

Abends, wenn Jan Feierabend hatte, saßen sie oft auf Inkas Terrasse und genossen den Anblick der üppig blühenden Blumen ihres Gartens und des Sonnenuntergangs hinter den Wiesen. Er erzählte, dass er gern kochte, und verwöhnte Inka oft mit köstlichen Eigenkreationen. Mitunter machten sie lange Spaziergänge am Strand. Das Wetter meinte es gut mit ihnen, war freundlich und warm. Massen von Menschen bevölkerten die Strände, aber wenn sie weit genug gingen, fanden sie irgendwo ein Fleckchen in den weitläufigen Dünen, an dem sie ungestört sein konnten.

Ihre Küsse waren so aufregend, dass sich Inka wieder fühlte wie ein junges Mädchen, das zum ersten Mal verliebt war. Barfuß standen sie im sonnenwarmen Sand, eng aneinandergeschmiegt, und während sich Jans Lippen auf ihren Mund legten, raste ihr Herz in ihrer Brust. Sie ließ ihre Finger durch sein weiches Haar gleiten und genoss seine Hände auf ihrer Haut.

An den Sonntagen unternahmen sie Radtouren durch Eiderstedt und bewunderten trutzige Haubarge, an denen Inka schon allein aus beruflichen Gründen sehr interessiert war. Viele der ehemaligen, meist reetgedeckten Bauernhäuser beherbergten jetzt Hotels, Restaurants oder Cafés. Und so ließen sie es sich öfters bei einem Windbeutel mit Kirschen und viel Sahne und einem Cappuccino gut gehen.

Zwei Wochen nach der Party schliefen sie zum ersten Mal miteinander. Nie würde Inka den zärtlichen Ausdruck in Jans Augen vergessen, als er über sie kam und in sie eindrang.

„Ich liebe dich", sagte er, als sie danach an seine Brust gekuschelt dalag. Es klang feierlich, wie ein Versprechen.

„Ich liebe dich auch." Wie gut es tat, diese Worte auszusprechen.

Spätestens mit diesem wunderbaren Erlebnis war alles Schlimme zwischen ihnen für immer ausgelöscht.

Während Inka an einem Exposé für eine Eigentumswohnung arbeitete, klingelte ihr Telefon.

„Inka Schmetjens", meldete sie sich.

„Hi, hier ist Angela Ehlers."

Was wollte Jans Noch-Frau denn von ihr? Womöglich hatte sie Wind davon bekommen, dass sie jetzt mit Jan zusammen war, und machte sich immer noch Hoffnungen auf ihn und die Fortführung ihrer Ehe. Vielleicht wollte Angela ihr jetzt sagen, dass sie die Finger von ihm zu lassen hätte.

„Hallo", sagte Inka abwartend.

„Ich hab gehört, dass du als Immobilienmaklerin arbeitest", fuhr Angela fort. Sie klang nicht wie im Angriffsmodus, sondern ausgesprochen freundlich.

Inka entspannte sich ein wenig. „Ja, das stimmt. Kann ich etwas für dich tun?"

„Das hoffe ich. Ich weiß nicht, ob du es schon weißt, aber Jan und ich stehen kurz vor der Scheidung. Unseren Streit in der Gärtnerei hattest du ja mitbekommen und ... Ist ja auch egal. Es ist so, dass Marie und ich vorerst bei meinen Eltern untergekommen sind. Das Haus gehört Jan und mir zu gleichen Teilen, aber ich wollte dort nicht bleiben, nachdem wir uns ... Also, was ich fragen wollte, ist, ob du eine Wohnung oder ein Haus für uns suchen kannst. Für Marie und mich. Natürlich behaupten meine Eltern, dass wir so lange bei ihnen bleiben können, wie wir wollen, aber ich möchte das nicht. Für mich bedeutet es nur eine Übergangslösung. Ich möchte mit Marie auf eigenen Beinen stehen, verstehst du?"

„Natürlich. Das würde mir genauso gehen."

„Ich hab schon mit der Suche angefangen. Aber mir fehlt einfach die Zeit, um mich ausgiebig mit diesem Thema zu befassen. Marie geht halbtags in den Kindergarten, und ich arbeite dann in der Gärtnerei meiner

Eltern. Sobald Marie in die Schule kommt, möchte ich wieder Vollzeit arbeiten.“

„Verstehe.“ Ob dieser Wunsch mit Jans bevorstehender Kündigung zusammenhing? Angela als Tochter der Inhaber würde gewiss seine Aufgaben als Geschäftsführerin in der Gärtnerei übernehmen.

„Also, wie sieht’s aus?“, fragte Angela. „Kann ich dich mit der Suche beauftragen?“

„Das dürfte machbar sein.“

„Das wollte ich hören. Danke. Wollen wir uns dann mal treffen, um alles genauer zu besprechen? Übermorgen Nachmittag hätte ich Zeit.“

„Geht klar. Kommst du zu mir?“

„Super, das mach ich. Gut, dann sehen wir uns. Bis dann.“ Angela beendete das Gespräch.

Nachdenklich legte Inka ihr Telefon beiseite. Hatte sie gerade das Richtige getan? Konnte sie wirklich einen Auftrag für Jans Ex-Frau annehmen? Würde sie damit nicht unweigerlich zwischen die Fronten geraten?

Ehe sie sich endgültig entschied, musste sie dringend mit Jan sprechen. Notfalls konnte sie Angela immer noch absagen.

Am Abend kam er, wie so oft zurzeit, wieder zu ihr. Es war ein lauer Juliabend, und sie saßen auf der Terrasse und genossen ein Glas Weißwein.

„Vorhin hat Angela bei mir angerufen“, begann Inka.

„Angela? Was wollte sie denn von dir?“, fragte Jan erstaunt.

„Mich mit der Suche nach einer Wohnung oder einem Haus beauftragen. Du weißt ja, dass sie gerade bei ihren Eltern wohnt, aber da möchte sie wieder weg.“

„Kann ich verstehen. Besonders ihre Mutter ist sehr einnehmend, um es mal vorsichtig auszudrücken."

„Hättest du etwas dagegen, wenn ich den Auftrag annehme?"

„Wieso? Was sollte ich denn dagegen haben?" Jan nippte an seinem Glas.

„Tja, sie ist bald deine Ex-Frau. Wäre ja möglich, dass du der Meinung bist, sie soll selbst zusehen, wo sie eine neue Bleibe findet."

„Ginge es nur um Angela, wäre mir das relativ gleichgültig. Aber es geht auch um Marie. Sie soll ein schönes Zuhause haben." Jan drehte das Glas in seiner Hand und betrachtete die sich in der Flüssigkeit brechenden Sonnenstrahlen.

„Ja, verstehe ich voll und ganz. Oh, und was mir noch einfällt … Weiß sie schon von uns?"

„Nein. Ich wüsste nicht, was es sie angeht."

„Na ja, falls ich ihren Auftrag annehme, möchte ich gern mit offenen Karten spielen, verstehst du? Ich will ihr nichts vormachen. So etwas ist bei einem vertraglichen Verhältnis nie gut." Inka trank einen Schluck Wein.

„Klar, natürlich. Wenn du kein Problem damit hast, mit meiner Noch-Frau darüber zu reden, sag es ihr ruhig. Oder soll ich sie lieber anrufen und mit ihr sprechen?"

Inka lächelte. „Ich glaube, das kriege ich hin. Okay, dann meinst du, dass ich ihr zusagen kann?"

„Meinetwegen gern. Ich denke nur an Maries Wohl." Jan seufzte. „Gestern hat Angela mich daran erinnert, dass sie demnächst wieder Vollzeit arbeiten möchte.

Und ich soll mich jetzt tatsächlich auf meine baldige Kündigung einstellen."

„Oje! Das ist übel."

„War ja vorauszusehen, dass es dazu kommen wird. Das ist in Ordnung, mach dir keine Sorgen. Während der Scheidung bei den Noch-Schwiegereltern angestellt zu sein, ist nicht gerade ein gutes Gefühl. Ehrlich gesagt bin ich froh, wenn es vorbei ist."

„Hast du denn schon etwas Neues in Aussicht? Weißt du, wie es weitergehen soll?"

„Ich träume davon, mich selbstständig zu machen. Unser Haus steht im Grünen. Wenn ich etwas Land dazukaufen oder pachten kann, könnte ich mir etwas aufbauen."

„Was denn genau?", fragte Inka neugierig und nippte am Wein.

„Eine Gärtnerei."

„Du willst deinen Schwiegereltern Konkurrenz machen?"

„Ja und nein. Sie verkaufen ja auch eine Menge Deko, Übertöpfe, Gestecke und so Zeugs. Das ist nicht so mein Ding. Ich möchte mich dagegen nur auf den Landschaftsbau spezialisieren, immerhin bin ich Landschaftsgärtner. Passend dazu möchte ich Sträucher und Gehölze anbieten, auch Stauden und Obstbäume."

„Das klingt nach einem großartigen Plan. Brauchst du dafür denn viel Platz?"

Er hob die Schultern. „Na ja, längst nicht so viel wie meine Noch-Schwiegereltern mit ihrer riesigen Verkaufshalle. Ich brauche lediglich ein Büro, das gleichzeitig der Verkaufsraum mit Kasse sein müsste. Allzu klein sollte es also nicht sein. Das ist allerdings kein

Problem. Seit Angela und Marie ausgezogen sind, hab ich im Haus Platz genug dafür. Allerdings benötige ich einen Schuppen für meine Geräte und ein Gewächshaus für die Pflanzen. Dafür reicht unser Garten nicht, leider ist er nicht besonders groß. He, vielleicht kannst du dich mal erkundigen, ob ein passendes Grundstück bei mir in der Nähe zu haben ist? Das wäre großartig."

„Klar, kann ich machen. Also hast du noch nicht nach einem neuen Job Ausschau gehalten?"

Jan schüttelte den Kopf. „Ich möchte lieber möglichst bald meinen eigenen Laden aufbauen und eröffnen. Deshalb war ich seit einiger Zeit schon fleißig dabei, mir meinen eigenen Kundenstamm aufzubauen." Er leerte sein Glas.

Inka grinste. „Ah, jetzt verstehe ich! Deshalb warst du so überaus freundlich und engagiert. Und vor allem geduldig, trotz meiner ganzen Zickerei." Sie nahm die Flasche und schenkte ihm nach.

„Du hast mich durchschaut!" Jans Augen funkelten vergnügt. „Tut mir ja leid für Angela und ihre Eltern, aber ich fürchte, sie werden sich von einem Teil ihrer Kundschaft verabschieden müssen."

„Das hast du geschickt eingefädelt!" Sie lachte.

Er lachte mit. „Verrate mich nicht, ja? Sie werden das schon früh genug feststellen."

„Natürlich nicht. Ich hätte das ja nie für möglich gehalten, aber ich stehe jetzt auf deiner Seite."

Er sah sie zärtlich an, beugte sich zu ihr und küsste sie.

„Darüber bin ich mehr als glücklich."

„Und du hast wirklich keine Einwände, dass ich für Angela tätig werde? Letzte Chance ..."

„Nein, mach nur. Wie gesagt, mir geht's in erster Linie um Marie. Die Hauptsache ist, dass sie ein schönes Zuhause hat."

„Deine Kleine hat Glück mit ihrem Papa."

„Und ich habe Glück mit dir." Sie sahen sich in die Augen und stießen miteinander an. Dann küssten sie sich, und in dieser Nacht schlief Jan bei Inka.

„Ich bin echt froh, dass du die Suche für mich übernimmst", sagte Angela zwei Tage später, während sie auf Inkas Couch saß und an ihrem Kaffee nippte. „Jetzt, wo ich mich langsam in meine neuen Aufgaben einarbeiten muss, fehlt mir neben Haushalt und Marie die Zeit dafür."

„Kein Problem, dafür bin ich ja da."

„Wirklich schön, dass du zurück nach Eiderstedt gekommen bist."

„Ja, das finde ich auch. Okay, Angela, bevor ich für dich tätig werde, muss ich dir noch eine Sache verraten. Es hat sich gerade erst ergeben und ist noch ganz frisch, aber ich finde es wichtig, dass du es weißt, bevor wir vielleicht einen Vertrag abschließen."

„Jetzt machst du mich aber neugierig. Worum geht's denn?"

„Jan und ich ... Wir sind jetzt zusammen."

Angelas Augen weiteten sich erstaunt. „Was? Ihr beide, ernsthaft? Ich muss schon sagen, das ist in der Tat eine Überraschung. Damit hätte ich nie und nimmer gerechnet."

„Frag mich mal! Also ... Ist das ein Problem für dich?"

„Ein Problem? Wieso sollte es das sein? Jan ist frei und kann tun und lassen, was er will. Und wenn du meinst, dass er nach all dem, was er dir angetan hat, der Richtige für dich ist ..." Sie klang sehr zweifelnd. Dann schüttelte sie den Kopf. „Ich will mich gar nicht in eure Angelegenheiten einmischen. Mich stört das nicht im Geringsten, und wenn es dir nichts ausmacht, mit der Ex deines Freundes Geschäfte zu machen, soll es mir recht sein."

Inka lächelte erleichtert. „Super. Dann lass uns mal gleich loslegen."

„Nichts lieber als das. Ich möchte so schnell wie möglich mit Marie auf eigenen Beinen stehen."

„Also gut, dann erzähl mal, was schwebt dir denn so vor? Möchtest du eine Wohnung oder ein Haus mieten?"

„Mieten?", fragte Angela erstaunt, als wäre diese Vorstellung komplett abwegig. „Ich will auf keinen Fall irgendwo zur Miete wohnen, das habe ich noch nie. Ich möchte etwas kaufen."

„Oh. Okay. Ich dachte, weil du ja dein eigenes Haus noch hast. Darf ich fragen, warum du mit Marie ausgezogen bist und Jan dringeblieben ist? Wäre es nicht zumindest für die Kleine besser gewesen, in ihrem vertrauten Zuhause zu bleiben?"

Angela schüttelte entschieden den Kopf. „Auf keinen Fall! Ich wollte da nur noch raus. Alles erinnerte mich an die Jahre meiner Ehe, und die will ich, so rasch es geht, vergessen. Oh, sorry, ich will dich nicht beunruhigen, was Jan betrifft. Aber du weißt sicher selbst, wie unangenehm es sein kann, wenn man zwangsläufig noch mit seinem Ex zu tun haben muss. Ich will nur noch nach vorn schauen, und das konnte ich in unserem gemeinsamen Haus mit all den Erinnerungen nicht. Und Marie ... Sie wird sich schon daran gewöhnen, in einem anderen Haus zu wohnen. Momentan geht es ihr bei meinen Eltern sehr gut, sie wird von vorn bis hinten verwöhnt. Aber natürlich ist das kein Dauerzustand."

„Verstehe."

Plötzlich lächelte Angela. „Ich kann dir gar nicht sagen, wie sehr ich mich auf ein eigenständiges Leben mit meiner Tochter freue. Ohne Jan und ohne Eltern um mich herum. Nur sie und ich. Und irgendwann vielleicht ein neuer Mann."

„Doch, das kann ich mir sehr gut vorstellen. Dann wollen wir doch mal sehen, was wir für dich tun können. Also, wo möchtest du denn gern wohnen? Wie groß soll die Wohnung oder das Haus sein? Soll es einen großen Garten haben?"

Angela legte ihr ihre Vorstellungen dar, und Inka machte sich Notizen. Am Ende schlossen sie einen Maklervertrag ab, und damit war Angela jetzt offiziell ihre Kundin. Trotz allem war das ein seltsames Gefühl.

Kapitel 19

„Es ist so weit", berichtete Jan, als er am nächsten Tag nach der Arbeit bei Inka erschien. „Heute habe ich die Kündigung erhalten."

„Oh nein, das tut mir leid!"

Er zuckte die Schultern. „Ich wusste ja, dass es passiert. Trotzdem ist es etwas anderes, das Wort zu hören oder schwarz auf weiß auf dem Kündigungsschreiben zu lesen. Tja, noch ein paar Monate, dann stehe ich ohne Arbeit da, wenn ich nicht schnell etwas Eigenes aufbauen kann."

„Ich habe schon ein wenig herumtelefoniert", erzählte Inka betrübt. „Aber in der nahen Umgebung deines Hauses steht leider gerade kein freies Grundstück zum Verkauf."

„Dann muss ich den Kreis eben weiter ausdehnen. Es ist kein Problem, wenn ich eine gewisse Strecke zur Arbeit fahren muss. Wer muss heutzutage nicht pendeln? Könntest du noch weitersuchen, bitte? Ich werde das ebenfalls machen. Vier Augen sehen mehr als zwei."

„Klar, mach ich gern."

„Danke! Wie verlief denn dein Gespräch mit Angela? Wirst du jetzt wirklich für sie tätig werden?"

Inka nickte und erzählte ihm von deren Vorstellungen.

„Sie hat bestimmt ordentlich über mich gelästert, oder?", fragte Jan. „Du kannst es mir ruhig sagen, es macht mir nichts aus."

„Nein, das hat sie nicht, du kannst dich entspannen." Inka lächelte. „Im Übrigen wüsste ich nicht, was sie mir von dir erzählen sollte, was mich nach unserer gemeinsamen Vergangenheit noch schockieren könnte."

„Da hast du wohl recht." Er lächelte ebenfalls, aber es geriet ziemlich schief.

„Nein, wirklich, es war ein sehr friedliches Gespräch."

„Ich glaube, bei dir geht es gar nicht anders als friedlich", sagte er, streckte die Hand aus und strich zart über ihr Haar. „Das ist es gerade, was ich an dir so schätze. Wahrscheinlich hab ich das schon damals als dummer Junge gespürt."

„Das konntest du wirklich wunderbar verbergen." Inka kicherte und schmiegte ihr Gesicht in seine Hand.

„Ja, ich hatte mir größtmögliche Mühe gegeben. Und ich bin so froh, dass du inzwischen darüber lachen kannst."

„Es ist vorbei. Lass uns nicht mehr über die alten Zeiten reden. Wenn ich jetzt noch ein schönes Haus oder eine Wohnung für Angela finde und sie und Marie ein neues Zuhause haben, wird bestimmt alles gut."

„Dann brauche ich nur noch eine eigene Gärtnerei." Jan grinste. „Wenn's weiter nichts ist."

Sie lachten, und dann küssten sie sich.

Die Suche nach einem neuen Haus für Angela erwies sich schwieriger als gedacht. Als erstes zeigte Inka ihr eine Eigentumswohnung in Sankt Peter-Ording im zweiten Stock eines Sechs-Parteien-Hauses.

„Die Schule für Marie befindet sich ganz in der Nähe. Es ist nicht weit bis zum Strand und das Haus liegt in einer ruhigen Sackgasse. Ideal für ein Kind", erklärte Inka.

Prüfend wanderte Angela durch die Räume. Es war eine Dreizimmerwohnung, großzügig geschnitten und lichtdurchflutet. Allerdings nicht gerade günstig. Da von Geld nie die Rede gewesen war, ging Inka davon aus, dass es kein Problem darstellte. Immerhin besaßen Angelas Eltern eine große Gärtnerei und würden ihrer Tochter notfalls bestimmt aushelfen.

Nachdem sie alle Zimmer angesehen hatten, schüttelte Angela den Kopf. „Nein, diese Wohnung kommt nicht infrage."

„Warum nicht, wenn ich fragen darf?"

„Oh, sie ist schön, das ist es nicht. Aber wenn ich es recht überlege, hätte ich doch gern einen Garten. Hier gibt es nur einen Balkon. Der genügt nicht, wenn Marie draußen spielen soll."

„Kein Problem."

„Vielleicht eine Erdgeschosswohnung mit Gartenanteil? Oder ein Reihenhaus?"

„Ich sehe, was sich machen lässt."

Zwar hatte sich Inka inzwischen auf Eiderstedt gut etabliert, trotzdem verfügte sie hier noch längst nicht über so viele Objekte wie auf Sylt. So saß sie in den folgenden Tagen sehr viel am Telefon. Eine knappe Woche später wandte sich ein Eigentümer an sie, der sein kleines, frei stehendes Einfamilienhaus verkaufen wollte. Sie rief sofort bei Angela an, und am Tag darauf fuhren sie zur Besichtigung, ehe Inka ein Exposé erstellte und es ins Internet setzte. Womöglich konnte sie sich diese Arbeit sparen.

Das Haus befand sich inmitten von Eiderstedt irgendwo im Nirgendwo am Rande eines kleinen Dorfs.

„Meine Frau muss ins Pflegeheim", erklärte der Eigentümer, ein Mann von Mitte siebzig. „Und allein will ich hier nicht mehr wohnen. Das Heim ist in Husum. Ich werde dort in die Nähe ziehen, damit ich nicht immer so weit fahren muss. Es fällt mir nicht leicht, aber ich muss das Haus deshalb verkaufen."

Die Einrichtung war altmodisch und unmodern, aber das Haus selbst befand sich in einem guten, gepflegten Zustand. Es bot genug Platz über zwei Etagen und vor allem einen großen Garten.

„Hier könnte Marie wunderbar herumtoben", lockte Inka.

Angela sah skeptisch drein. „Es ist alles so alt."

„Man kann es nach und nach renovieren und ganz nach Wunsch einrichten." Inka lächelte. „Wenn Marie möchte, könnte sie hier sogar einen Hund bekommen."

„Oh, nein, ein Hund kommt mir nicht ins Haus. Ich habe gar keine Zeit, mich darum zu kümmern. Und wenn ich bedenke, wie weit die Fahrzeit von hier zur Gärtnerei ist und zum Kindergarten beziehungsweise später zur Schule. Nein, dieses Haus ist leider nicht das Richtige für uns."

„Alles klar, da kann man nichts machen."

Sie verabschiedeten sich vom Eigentümer und stiegen in Angelas Auto, um zurückzufahren. Sie hatte Inka vorhin abgeholt.

„Würdest du trotzdem weitersuchen?", bat Angela.

„Natürlich."

„Ach, du weißt ja bestimmt bereits, dass Jan von meinen Eltern die Kündigung erhalten hat, oder?"

„Ja, davon hat er mir erzählt. Das ist bestimmt für euch alle keine einfache Situation."

„Na ja, er hat ja schon gewusst, dass der Tag kommen würde, und konnte sich darauf vorbereiten. Allerdings war ich überrascht, denn es schien ihm überhaupt nichts auszumachen. Wenn man überlegt, dass er seit über elf Jahren bei meinen Eltern arbeitet ..." Angela sah Inka mit einem Blick an, den diese nicht deuten konnte. „Vielleicht steckst du dahinter. Ich glaube, du tust ihm gut. Er ist viel besser gelaunt als vorher."

„Oh. Das freut mich." Inka wurde ganz verlegen. Es war seltsam, mit der Ex ihres Freundes über dieses Thema zu sprechen.

Angela sog scharf die Luft ein und patschte sich mit der flachen Hand an die Stirn. „Ach du meine Güte!"

„Was ist los?"

„Ich hab komplett vergessen, dass Marie heute zu einem Kindergeburtstag eingeladen ist." Sie warf einen Blick auf die Uhr. „Der beginnt in exakt zwanzig Minuten. Würde es dir etwas ausmachen, zu Fuß nach Hause zu laufen, wenn ich dich schnell in der Ortsmitte rauslasse? Dann muss ich nicht extra wenden und zurückfahren."

„Gar kein Problem, ich laufe gern. Hoffentlich hat die Kleine viel Spaß."

„Sie bestimmt. Für die Eltern wird es wahrscheinlich eher stressig."

Inka atmete auf, als sie kurz darauf ausstieg und nach Hause zurückging.

Dieser Abend war windstill und lau, und als Jan zu ihr kam, unternahmen sie einen langen Spaziergang entlang der Wiesen. Pferde und Kühe grasten friedlich, Frösche quakten in den Gräben, und überall blühten wilde Blumen.

„Wie schön es ist", sagte Inka leise und sah Jan an, der neben ihr ging, ihre Hand fest in seiner.

„Stimmt. Lass uns kurz stehen bleiben und lauschen."

Das taten sie. Nichts war zu hören außer den Gesängen einiger Vögel und dem Summen der Insekten über den Blüten.

Sie sahen sich an, lächelten und küssten sich.

„Ist das herrlich! Nirgendwo anders würde ich jetzt sein wollen", flüsterte Inka.

„Da bin ich aber froh. Geht mir ebenso. Vor allem mit dir zusammen." Wieder küsste er sie zärtlich.

Langsam gingen sie weiter. In der Ferne muhte eine Kuh. „Magst du das eigentlich wirklich auch so gern wie ich, oder tust du es nur mir zuliebe?", erkundigte er sich etwas später. „Also einfach durch die Landschaft zu latschen."

„Ich liebe es. Anfangs habe ich die Jahre in Hamburg sehr genossen, die ständigen Partys, die vielen Menschen überall. Hin und wieder mag ich es auch jetzt noch, aber nur für ein paar Stunden. Davon abgesehen brauche ich es so, wie es gerade ist. Ruhig und viel Grün."

„Das höre ich wirklich gern. Mir geht's nämlich ebenso. Hat Angela dir zufällig erzählt, wie langweilig sie ihr Leben mit mir fand?"

„Was? Nein. Langweilig, mit dir? Kann ich mir nun wirklich nicht vorstellen.“

„Ist aber tatsächlich so, auch wenn es anfangs ganz anders aussah. Ihre Eltern waren zuerst strikt gegen unsere Beziehung. Du weißt ja inzwischen, wie mein Vater war. Natürlich hatten Angelas Eltern Angst, dass ich wie er bin, und dann war da noch meine Freundschaft zu Michael. Sie warnten ihre Tochter wieder und wieder vor mir, aber du weißt ja, wie es ist, wenn man verliebt ist. Wir waren gerade achtzehn, da hört man nicht auf die Eltern. Schon gar nicht auf ihre Eltern, denn die waren sehr dominant und nahmen ihr die Luft zum Atmen, wie sie sagte. Das kann ich im Übrigen nur bestätigen. Vor allem war es wohl meine damals nicht gerade nette Art, die mich für Angela interessant machte. Sie dachte, ich wäre ein Bad Boy – aufregend, spannend und ein bisschen gefährlich. Und dann musste sie feststellen, dass ich ganz anders war als das, was ihre Eltern behaupteten und sie sich erhoffte. Abgesehen von meiner Vorliebe für Rock und Heavy Metal, mit der sie wiederum überhaupt nichts anfangen konnte, war ich nämlich ein sehr ruhiger Typ. Statt auf Partys ging ich lieber in die Natur, und ich liebte Blumen.“

„Oje, was für ein Schock!“ Inka lachte. „Wolltest du sie etwa nötigen, mit dir im Wald spazieren zu gehen? Das ist wirklich unzumutbar.“

Sie sahen sich an und lachten. Doch unvermittelt wurde Jan ernst. „Damals, in meiner Kindheit, waren die Wiesen oder der Wald die einzigen Orte, an denen ich allein sein und wieder zur Ruhe kommen konnte. Ich stand ständig unter Strom. Zu Hause ... Das weißt du ja. Und in der Schule ... Davon brauche ich dir wohl nichts zu erzählen. Abschalten konnte ich nur draußen, im Grünen oder am Strand. Die Natur erdete mich."

„Das hätte ich nie von dir gedacht!"

Jan zuckte die Schultern und lächelte leicht. „Da sieht man wieder, dass man in niemanden hineinsehen kann. Darum wurde ich dann auch Landschaftsgärtner. Das war damals mein großer Pluspunkt. Damit passte ich dann doch zur Firma meiner Schwiegereltern, die sich widerwillig bereit erklärten, mich einzustellen, damit ich ein sicheres Einkommen habe. Und ich muss sie wohl so sehr überrascht haben, dass sie mich schließlich zum Geschäftsführer machten."

„Du bist eben gut in deinem Job. Davon konnte ich mir ja selbst ein Bild machen. Du bist überaus fleißig und engagiert. Das hätte ich sogar ganz am Anfang zugegeben, als ich dich noch scheiße fand."

Jan lachte. „Da bin ich ja erleichtert! Leider war das auch schon mein einziger Pluspunkt, den ich in Angelas Augen sammeln konnte. Wir waren total unterschiedlich, und sie fand mich bald langweilig. Und dann fuhr ich auch noch fast jedes Jahr nach Wacken, wenn es sich einrichten ließ. Das war für sie ein Albtraum. ,Keine zehn Pferde kriegen mich da hin!', meckerte sie. ,Ich stehe nicht auf dieses abartige Gegröle.'"

„Oh weia! Ob sie mir wohl den Auftrag kündigt, wenn sie erfährt, dass ich auch auf dieses *abartige Gegröle* stehe?"

Jan lachte. „Damit musst du rechnen. Tja, am Ende rettete nicht einmal Marie unsere Ehe, und wir trennten uns. Glücklicherweise relativ friedlich."

„Ehrlich gesagt wäre es für mich glaubwürdiger gewesen, wenn eure Ehe mit einem großen Knall geendet hätte. Vielleicht, weil du Angela mit ihrem neuen Kleid in einen Ameisenhaufen geschubst oder den Inhalt ihrer Handtasche über einer Pfütze ausgeleert hättest."

„Ich war richtig widerlich, oder?", fragte Jan kleinlaut.

„Ja, damals. Was meinst du, wie froh ich bin, zu hören, dass du seitdem zum Langweiler mutiert bist! Falls du es nämlich noch nicht wusstest: Mir ist die Natur ebenfalls sehr wichtig. Deshalb bin ich so froh, im Haus meiner Tante wohnen zu können. So traurig ich bin, dass es sie nicht mehr gibt, aber dort fühle ich mich ihr nah, und im Garten komme ich mir vor wie im Paradies." Sie lächelte ihn an. „Das ich unter anderem mit deiner Hilfe geschaffen habe. Danke dafür."

„Hab ich sehr gern gemacht. Ich hab ja auch etwas davon, seit ich fast täglich dein Gast sein darf."

„Mit dir zusammen kann ich das alles noch viel mehr genießen. Wer hätte das damals gedacht ..."

Jan zog sie an sich und sah ihr in die Augen. „Ich kann dir gar nicht sagen, wie froh ich bin, dass alles ganz anders kam, als es irgendjemand jemals für möglich gehalten hätte." Er küsste sie zärtlich.

„Und ich erst", erwiderte sie, als sie wieder Luft bekam, und schmiegte ihren Kopf an seine Brust. Jan umfing sie mit seinen Armen, und sie fühlte sich wunderbar geborgen.

„Apropos Ruhe und Wiesen", sagte er nach einer Weile. „In gut einer Woche beginnt Wacken."

„Ja, ich weiß. Vor lauter Neuerungen in meinem Leben hab ich schon länger nicht mehr daran gedacht.

Aber ich würde wirklich gern mal wieder hinfahren. Vielleicht klappt es ja nächstes Jahr.“

„Ich hab dir ja erzählt, dass ich Tickets habe. Wie du gerade sagtest, gibt es momentan diverse Neuerungen und Aufregungen, auch bei mir. Deshalb wollte ich die Tickets eigentlich weitergeben. Aber ich hab mir überlegt, wie schön es wäre, mit dir zusammen hinzufahren.“

Erstaunt sah sie ihn an. „Du willst mit mir nach Wacken fahren?“

„Klar. Erinnerst du dich, wie viel Spaß wir auf dem Strandfest hatten, als wir bei *Isern Deern* mitgegrölt hatten? Du liebst die Musik wie ich und gehst gern auf Festivals. Du arbeitest sehr viel und hast dir ein paar freie Tage verdient. Und was mich betrifft, so habe ich die Kündigung sowieso bereits erhalten. Ich sehe es nicht ein, mir für Angelas Eltern jetzt noch den Allerwertesten aufzureißen. Lieber nehme ich kurzfristig ein paar Tage Urlaub und genieße die freie Zeit mit dir. Wer weiß, ob wir so schnell wieder dazu kommen werden. Wenn ich ein Grundstück für meine Gärtnerei gefunden habe, werde ich zumindest anfangs sicherlich in Arbeit ertrinken.“

„Weißt du was? Das ist eine super Idee!“ Inka schlang die Arme um Jans Taille und schaute zu ihm auf. „Ich kann mir nichts Schöneres vorstellen, als mit dir zusammen im Matsch zu zelten. Wer weiß, vielleicht schubse zur Abwechslung sogar ich mal dich rein.“

Er grinste. „Das hab ich mir gedacht. Du willst dich an mir rächen und mich auch mal leiden sehen.“

„Jetzt hast du mich ertappt!“

Er beugte sich vor und küsste sie erneut. Und in diesem Moment war das Leben für Inka einfach vollkommen.

Kapitel 20

Schon ein ganzes Stück vor dem kleinen Ort Wacken gerieten Jan und Inka eine gute Woche später in einen Stau, aber das störte hier niemanden. Alle hatten gute Laune, viele Autos waren mit Wacken-Stickern dekoriert, und überall sah man Leute in schwarzen Klamotten und Band-Shirts. Inka merkte, wie sehr sie all das vermisst hatte, und wurde mit jeder Minute glücklicher. Vor allem, weil sie das alles zusammen mit Jan genießen konnte.

Endlich konnten sie auf den Campingplatz fahren und suchten sich einen passenden Platz für ihr Zelt. Rings um sie herum waren Fans mit dem Zeltaufbau beschäftigt, aus den Boxen der Autos erklangen Rocksongs, und die ersten Leute hatten es sich auf Klappstühlen oder Luftmatratzen gemütlich gemacht.

Zusammen mit Jan baute Inka das Zelt auf. Sie waren beide festivalerprobt und damit geübt, sodass es rasch stand. Während Inka ihre Isomatten, Luftmatratzen und Schlafsäcke ausbreitete, holte Jan die ersten Bierflaschen aus dem Kofferraum und hielt Inka eine hin.

„Das haben wir uns jetzt verdient." Aus seinen Augen strahlte das pure Glück, während er mit ihr anstieß.

„Ich kann dir gar nicht sagen, wie ich mich freue, mit dir hier zu sein."

„Was meinst du, wie es mir geht!" Sie küssten sich, und dann tranken sie.

Rasch lernten sie ihre Zeltnachbarn kennen, aber nach einem halbstündigen Plausch über die auftretenden Bands zogen sich Inka und Jan zurück. Das Bedürfnis, unter sich zu sein, war größer als der Wunsch, neue Leute kennenzulernen. Dafür war alles zwischen ihnen noch viel zu neu, zu frisch, zu aufregend.

Während auf dem Festivalgelände die ersten Bands spielten und viele Fans zu den Bühnen pilgerten, blieben sie auf dem Zeltplatz. Immer länger wurden Jans Blicke, immer inniger. Inka fühlte Hitze in sich aufsteigen, die rasch ihren ganzen Körper erfasste. Schließlich kletterte sie ins Zelt, drehte sich um und rief Jan mit einer Bewegung ihres Zeigefingers zu sich. Grinsend erhob er sich und kam zu ihr ins Zelt. Und dann liebten sie sich, während sich in der Luft die Metalklänge mit dem Jubel des Publikums vermischten, die der Sommerwind ihnen zutrug.

„Das war aufregend", sagte Inka später und kuschelte sich an Jans Schulter. „Stell dir vor, jemand hätte neugierig ins Zelt geguckt."

„Der wäre so was von neidisch geworden!"

„Das hätte dir womöglich gefallen, was?"

„Bei einer so aufregenden Frau wie dir auf jeden Fall!" Er küsste ihr Haar.

„Du meine Güte! Ich glaube, ich überlege mir das mit der Beziehung zwischen uns noch mal."

„Bloß nicht!" Ganz fest zog Jan sie an sich.

Glücklich schmiegte sich Inka an ihn, atmete seinen Duft ein und strich mit den Fingerspitzen über seine nackte Brust.

Als ihre Zeltnachbarn nach Musikschluss vom Festivalgelände zurückkamen und sie zu einem Bier einluden, gesellten sich Inka und Jan zu ihnen, und sie saßen bis in die späte Nacht zusammen.

Dafür revanchierten sie sich am nächsten Morgen mit frischem Kaffee, und bald saßen sie inmitten einer großen Runde gut gelaunter Metal-Fans aus allen Ecken Deutschlands. Sogar aus Norwegen, Schottland und Spanien gesellten sich ein paar nette Leute zu ihnen.

„So gut ging es mir schon lange nicht mehr", sagte Jan zu Inka, nachdem sie wieder allein waren. „Ich habe den ganzen Tag noch nicht an meine Kündigung oder die bevorstehende Scheidung gedacht."

„Dann solltest du damit jetzt auch nicht anfangen. Komm, nachher spielen ein paar Bands, die ich unbedingt sehen will. Schluss mit der Faulenzerei im Zelt. Es wird Zeit für etwas Kultur."

„Faulenzerei nennst du das?" Grinsend zog er sie an sich und presste sie fest an seinen harten Körper. „Wir sind erst seit gestern hier und haben uns schon dreimal geliebt."

„Damit können wir gerne nachher weitermachen." Inka schlang ihm die Arme um den Hals und sah ihm in die Augen. „Aber jetzt brauche ich erst mal für ein paar Stunden ordentliche Musik auf die Ohren, fliegende Mähnen und wilde Gitarren für die Augen und vor allem das ein oder andere Fischbrötchen für den Magen."

„Ich wusste schon immer, dass du sehr verfressen bist.“

„Das sagt der Richtige!“

Lachend gingen sie Hand in Hand aufs Gelände und mischten sich unter die anderen Zigtausend Fans aus der ganzen Welt. Und während der folgenden Stunden genoss Inka die Bands, die Musik und das Festival in vollen Zügen. Hand in Hand liefen sie über den weitläufigen Platz, grölten bei den bekannten Songs lautstark mit und küssten sich immer wieder. Zusammen mit Jan an ihrer Seite machte alles gleich noch mal so viel Spaß.

Zufällig begegneten sie einigen Freunden von Jan. Inka war zutiefst erleichtert, dass es keine seiner Kumpels aus der Schulzeit waren. Wenn die sie erkannt hätten, hätte das womöglich das ganze schöne Festival gecrasht. Diese Männer waren lustig und gut drauf, und sie sahen sich gemeinsam ein paar Bands an, bevor sie weiterzogen.

Später trafen sie sich für eine Weile mit einigen ihrer Freundinnen und Freunde aus Hamburg. Kurzfristig hatten sie sich per WhatsApp verabredet. Glücklich fiel Inka ihnen in die Arme. Es war aufregend, ihnen Jan vorzustellen, der von ihnen neugierig gemustert wurde. Ihr Ex-Mann war allerdings nicht dabei.

„Wo ist denn Stefan?“, erkundigte sie sich.

„Unterwegs in Island“, erzählte Anni. „Wir kriegen ihn kaum noch zu Gesicht, seit er seine neue Freundin hat.“

„Die belegt ihn ganz schön mit Beschlag“, setzte Nils hinzu. „Damals hätte er sich Wacken nicht entgehen lassen, das weißt du ja selbst. Aber jetzt kurvt er stattdessen lieber mit einem Mietwagen rum und guckt sich Vulkane an.“

„Sei ihm gegönnt. Die Hauptsache ist, dass es ihm gefällt“, sagte Inka.

„Du machst auch einen sehr zufriedenen Eindruck“, stellte Anni leise fest, als die anderen mit anderen Themen beschäftigt waren, und musterte sie neugierig.

„Das bin ich auch. Aber wenn mir jemand damals erzählt hätte, dass es ausgerechnet mit Jan sein wird, hätte ich ihn für verrückt erklärt.“

„Verrückt und glücklich ist eine mega Kombi“, schloss Anni grinsend.

„Darauf stoßen wir an!“

Die Nächte mit Jan im Zelt waren herrlich. Um sie herum war es bei all den Partys, Gesprächen und Musikfetzen von allen Seiten so laut, dass niemand mitbekam, wenn sie sich wieder und wieder liebten. Inka konnte nicht genug von Jan bekommen, und auch er konnte die Finger nicht von ihr lassen. Immer wieder fielen sie hungrig übereinander her, und anschließend lagen sie eng umschlungen im dunklen Zelt, lauschten den Geräuschen um sie herum und dem Herzschlag des anderen.

Diese Tage in Wacken hätten, was Inka betraf, noch ewig so weitergehen können. Nicht einmal die langen Schlangen vor den Containerduschen und Dixie-Klos störten sie, die Nächte mit wenig Schlaf oder das nasse Gras und der Matsch der Wiese, nachdem es in der dritten Nacht einige Stunden lang geregnet hatte. Die Tage vergingen wie im Rausch. Und das Beste daran war, dass Jan an ihrer Seite war und sie es gemeinsam mit ihm erleben konnte. Sie wollte nie wieder ohne ihn sein.

Als Inka eine gute Woche später ein neues Objekt hereinbekam, das sich vielleicht für Angela eignen würde, rief sie Jans Noch-Ehefrau sofort an. Das Haus lag in Sankt Peter-Ording in einer ruhigen Wohnsiedlung und war nahezu neu. Geschäfte, Restaurants und die Schule waren fußläufig erreichbar, die Nordsee nur wenige Gehminuten entfernt. Zum Haus gehörte ein großer Garten mit Rasen und einigen Blumenbeeten.

„Perfekt!", rief Angela bei der Besichtigung und freute sich.

„Das ist schön. Hat es denn die richtige Größe für euch?", erkundigte sich Inka vorsichtig. Das Haus verfügte immerhin über sechs Zimmer und zwei Bäder.

„Ja. Ich habe es gern geräumig, und Marie soll sich frei entfalten können. Außerdem ..." Angelas Augen funkelten. „Nicht nur Jan hat eine neue Beziehung."

„Oh! Du hast auch jemanden kennengelernt?"

Angela nickte strahlend. „Ich bin schon seit einiger Zeit übers Internet auf der Suche. So ganz allein, das ist nichts für mich, weißt du? Ja, und jetzt hat es endlich *Peng* gemacht. Ich habe Thomas gesehen, und es war für uns beide Liebe auf den ersten Blick."

„Wie schön. Das freut mich für euch."

„Danke. Und ihr? Klappt es immer noch gut zwischen euch?"

Inka nickte strahlend. „Wir waren gerade in Wacken, es war einfach herrlich."

„Im Ernst, du stehst auch auf diesen Krach? Na, da habt ihr euch ja gesucht und gefunden."

„Kann man so sagen. Wollt ihr denn jetzt schon zusammenziehen, also ist das Haus für euch beide, für Thomas und dich?“, wechselte Inka das Thema.

„Nein, ich kaufe es selbst, aber Thomas wird natürlich oft bei mir sein. Wenn alles gut läuft, zieht er sicher früher oder später bei mir ein. Der Platz ist dann kein Problem mehr. Von daher ist das Haus perfekt. Weißt du was? Ich nehme es!“

„Wow! Das nenne ich mal eine spontane Entscheidung.“

„Es fühlt sich richtig an, also ist es das auch. Ich entscheide immer aus dem Bauch heraus.“

„Wunderbar. Dann lass uns mal mit den jetzigen Eigentümern zusammensetzen, um alles zu besprechen.“

In dieser bevorzugten Wohnlage war das Haus natürlich nicht gerade günstig. Im Gegenteil, der Preis war mehr als stattlich. Doch Angela hatte ihn akzeptiert, ohne mit der Wimper zu zucken, und deshalb ging Inka davon aus, dass die Finanzierung kein Problem darstellen sollte.

Die Eigentümer waren mit Angela als Käuferin einverstanden und zufrieden schüttelten sich am Ende des Termins alle die Hände.

„Ich werde mich gleich mit meiner Bank in Verbindung setzen“, erklärte Angela, sobald sie wieder beim Auto waren.

„Super. Sobald die Finanzierung steht, informiere ich den Notar wegen des Kaufvertrags.“

Leider ging es nicht so glatt weiter. Zwei Tage später erhielt Inka einen Anruf von Angela.

„Die Bank stellt sich quer“, platzte sie heraus.

„Was? Warum denn?“

„Ich habe zu wenig Eigenkapital, sie wollen mir keinen Kredit geben.“

„Können dir denn deine Eltern nicht aushelfen?“

„Die möchte ich nicht fragen.“ Eine kleine Pause entstand. „Sie werden mir gerade nicht helfen können“, erklärte Angela schließlich leise.

„Oh, das tut mir leid.“

„Die Gärtnerei schreibt rote Zahlen. Alles ist so teuer geworden, das weißt du ja selbst. Viele Leute haben gerade andere Sorgen, als ihren Garten zu verschönern.“ Wieder schien Angela zu zögern. „Das war auch der wahre Grund für Jans Kündigung. Wir müssen unser Personal reduzieren. Es war meinem Vater peinlich, es seinem Ex-Schwiegersohn gegenüber einzugestehen, dass der Laden zurzeit nicht gut läuft. Deshalb haben wir unsere familiären Differenzen als Grund vorgeschoben. Jan war ein fantastischer Mitarbeiter, aber wir können ihn uns schlicht nicht mehr leisten.“

„Das ist bitter. Was willst du denn jetzt machen?“

„Tja, das ist das große Problem. Ich möchte dieses Haus wirklich gern haben. Es ist wie gemacht als Zuhause für Marie und mich, und die Lage so nah am Meer ist ein Traum. Deshalb sehe ich nur eine Lösung … Jan und ich müssen unser gemeinsames Haus verkaufen. Mit meinem Anteil wäre mein Eigenkapital groß genug, dass die Bank mir über den Restbetrag einen Kredit gibt und ich das Haus kaufen kann.“

„Jan soll ausziehen?“ Inka war entsetzt.

„Er könnte mich natürlich auch auszahlen. Diese Lösung wäre sogar noch besser. Er könnte dort wohnen bleiben, ich kaufe das Haus, und wir sind alle zufrieden.“

Inka bezweifelte, dass Jan über so viel Geld verfügte. „Es wäre sicher sehr hart für ihn, das Haus verkaufen zu müssen, nachdem er schon seinen Job bei euch verloren hat.“ Diese Spitze konnte sie sich nicht verkneifen.

„Ja, klar ist es hart, aber das ist es für uns alle. Jeder von uns muss sehen, wo er bleibt. So leid es mir tut, aber darauf kann ich in diesem Fall leider keine Rücksicht nehmen. Ich werde ihn nachher mal anrufen.“

Angelas Anruf kam, als Jan gerade bei Inka angekommen war. Natürlich hatte sie ihn bereits vorgewarnt, und er war ebenso schockiert gewesen wie sie. Er stellte sein Telefon auf Lautsprecher, sodass Inka mithören konnte.

„Na, hat Inka dir schon erzählt, weshalb ich anrufe?“, erkundigte sich Angela.

„In der Tat. Ich muss schon sagen, das ist ...“

„Es geht leider nicht anders. Ich hätte es mir sehr gewünscht, Jan. Kannst du mich denn nicht auszahlen? In dem Fall könntest du das Haus behalten und bräuchtest nicht auszuziehen.“

Jan lachte rau. „Ich glaube, du weißt, dass ich das nicht kann. Den Unterhalt für Marie und meinen Mietausgleich an dich, weil ich unser Haus noch nutze, kann ich mir gerade eben leisten, aber da deine Eltern mich ja nun rausgeschmissen haben, wird es in nächster Zeit finanziell sehr eng werden. Da kann ich dir nicht mal eben zwischendurch den Gegenwert eines halben Hauses zahlen.“ Unruhig stand er auf und lief im Zimmer herum.

Inka blieb auf der Couch sitzen und beobachtete ihn.

„Tut mir leid, ehrlich“, sagte Angela. „Es ist …“

„Sag mal, gibt’s denn keine andere Möglichkeit? Muss es unbedingt dieses Haus sein, das du kaufen willst? Was hältst du denn davon, wenn du mit Marie wieder hier einziehst und ich ziehe aus? Es ist ihr Zuhause, Angela.“

„Das Thema hatten wir doch schon. Ich will dort nicht mehr wohnen. Es hängen zu viele unschöne Erinnerungen daran. Vor allem reicht es platzmäßig nicht aus.“

„Was? Es war mehr als groß genug für uns drei, da wird es locker für euch beide reichen.“ Er blieb stehen und sah Inka an, und sie las die Verwirrung in seinem Gesicht.

„Ja, noch“, erwiderte Angela. „Es gibt da etwas, was du wissen solltest. Ich habe einen Mann kennengelernt. Irgendwann werden wir sicher zusammenziehen, und auf keinen Fall wohne ich mit ihm in unserem Ehehaus.“

„Okay, das wusste ich nicht. Das kann ich verstehen. Trotzdem möchte ich das Haus nicht verkaufen. Ich hänge daran. Es muss eine andere Möglichkeit geben.“ Jan setzte sich neben Inka auf die Couch.

„Kann Inka dir nicht aushelfen und etwas leihen?“

„Auf keinen Fall! Das ist eine Sache zwischen dir und mir. Da ziehe ich sie ganz bestimmt nicht mit rein.“ Jan griff nach Inkas Hand und drückte sie.

„Wie du meinst. Dann musst du dir überlegen, ob du noch eine andere Lösung findest, und wenn nicht, musst du in den sauren Apfel beißen und das Haus verkaufen, damit du mich auszahlen kannst. He, das wäre

für dich doch auch gut. Du hättest genug Bargeld, um
…"

„Es geht mir nicht um Bargeld, Angela, sondern um
dieses Haus! Ich möchte hier … Ich habe Pläne damit."

„Wie auch immer … Lass dir nicht zu viel Zeit. Die Sache eilt. Ich möchte, dass Marie endlich wieder an einem Ort ankommt, an dem sie wirklich zu Hause ist.
Außerdem wollen die jetzigen Eigentümer auch nicht
ewig warten, sondern den Verkauf rasch über die
Bühne bringen. Also lass dir etwas einfallen, Jan. Es gibt
keine andere Möglichkeit. Denk an Maries Glück." Damit legte Angela auf.

„Du meine Güte", sagte Inka mitfühlend und strich
über Jans Arm. „Momentan kommt wirklich alles auf
einmal."

„Ja, es könnte mal wieder aufhören. Ich hab echt
keine Ahnung, was ich jetzt machen soll."

„Ich bin mir sicher, dass wir eine Lösung finden. Gemeinsam schaffen wir das."

Sanft legte er seine Hand auf ihre Wange. „Ich kann
dir gar nicht sagen, wie froh ich bin, dass ich dich habe.
Dass du mir verziehen hast und bei mir bist. Danke."

„Kein Grund, sich zu bedanken. Mir geht's genauso."

Kapitel 21

„Ich kann dir etwas leihen", bot Inka einige Tage später an, als Jan bei ihr zum Abendessen war. „Es ist nicht allzu viel, aber vielleicht hilft es, damit Angela ihr Eigenkapital erhöhen kann und den Kredit bekommt. Dann brauchst du dein Haus nicht zu verkaufen." Sie goss Pfefferminztee in ihre Tassen, der einen herrlichen Duft verbreitete.

„Danke! Auch zu deinem Angebot. Aber ich habe dir bereits gesagt, dass ich dein Geld nicht nehme, um meine Probleme mit meiner Ex-Frau zu klären."

Inka rührte Zucker in ihren Tee. „Kannst du nicht versuchen, einen Kredit zu bekommen, um Angela auszuzahlen? In dem Fall könntest du in deinem Haus wohnen bleiben."

„Ich versuche es auf jeden Fall. Aber ich fürchte, wenn ich keinen Kredit bewilligt bekomme, muss ich in den sauren Apfel beißen und mein Haus tatsächlich verkaufen. Doch das ist nicht dein Problem. Ich möchte dich auf keinen Fall noch weiter mit diesem ganzen Mist belasten. Viel wichtiger ist, dass du wieder zur Ruhe kommst. Ich sehe doch, wie diese Sache dich mitnimmt. Das geht so nicht weiter."

Er hatte recht. Schon seit Tagen stellte Inka fest, dass sie schlechter schlief, öfter Kopfschmerzen und mitunter Bauchschmerzen hatte. Lauter Stresssymptome, die sie nur zu gut aus ihrer Vergangenheit kannte. Vorsichtig nippte sie am heißen Getränk.

„Ich will dir aber helfen!", beharrte sie.

„Und ich, dass es dir gut geht und du glücklich bist. Ich lasse nicht zu, dass du wegen mir noch mehr auf dich nimmst. Ich verkaufe das Haus, und alle sind zufrieden."

Inka seufzte und holte eine Scheibe Brot aus dem Korb. „Hast du schon etwas wegen eines neuen Jobs unternommen?"

„Ehrlich gesagt suche ich gerade nicht. Ich hoffe immer noch, dass ich etwas Passendes finde und meine eigene Gärtnerei aufbauen kann. Ich weiß, dass die Zeit drängt. Bald läuft mein Job bei Angelas Eltern aus, und meine bereits angeworbenen Kunden werden auch nicht ewig warten wollen, bis ich loslegen kann."

„Ich halte weiterhin Augen und Ohren offen."

„Bitte nicht. Wie gesagt, ich möchte dich nicht mit alldem belasten." Jan strich Butter auf sein Schwarzbrot.

„Wir sind zusammen, also lösen wir Probleme auch gemeinsam. Versuch gar nicht erst, mich davon abzuhalten! Ich lasse mir nichts mehr von anderen einreden."

Als er Inka anlächelte, las sie Zuversicht in seinen Augen. Und Wärme.

„Mannomann, bist du streng geworden", sagte er.

Inka schmunzelte. „Ich habe dazugelernt."

Sie lachten gemeinsam, und das löste die restliche Spannung auf.

Die Bank verwehrte Jan den Kredit, weil er momentan über kein regelmäßiges Einkommen verfügte und dies auch nicht absehbar war. Sie fanden keine andere Lösung, und so blieb Inka schweren Herzens nichts übrig, als ein Exposé für Jans Haus zu erstellen und es ins Internet zu stellen. Schon kurze Zeit später wurde sie von Anfragen überschwemmt und vereinbarte die ersten Besichtigungstermine.

Jan hatte ihr seinen Hausschlüssel gegeben, weil er arbeiten musste. „Ich verlasse mich voll und ganz auf dein Urteil. Du wirst den richtigen Käufer für mich finden."

Es tat ihr in der Seele weh, die ersten Interessenten durch Jans Haus zu führen. Sie war sogar versucht, die Vorzüge, die es bot, zu verschweigen in der Hoffnung, dass die Interessenten womöglich wieder absprangen. Doch was hätte das gebracht? Ihr Terminkalender war tagelang mit Besichtigungen gefüllt, so viele potenzielle Käufer gab es. Vor allem wäre das kontraproduktiv gewesen, denn sie wollte in Jans Interesse selbstverständlich einen möglichst hohen Preis für das Haus erzielen.

Also wies sie unermüdlich auf die wunderschöne Aussicht hin, auf die gut geschnittenen Zimmer, das helle Tageslichtbad und die moderne Einbauküche mit neuesten Geräten.

Dabei wäre das gar nicht nötig gewesen, denn bereits die erste Familie war hellauf begeistert und wollte am liebsten sofort einziehen. Inka merkte sie vor und führte weitere Besichtigungen durch. Von sechs Besichtigungen blieben am Ende des Tages zwei übrig, die infrage kamen.

Sobald Jan wie fast jeden Abend bei ihr war, erstattete sie ihm Bericht.

„Sie reißen dir das Haus buchstäblich aus den Händen", schwärmte sie. „Zwei haben versucht, den Preis zu drücken. Die anderen haben ihn alle ohne Widerspruch akzeptiert. Am meisten sagt mir gleich die erste Familie zu. Sie haben zwei Kinder, zwei und vier Jahre alt. Für sie wäre die ruhige Lage mit dem Garten ideal."

Jan seufzte. „Das freut mich natürlich. Trotzdem trauere ich meinem großen Traum hinterher. Noch etwas mehr Land, und ich hätte dort wunderbar meine Pläne realisieren können."

„Während ich die Besichtigungen durchführte, tat mir die ganze Zeit das Herz weh. Ich weiß ja, dass mit diesem Verkauf dein großer Traum platzt."

„Ich hab dir gesagt, dass du dich damit nicht belasten sollst, Inka. Das ist allein mein Problem. Und ich werde damit fertig."

„Wie möchtest du verfahren? Soll ich die Besichtigungen in den nächsten Tagen noch fortführen, oder willst du die Familie kennenlernen, um dir ein besseres Bild zu machen? Falls ja, werde ich sofort Erkundigungen über die Bank einziehen."

„Kann ich eine Nacht darüber schlafen? Falls es dir nichts ausmacht, möchte ich noch ein wenig Zeit zum Nachdenken haben. Vielleicht fällt mir in letzter Sekunde ja doch noch eine andere Lösung ein. Und dann wäre diese nette Familie sehr enttäuscht."

„Natürlich. Ich werde sicherheitshalber die Termine morgen noch wahrnehmen, und darüber hinaus können wir uns neu beraten. Lass dir so viel Zeit, wie du brauchst. So eine Entscheidung muss gut überlegt sein."

„Wenn es dir nichts ausmacht."

Inka lächelte. „He, das ist mein Job."

Er lächelte, und in seinen Augen leuchteten Funken. „In dem du toll bist! Außerdem siehst du mal wieder extrem gut aus." Er rückte näher heran und legte den Arm um ihre Schulter. „Und sexy", flüsterte er in ihr Ohr.

Sein warmer Atem kitzelte, und ein Schauer überlief Inkas Rücken. Sie wandte sich Jan zu und begann, ihn zu küssen. Für den Rest des Abends gelang es ihr, den Gedanken an alle Probleme auszublenden.

Auch am folgenden Tag waren einige vielversprechende Interessenten dabei, was am Ende die Entscheidung erschwerte. Ohnehin lag sie bei Jan, und darüber war Inka sehr froh.

„Ich verlasse mich da voll und ganz auf dein Urteil", erklärte er jedoch.

„Es ist *dein* Haus, Jan. Du entscheidest, wer darin wohnen soll. Lieber eine Familie mit Kindern, ein älteres Paar, das die Gartenarbeit liebt oder ..."

„Lass uns einfach die allererste Familie nehmen, wenn deren Finanzierung gesichert ist und du meinst, dass es die richtige Entscheidung ist. Ehrlich gesagt bin ich in Gedanken meist ganz woanders. Ich zerbreche mir permanent den Kopf darüber, wie es mir doch noch gelingen kann, meinen Traum von der Selbst-ständigkeit zu verwirklichen. Weißt du, während der letzten Monate hab ich so viele potenzielle Neukunden gewinnen können, die von meiner Arbeit sehr angetan sind, dass ich im Grunde am liebsten sofort loslegen würde. Nur wo? Und wie?"

Inka fühlte sich ebenso betrübt wie er. Täglich hielt sie Ausschau nach einem passenden Grundstück für sein Vorhaben oder nach einem älteren, vergleichsweise günstigen Haus, das er sich vom Kaufpreis leisten könnte und das genug Platz für seine Pläne bot, aber es war wie verhext. Weit und breit war einfach nichts zu finden.

„Ich suche sogar schon außerhalb Eiderstedts", erzählte sie. „Wenn du dein Haus verkaufst, ist es ja nicht mehr so wichtig, wo genau sich deine künftige Gärtnerei befindet, oder legst du Wert darauf?"

„Natürlich würde ich gern in der Nähe bleiben, schon allein wegen Marie. Aber wenn es hier nichts gibt, nützt es ja nichts, dann muss ich weiter weg."

„Wo willst du eigentlich wohnen, sobald dein Haus verkauft ist und für den Fall, dass wir nicht bald etwas Neues für dich finden? Klar, etwas Zeit hast du noch, bis alles geregelt und umgeschrieben ist, trotzdem ..."

„Darüber hab ich noch gar nicht richtig nachgedacht. Ich hoffte immer noch, vorher etwas anderes zu finden, etwas Richtiges, Endgültiges. Sorry, du musst mich für dämlich halten, aber das war schon damals mein Problem. Wenn ich für etwas brenne, neige ich dazu, zum Pitbull zu werden, der sich so sehr in seiner Idee verbeißt, dass er andere Dinge nicht mehr so richtig wahrnimmt. Du hast natürlich recht, ich brauche eine neue Wohnung. Auch wenn ich immer noch hoffe, dass es womöglich plötzlich ganz schnell geht und wir ein Grundstück finden. Vielleicht ja sogar eins mit einem alten Häuschen drauf, in dem ich mich einrichten kann. Ich hab auch schon diverse Kunden darauf angesprochen. Es muss doch mit dem Teufel zugehen, wenn es nirgendwo ein passendes Stück Land für mich gibt."

Inka spürte Sorge in sich aufsteigen. Der Druck, unter dem Jan stand, nahm mit jedem Tag zu, doch bisher waren die Chancen schlecht. Was, wenn sich sein Traum zerschlug? Was würde das mit ihm machen?

„Ich suche auf jeden Fall weiter", versprach sie zerstreut. „Auch nach einer Wohnung für dich, okay?"

Jan zog sie an sich und küsste sie zärtlich. „Danke! Du bist einfach großartig."

Die Familie freute sich sehr, dass sie den Zuschlag für das Haus erhielt. Mit der Finanzierung klappte auch alles, und so lief wenigstens diese Sache problemlos.

Das folgende Wochenende verbrachte Inka bei Jan, denn er hatte Marie bei sich. Die Kleine akzeptierte sie sofort, und bereits am ersten Abend durfte Inka ihr ein paar Seiten ihres Lieblingsbuchs vor dem Schlafengehen vorlesen.

„Sie ist so niedlich", schwärmte Inka später, während sie und Jan auf dem Sofa kuschelten und nebenbei einen Film schauten.

„Ja, sie ist mein ganzer Stolz. Manchmal frage ich mich, wie jemand wie ich so etwas Wunderbares zustande bekommen hat."

„Jemand wie du?"

„Du weißt, was ich meine."

„Das waren die damaligen Umstände und nicht dein Charakter. Auch wenn ich dich damals am liebsten auf den Mond geschossen hätte, weiß ich es inzwischen besser. Mach dich nicht schlechter, als du bist. Wie verkraftet Marie eigentlich eure Trennung?"

„Erstaunlich gut. Wir haben immer darauf geachtet, dass sie von unseren Streitereien möglichst wenig mitbekommt." Jan nahm eine Schüssel mit Chips vom Tisch und hielt sie Inka hin.

Sie griff hinein und nahm eine Handvoll. „Danke. Das ist sehr gut. War bestimmt nicht immer einfach."

„Nein. Mir tut nur leid, dass Marie sich bald von ihrem Zimmer hier verabschieden muss. Es wird eine große Umstellung für sie, wenn sie sich an eine andere Wohnung gewöhnen muss, sobald ich umgezogen bin und sie bei mir zu Besuch ist." Jan bediente sich ebenfalls und stellte die Schüssel auf den Tisch zurück.

„Das macht ihr bestimmt nicht viel aus. Richte ihr neues Zimmer einfach wieder so ein wie ihr altes. Außerdem sind Kinder in dieser Beziehung doch meistens sehr genügsam. Gemeinsame Zeit und Geborgenheit sind ihnen viel wichtiger." Inka steckte ein paar Chips in den Mund und kaute.

Er lächelte sie zärtlich an. „Du wirst eine wundervolle Mutter sein."

Sie errötete. „Oh, warten wir es erst einmal ab. Das wird bestimmt noch eine ganze Weile dauern."

Ein eigenes Kind. Könnte sie sich das vorstellen? Bisher hatte sie sich kaum Gedanken darüber gemacht, abgesehen von den Gelegenheiten, wenn sie den kleinen Yannik sah, in den sie schwer verliebt war. Sie war so viele Jahre lang solo gewesen, hatte nur für ihren Beruf gelebt. Bald wurde sie einunddreißig Jahre alt. Warum eigentlich nicht? Es hatte sich schön angefühlt, die Kleine auf dem Schoß sitzen zu haben. Vorerst stand das Thema allerdings ohnehin noch nicht zur Debatte. Erst gab es noch ein paar Probleme zu lösen.

„Danke übrigens, dass du dich wegen einer Wohnung für mich umhörst", sagte Jan, nachdem er ebenfalls einige Chips verdrückt hatte. „Notfalls reicht auch für den Anfang ein Zimmer. Die Zeit drängt ja leider etwas wegen des Hausverkaufs. Später kann ich immer noch in Ruhe nach etwas Besserem suchen, sobald ich mein eigenes Geschäft aufgebaut habe."

Das Herz wurde ihr schwer. Jan hing immer noch seinem Traum nach. Dabei suchte sie schon permanent nach einem passenden Grundstück für ihn. Aber es war nichts zu finden, das sich für ihn eignete. Bei einem handelte es sich eher um eine schlammige Wiese als ein Baugrundstück, ein anderes bestand fast nur aus Bäumen, und zwei weitere waren viel zu groß. Die anderen freien Grundstücke wurden für Mehrfamilienhäuser freigehalten, um gegen die Wohnungsnot anzukämpfen.

„Klar mach ich das für dich", versprach sie und wischte nachdenklich ihre Finger ab. Ob jetzt der richtige Zeitpunkt war, es Jan vorzuschlagen? Und gab es den überhaupt? „Ist aber nicht unbedingt nötig."

„Wie meinst du das?"

„Na ja, ich wohne allein in einem Haus. Reicht das als Erklärung?"

Seine Augen wurden ganz groß. „Du meinst, ich soll bei dir einziehen?"

„Warum nicht? Oh, keine Angst, ich will nicht gleich heiraten oder so was, mach dir da keine Sorgen. Es ist eine rein praktische Überlegung. Du brauchst eine

Unterkunft, und ich habe eine." Nervös drehte Inka die Serviette zwischen ihren Fingern.

„Das wäre, das ist … Wirklich, Inka, das ist großartig von dir, vielen Dank. Aber ich kann das nicht annehmen."

„Warum denn nicht?"

„Weil du schon so viel für mich machst. Du hattest genug eigene Probleme und kommst gerade erst ein wenig zur Ruhe. Wenn ich bei dir einziehe, bringt das auch wieder Unruhe in dein Leben. Du musst umräumen, alles kommt durcheinander, und das alles womöglich nur für sehr kurze Zeit. Ich will dir nicht noch mehr zur Last fallen. Deshalb wäre es, wenn überhaupt, nur für den Übergang. Länger möchte ich dir das nicht zumuten. Es wäre mit viel zu viel Arbeit und Stress verbunden." Er lächelte und strich durch ihr Haar. „Bitte versteh mich nicht falsch, ja? Ich stelle es mir herrlich vor, mit dir zusammenzuleben, jeden Tag gemeinsam aufzustehen und abends einzuschlafen. Und ich möchte das auch unbedingt mit dir erleben. Aber wenn, dann soll es richtig sein. Für immer, verstehst du? Und nicht so zwischen Tür und Angel."

Tiefe Freude durchströmte sie, und sie erwiderte sein Lächeln. „Klar, verstehe ich."

Für Anfang September war es noch einmal sehr warm geworden, und die Sonne strahlte von einem wolkenlosen Himmel, als sie am folgenden Tag mit Marie einen Ausflug an den Strand machten. Inka und Jan saßen im warmen Sand und halfen der Kleinen, mit ihren bunten Förmchen Sandkuchen zu backen. Dabei wechselten sie über deren Kopf hinweg immer wieder zärtliche Blicke, und hin und wieder gaben sie sich einen Kuss. Sanft liefen die Wellen auf den Strand, und später, als ihnen zu warm wurde, gingen sie mit Marie ins Meer. Jeder von ihnen hielt sie an einer Hand, und als das Wasser dem Mädchen bis zum Bauchnabel ging, hoben sie die Kleine immer wieder mit lautem Rufen heraus. Marie kreischte jedes Mal vor Freude, wenn sie wieder ins Wasser getaucht wurde.

„Daran könnte ich mich gewöhnen", sagte Jan, als sie abends mit einem Glas Wein im Garten saßen. „Ich hatte den ganzen Tag meine beiden Lieblingsfrauen bei mir und so viel Spaß wie lange nicht. Und hier mit dir zu sitzen und in den Sonnenuntergang zu gucken ist auch nicht zu verachten."

Angela hatte die Kleine vor einer Stunde wieder abgeholt.

„Ja, es war ein wunderschöner Tag und du bist ein fantastischer Vater. Marie himmelt dich an." Inka lächelte. „Da ist sie übrigens nicht die Einzige."

„So? Wer macht das denn noch?"

„Warte, ich zeige es dir." Sie küsste ihn.

Manchmal war das Leben so einfach. Und so schön.

Kapitel 22

Leider blieb es nicht so unbeschwert. Tag um Tag verging, ohne dass ein Wunder geschah und Platz für Jans Traum zu finden war. Noch arbeitete er in der Gärtnerei von Angelas Eltern, aber der letzte Arbeitstag rückte näher.

Wenigstens der Scheidungstermin verlief schnell und problemlos, da sich Jan und Angela in allen Punkten einig waren.

Abends stieß er mit Inka darauf an. „Ich bin so froh, dass wenigstens das erledigt ist", sagte er und nippte am Sekt.

„Das kann ich mir vorstellen. Jetzt bist du wieder richtig frei."

Er lächelte und drückte sie an sich. „Für dich. Es fühlt sich wunderbar an."

„Vielleicht wird es gleich noch wunderbarer." Sie lächelte geheimnisvoll. „Ich habe nämlich eine Wohnung für dich gefunden."

Seine Augen wurden groß. „Im Ernst? So schnell? Wo denn?"

„Es wäre in Sankt Peter-Ording. Allerdings sind es nur zwei vergleichsweise kleine Zimmer. Aber du meintest ja, notfalls würde sogar eins genügen und ...“

„He, das ist fantastisch! Okay, eigentlich ist es natürlich alles andere als das. Du weißt ja, wie schwer es mir fällt, mein Haus zu verlassen. Es wäre so schön geworden, dort mein eigenes Geschäft einzurichten. Das Haus war perfekt. Aber es geht ja nun mal nicht anders, und deshalb ist diese Wohnung super. Eins der Zimmer werde ich für Marie einrichten, damit sie sich wohlfühlt und gar nicht erst dazu kommt, ihr altes Zimmer zu vermissen.“

Inka lächelte. Wie fürsorglich er war. „Ende Oktober könntest du einziehen. Ich denke, das Datum kommt ganz gut mit der Hausübergabe hin.“

Ein Schatten zog über sein Gesicht. „Daran mag ich noch gar nicht denken. Aber gut, bis dahin kann ich anfangen, meine Sachen zusammenzupacken und einiges auszumisten.“

„Dabei helfe ich dir.“

„Nichts da. Du hast genug anderes zu tun und machst schon viel zu viel für mich. Das schaffe ich gerade noch allein.“

„Wie war das mal noch? Wir sind zusammen, oder?“

Er seufzte. „Wie machst du das bloß? Immer hast du die besseren Argumente.“

„Gewöhn dich schon mal dran.“

Er küsste sie zärtlich. „Du bist die Allerbeste! Ist es denn sicher, dass ich die Wohnung auch wirklich bekomme?“

Sie lächelte. „Mit meiner Fürsprache auf jeden Fall. Aber willst du sie dir nicht vorher erst einmal angucken? Vielleicht gefällt sie dir gar nicht."

„Nicht nötig. Ich vertraue dir." Er zog sie an sich.

„Nur nochmals zur Sicherheit: Mein Angebot steht nach wie vor. Du brauchst diese Wohnung nicht, Jan. Ich habe reichlich Platz. Und du sparst einen Haufen Geld."

„Nein. Ich meine: danke! Aber das kann ich nicht annehmen. Du hast die besseren Argumente, aber ich habe den größeren Dickschädel."

Inka weitete ihre Suche nach einem geeigneten Grundstück für Jans geplante Gärtnerei beziehungsweise nach einem leer stehenden passenden Gebäude über einen weiten Umkreis außerhalb Eiderstedts aus. Tatsächlich fand sie sogar eine aufgegebene Gärtnerei, aber sie lag sehr weit entfernt. Jan müsste entweder täglich über hundert Kilometer pendeln oder umziehen. Und das würde er schon allein wegen Marie nicht wollen. Außerdem war der Preis viel zu hoch. Selbst mit dem Verkaufserlös seines Hauses als Eigenkapital müsste er einen horrenden Kredit aufnehmen. Als sie ihm davon erzählte, lehnte er, wenn auch schweren Herzens, ab.

Wenn sie nicht arbeitete, half sie Jan, seine Habseligkeiten in Umzugskartons zu verpacken und seine Möbel nach und nach auseinanderzubauen, damit beim Umzug später alles schneller ging. Außerdem bestellte er einen großen Container, in den er viele Dinge warf, und ein Haufen Möbel kam auf den Sperrmüll. Mitunter ertappte Inka ihn dabei, wie er einfach nur dastand und wehmütig ein halb leer geräumtes Zimmer betrachtete.

„Es ist so traurig, dass du das machen musst", sagte sie mitfühlend, während sie eine Tasse in Papier verpackte.

„Ja, es ist alles andere als schön. Du weißt ja, ich liebe dieses Haus und wäre am liebsten hiergeblieben. Doch es geht nun mal nicht, damit muss ich mich abfinden, auch wenn es schwer ist. Du hast selbst einen Neuanfang hinter dir, stimmt's? Auch du hast alles hinter dir gelassen und hier völlig neu begonnen. Dann schaffe ich das ebenfalls."

„Natürlich schaffst du das. Trotzdem wünschte ich ..."

Er trat zu ihr und nahm sie in die Arme. „He, zerbrich dir nicht deinen hübschen Kopf, ja? Es ist nur ein Haus."

„Es ist mehr als das. Du begräbst gerade deinen Traum."

„Das wird alles schon irgendwie werden. Ich kriege das hin."

Inka lächelte. „*Wir* kriegen das hin!"

„Hab ich mal behauptet, ich hätte den größeren Dickkopf von uns? Ich fürchte, darüber muss ich noch mal nachdenken."

Sie lachten und küssten sich.

„Ab übermorgen ist mein Job im *Gartenparadies* Geschichte", sagte Jan später, während er einen alten Wäschekorb in den Container warf.

„Ist es schon so weit?"

„Ja. Die Zeit ist nur so geflogen. Ich hab noch drei Wochen Resturlaub. Ich wünschte, ich hätte bereits jetzt die Möglichkeit dazu, mit meinem eigenen Geschäft durchzustarten, wo ich endlich mal genug freie Zeit habe. Ich könnte Maschinen und Werkzeug anschaffen, das Gewächshaus bestücken, mich ins Marketing stürzen ...“

„Und wenn du erst mal umdisponierst?“, fragte Inka vorsichtig. „Wir suchen jetzt schon ziemlich lange nach einem geeigneten Platz für deine Gärtnerei, bisher erfolglos. Womöglich ist die Zeit dafür gerade nicht günstig, wo es auf den Herbst zugeht. Was hältst du denn davon, wenn du dir erst einmal einen anderen Job suchst, bis sich die Lage wieder bessert? Zumindest wärst du beschäftigt und würdest Geld verdienen.“

„Total lieb, dass du dir so viele Gedanken machst. Aber vorerst möchte ich das noch nicht. Das käme für mich einer Niederlage gleich. Es würde bedeuten, dass ich meinen Traum aufgegeben habe.“

„So ein Unsinn. Es wäre nur eine Überbrückung.“

Er legte sanft seine Hand auf ihren Unterarm. „Ich weiß, dass du dir Sorgen machst. Aber das musst du nicht. Klar bin ich genervt, dass wir nichts finden. Eigentlich wollte ich in diesem Sommer mit allem loslegen. Das ist ganz schön frustrierend.“

„Ich weiß. Deshalb wäre ein Job vielleicht eine gute Ablenkung.“

„Ich werde in nächster Zeit lieber versuchen, weitere Kunden zu akquirieren für den Fall, dass es unerwartet doch schnell gehen wird.“

„Das ist auch eine gute Idee. Ich will dich ja nicht drängen oder so. Ich möchte nur, dass es dir gut geht.“

„Das weiß ich doch.“ Er lächelte zärtlich und küsste sie. „Und das schätze ich ja auch so an dir. Nein, ich schätze es nicht nur. Ich liebe es. Du bist so mitfühlend, so empathisch."

Wie tief seine Augen waren. Inka meinte, darin versinken zu können. Sie konnte den Blick nicht mehr abwenden.

Er vergrub seine Finger in ihrem Haar. „Ich liebe dich, Inka."

Wie jedes Mal, wenn er diese Worte sagte, breiteten sich Wärme und Glück in ihrem ganzen Körper aus, erfüllten sie bis in die letzte Zelle.

„Ich liebe dich auch. Und wie!"

Er beugte sich vor und küsste sie, und dann trug er sie ins Schlafzimmer.

Und während sie miteinander schliefen, war Inka so glücklich, dass sie beinahe Angst bekam. Konnte so viel Glück auf Dauer gut gehen?

An Jans letztem Arbeitstag fühlte sich Inka sehr bedrückt. Jan jedoch sprudelte geradezu über vor guter Laune.

„He, mach nicht so ein Gesicht. Ich bin froh, die beiden Alten nicht mehr sehen zu müssen. Und Angela auch nicht. So sehr ich die Arbeit auch geliebt habe, kann ich gut drauf verzichten, weiter mit dieser Familie zu tun zu haben. Das Kapitel ist erledigt. Jetzt freu ich mich riesig auf die freie Zeit. Okay, ganz frei ist sie natürlich nicht. Mit der ganzen Packerei für den Umzug und der Räumung des Hauses werde ich noch eine ganze Weile gut beschäftigt sein. Vor allem habe ich dich, das ist das Allerwichtigste."

Er lächelte zuversichtlich und küsste sie zärtlich, aber in den Tiefen seiner Augen erkannte Inka seine Traurigkeit.

„Ich wünschte, ich könnte dir besser helfen", sagte sie betrübt.

Jan strich sanft mit den Fingern durch ihr Haar. „Du tust mehr für mich, als du denkst. Du glaubst an mich, bist immer für mich da. Und deshalb werde ich alles tun, was ich kann, um meinen Plan voranzutreiben. Ich werde mit meinen bisher gefundenen Kunden in Kontakt bleiben, damit sie nicht abspringen. Ich werde Gartenmessen und Baumschulen abklappern und mich mit Hobbygärtnern in Verbindung setzen. Vielleicht finde ich eine Marktlücke, etwas ganz Besonderes, das ich dann aufbauen kann. Langweilig wird's mir bestimmt nicht werden."

„Hört sich sehr gut an." Trotzdem machte sich Inka Sorgen. Was Jan brauchte, war eine richtige Aufgabe, eine feste Struktur. Eine Zukunft. Bei einem anderen Mann als ihm würde sie sich vielleicht gar nicht so viele Gedanken machen. Aber Jan war labil. Auch wenn er seine schlimme Kindheit gut verwunden hatte, nagten diese düsteren Gefühle ganz tief in ihm verborgen vielleicht immer noch. Was, wenn seine Stimmung kippte? Wenn er die Hoffnung verlor und plötzlich alles schwarz sah? Sie hoffte aus ganzem Herzen, dass sich bald eine Lösung finden lassen würde.

Auch während der folgenden drei Wochen sahen sie sich täglich. Tagsüber räumte Jan weiter sein Haus aus, und so oft wie möglich half Inka ihm dabei, schon allein, um ihn mit der schweren psychischen Belastung nicht allein zu lassen. In diesem Haus hatte er glückliche Jahre verbracht, hatte seine Tochter ihre ersten Schritte getan und ihre ersten Worte gesprochen, und dieses Grundstück sollte seine berufliche Zukunft werden. Nun war alles hinfällig. Sie konnte nur ahnen, wie schwer Jan dies alles fallen mochte.

Wenn er nicht mit Ausmisten beschäftigt war, fuhr er herum, um mit seinen potenziellen Neukunden über deren Pläne für das kommende Jahr zu sprechen. Inka fühlte, wie schwer es ihm fiel, nicht sofort mit den Planungen oder gar Arbeiten loslegen zu können.

Die Abende verbrachte er bei Inka. Er kümmerte sich darum, ihren Garten winterfest zu machen, zauberte köstliche Gratins oder Eintöpfe für sie und machte es sich mit ihr auf der Couch gemütlich. Sie bekam nicht genug von seiner Nähe, seinem Arm um ihrer Schulter und seiner Hand in ihrem Haar. Vom Anblick seiner blauen Augen und seines im Herbstwind wehenden blonden Haars. Von ihren langen Gesprächen und ihren innigen Nächten. Jan war der Mann, nach dem sich Inka immer gesehnt hatte, ohne es zu ahnen. Welch kuriosen Weg das Schicksal mitunter doch ging.

Unterschwellig jedoch schwelte weiterhin die Sorge vor der Zukunft. Jan schien sich in einem Schwebezustand zu befinden. Sein altes Leben mit Angela und seinem Job in der Gärtnerei war vorüber, und sein neues als sein eigener Herr hatte noch nicht begonnen. Noch dazu rückte die Übergabe seines geliebten Hauses näher. Er versuchte zwar, sich seinen Kummer darüber nicht anmerken zu lassen, doch Inka wusste, wie es in ihm aussah und wie er es vermissen würde.

Mit jedem Tag fürchtete sie sich mehr davor, dass Jan aus diesem Zustand in der Schwebe eines Tages hart abstürzen könnte.

An einem stürmischen Abend Mitte Oktober, an dem es schon früh dunkel wurde, rief er Inka an. „Du, macht es dir etwas aus, heute Abend mal allein zu verbringen?"

Ein Stich der Enttäuschung durchfuhr sie. Sie hatte sich nach wochenlangem täglichem Zusammensein schon so daran gewöhnt, dass der Gedanke, einen Abend ohne ihn zu verbringen, wehtat.

„Nein. Natürlich nicht. Was ist denn los?"

„Ach, es ist nur ... Bald findet ja die Hausübergabe statt. Ich bin wohl gerade etwas wehmütig. Und ich möchte dir nicht die Stimmung verderben."

„Das tust du nicht. Soll ich zu dir kommen?", fragte sie besorgt. „Du musst da nicht allein durch."

„Nein, das musst du nicht. Ich ... Bitte versteh mich nicht falsch, ja? Aber ich möchte noch etwas Zeit allein hier verbringen, ehe ich ausziehen muss."

„Klar, versteh ich natürlich." Kummer breitete sich in ihr aus. Wie mochte es da erst ihm gehen?

„Sei nicht traurig. Morgen sehen wir uns wieder. Ich liebe dich. Sagte ich das schon mal?"

„Hm, gerade kann ich mich nicht dran erinnern."

Er lachte, aber es klang nicht fröhlich. „Du frecher Schlingel. Ich freu mich schon auf dich morgen."

„Ich mich auch. Und ich liebe dich übrigens auch."

An diesem Abend fuhr Inka zu Alea, Heiko und Yannik. Der Kleine war inzwischen gut ein Jahr alt. Er konnte stehen, ein paar wackelige Schritte laufen, wenn man seine Hand hielt, und er krabbelte wie ein Weltmeister in einem Affenzahn über den Boden.

„Wann ist es denn bei dir soweit?", erkundigte sich Alea, während Heiko neue Getränke holte.

„Ach, das hat noch Zeit. Momentan bin ich so beschäftigt, dass ich für ein Kind überhaupt keine Zeit hätte."

Alea grinste. „Hält dich Jan so auf Trab? Ehrlich, ich kann immer noch nicht fassen, dass ausgerechnet ihr beide zusammen seid. Bist du glücklich mit ihm? Ich meine, so richtig?" Sie lief zu Yannik, der gerade aus dem Wohnzimmer herauskrabbelte, holte ihn zurück und setzte ihn auf den Fußboden.

Inka strahlte. „Ja! Wir sehen uns fast jeden Tag und verbringen die Abende und die meisten Nächte zusammen." Sie erzählte ihrer Freundin von den Neuigkeiten, während sie nebenbei einen kleinen Ball zu Yannik rollte. Der Junge jauchzte und fegte ihn mit seiner kleinen Hand beiseite.

„Hoffentlich findet er bald ein passendes Grundstück für seine Pläne", sagte Alea besorgt, stand auf, holte den Ball zurück und gab ihn ihrem Sohn. Er drehte ihn neugierig in den Händen und versuchte, hineinzubeißen.

„Das ist nur einer der zwei Wermutstropfen zurzeit", erwiderte Inka. „Bald muss er sein geliebtes Haus räumen. Das macht ihm extrem zu schaffen."

„Echt mies von Angela, ihm so die Pistole auf die Brust zu setzen. Es hätte sich bestimmt eine andere Lösung finden lassen."

„Ja, schön war das nicht. Er hat so gern da gewohnt und hatte Pläne für eine eigene Gärtnerei. Es hätte nur noch etwas zusätzliches Land gefehlt, und er hätte loslegen können." Inka beobachtete Yannik, der immer noch versuchte, am Ball zu knabbern.

„Und da kommt seine Ex daher und wirft all seine Pläne über den Haufen. Das ist echt egoistisch."

„Ja, total. Ich bin immer wieder überrascht, wie ruhig Jan das alles aufnimmt. Wenn ich überlege, wie er damals drauf war ... Klar ist er traurig, das merke ich, auch wenn er versucht, tapfer rüberzukommen. Trotzdem zeigt er immer für alles Verständnis." Yannik ließ den Ball fallen. Er kullerte in Inkas Richtung, und sie stupste ihn zu dem Kleinen zurück. Er gluckste vor Vergnügen.

„Bewundernswert. Und heute Abend wollte er allein sein?" Alea wirkte nachdenklich.

„Ja. Weil er bald aus seinem Haus raus muss. Kann man ja verstehen. Das würde mich auch fertig machen."

Alea kaute sichtlich auf ihren Worten herum und konnte Inka plötzlich nicht mehr ansehen. „Und wenn er heimlich trinkt?"

„Was? Warum sollte er?"

Ihre Freundin hob die Schultern. „Na ja, sein Vater hatte dem Alkohol fleißig zugesprochen. Klar, Jan ist natürlich anders als er, und wahrscheinlich macht er das auch nicht. Ich möchte nur, dass du etwas auf der Hut bist."

„Das bin ich sowieso. Zumal ich Jans Vergangenheit aus erster Hand kenne. Aber ich vertraue ihm. Er macht keine Dummheiten mehr."

Heiko kam zurück, einige Flaschen Cola und Limo in den Händen. „Was herrscht denn hier für eine

Trauerstimmung? Ich dachte, sobald ich euch beiden Hühnern den Rücken zuwende, wird sofort los gegackert."

„Wir haben nur auf dich gewartet." Alea grinste.

„Genau", erwiderte Inka. „Wenn du nicht dabei bist und genervt die Augen verdrehst, macht es ja gar keinen Spaß."

„Oh nein!" Heiko beobachtete seinen Sohn, der auf dem Boden saß und neugierig zu ihm sah. „Ich glaube, Yannik ist müde. Ich werde ihn schlafen legen und ..."

„Nix da!" Alea lachte. „Er hat heute sehr lange Mittagsschlaf gemacht und ist putzmunter. Schön hiergeblieben und dabei sein, wenn wir weiter gackern."

Der Rest des Abends verlief fröhlich und entspannt.

Ende Oktober zog Jan endgültig aus seinem Haus aus und in seine neue Wohnung ein. Es war ein wehmütiger Tag, gemischt mit Aufregung. Er bedeutete Ende und Neubeginn zugleich. Inka nahm Jan fest in den Arm, nachdem er zum letzten Mal seine Haustür abgeschlossen hatte. Seine Traurigkeit schmerzte sie fast körperlich.

Später saßen Inka und er inmitten eines Gebirges aus Umzugskartons in seiner neuen Wohnung und stießen mit einem Glas Sekt auf seinen Neuanfang an.

„Es wird wunderbar, du wirst schon sehen", versprach Inka mit aller Überzeugung, die sie aufbringen konnte.

„Wenn ich dich nicht hätte", entgegnete er.

Die Traurigkeit in seinen Augen tat Inka so weh, als verspürte sie diese selbst.

Bereits am nächsten Tag fand die Übergabe von Jans Haus statt. Die glückstrahlenden Gesichter der sympathischen jungen Familie entschädigten Inka ein wenig für ihre Sorgen.

„Sie werden sich hier bestimmt sehr wohlfühlen", sagte Jan und lächelte tapfer.

Inka pflichtete ihm bei und beobachtete die beiden kleinen Kinder, die über den Rasen tollten.

„Da sind wir sogar sicher." Der Familienvater lächelte von einem Ohr zum anderen und gab Inka und Jan die Hand.

Seine Frau tat es ihm gleich. „Nochmals vielen Dank. Wir freuen uns wie verrückt, dass alles geklappt hat."

„Ich mich auch", erwiderte Jan.

Deutlich bemerkte Inka seine Wehmut, als sie ein letztes Mal durch die Gartenpforte traten und das Grundstück verließen.

„Und wieder ist ein Lebensabschnitt vorüber", sagte Jan leise.

„Dafür beginnt ein neuer." Zuversichtlich lächelte Inka ihn an und drückte seine Hand. „Es wird großartig werden, du wirst schon sehen."

Er erwiderte ihre Geste. „Solange du bei mir bist, ganz bestimmt."

Kapitel 23

Der November begann mit tagelangem Dauerregen, brachte aber immer noch keine Fortschritte für Jans Pläne. Täglich wurde es später, bis er Inka entweder anrief oder auf einen Sprung bei ihr vorbeischaute.

„Du wirst wohl zum Langschläfer?", neckte sie ihn eines Tages, als er erst mittags bei ihr auftauchte.

„Ich war gestern bei einem potenziellen Kunden. Das Gespräch dauerte länger als gedacht, und schließlich holte er noch eine Buddel Korn raus. Wir sind etwas versackt. Tut mir leid."

Aleas Warnung fiel ihr an, und mühsam schluckte Inka ihre Sorgen herunter. „Oh. Ja dann ... Hoffentlich war es wenigstens erfolgreich."

„Ich glaube schon. Er war sehr angetan von meinen Ausführungen. Nur dass ich noch nichts Eigenes habe, besorgte ihn etwas."

„Ich wünsche mir auch, dass alles schneller ginge." Inka seufzte. „Ich fürchte, in diesem Jahr wird es nichts mehr mit einem Grundstück, Jan. Es geht auf den Winter zu. Wenn es dann dauernd regnet, stürmt oder friert, kannst du den Aufbau deines Geschäfts sowieso erst mal vergessen."

„Ich weiß. Das wird sich noch hinziehen. Deshalb lege ich mich ja so ins Zeug, um meine potenziellen Kunden bei Laune zu halten. Die wollen natürlich bereits genau für kommendes Frühjahr planen, damit ich dann gleich loslegen kann. Aber das geht nicht, weil ich noch nicht weiß, was ich dann überhaupt an Möglichkeiten anzubieten habe. Weißt du, über den Frühling und Sommer habe ich mir einen großen Stamm interessierter Kunden aufgebaut. Ich hoffte, baldmöglichst selbst durchstarten und alle zufriedenstellen zu können. Und jetzt herrscht Stillstand, weil ich mein Haus verkaufen musste und nichts Neues finde. Ehrlich gesagt gebe ich die Hoffnung auch langsam auf. Wir suchen schon so lange! Ich fürchte, meinen Traum von etwas Eigenem kann ich begraben.“

„He, das wollte ich damit nicht sagen. Im kommenden Frühjahr wird alles wieder ganz anders aussehen. Aber bis dahin könntest du vielleicht für den Übergang etwas anderes suchen. Einen Job. Damit du eine Aufgabe hast. Dir muss doch furchtbar langweilig sein.“

„Ach, das ist kein Problem. Ich habe dich.“

Sie lächelte gerührt. „Das ist lieb von dir. Hast du eigentlich bereits eigene Gerätschaften für deine geplante Gärtnerei, oder musst du alles erst anschaffen?“

„Nur kleine. Schaufeln, Spaten, Harken, solche Dinge. Keine Maschinen, Mäher oder Ähnliches. Das kann ich alles erst besorgen, sobald ich den Platz dafür habe.“

„Das ist immerhin ein Anfang. Sprich mit deinen Kunden! Vielleicht haben sie Arbeiten für dich, die du jetzt schon erledigen kannst. Du bist Landschaftsgärtner. Du brauchst nicht zwingend jetzt schon ein Sortiment aus Blühpflanzen oder Baumschösslingen.

Möglicherweise gibt es etwas umzugraben, einen Gartenteich anzulegen oder eine Steinmauer zu bauen."

Er sah sie an und lächelte versonnen. „Du bist großartig, weißt du das? Du brennst ja richtig für meine Arbeit."

„Ja, das tue ich! Ich will, dass es dir gut geht, Jan. So sehr, dass du wieder morgens in aller Frühe aus dem Bett springst, weil du es nicht erwarten kannst, loszulegen. Bis mittags schlafen, das bist doch nicht du."

„Es war eine Ausnahme. Der Kunde bestand darauf, und ich konnte ihn nicht im Stich lassen."

„Na, die Hauptsache ist, dass du ihn bei der Stange halten konntest."

„Das ist mir immerhin gelungen."

Sie küssten sich, und für den Rest des Tages sprachen sie dieses Thema nicht mehr an.

Einige Tage lang war Jan sehr motiviert. Jeden Abend erzählte er Inka begeistert von den Gesprächen mit seinen akquirierten Kunden. Und für die meisten von ihnen war es auch kein Problem, dass es dieses Jahr mit seinen angebotenen Arbeiten nichts mehr wurde.

„Das Problem bin eher ich selbst", erklärte er kleinlaut. „Es macht mich einfach fertig, dass ich nichts in Aussicht habe, verstehst du? Die Kunden sind da, und ich platze geradezu vor Ideen und Arbeitswut. Okay, jetzt so kurz vor dem Winter ist natürlich ohnehin nicht viel zu tun. Aber es juckt mich einfach in den Fingern, endlich anzufangen. Zumindest möchte ich so gern schon alles einrichten, die Geräte, ein Gewächshaus, mein Büro ... Und alles scheitert daran, dass ich kein Grundstück finden kann. Ich hänge sozusagen in der Luft. Es ist wie verhext!"

„Im nächsten Jahr wirst du dafür voll durchstarten!“

„Falls ich bis dahin endlich etwas finde. Weißt du was? Ich erweitere den Suchradius bis weit nach Heide und über Husum hinaus. Es muss doch irgendwo etwas zu finden sein, verdammt! Von der Warterei drehe ich noch durch! Ich will endlich loslegen!“

„Und das wirst du auch. Wir dürfen jetzt nur nicht vorschnell aufgeben.“

Für ein paar weitere Tage war Jan zuversichtlich. Er stand morgens wieder so zeitig auf, wie Inka es von ihm gewohnt war, und erwartete sie mitunter sogar mit frischen Brötchen vor ihrer Tür.

Wenn Inka mal keine Termine hatte, fuhren sie nach Sankt Peter-Ording, machten Hand in Hand einen stundenlangen Strandspaziergang und aßen köstlichen frischen Fisch. Während dieser herrlichen Stunden waren sie sich so nah, als gäbe es keine Probleme, und Inka schöpfte neue Hoffnung. Bald darauf merkte sie jedoch erneut, dass sich Jan innerlich von ihr zurückzog und in Gedanken ganz weit weg war.

So konnte es nicht weitergehen. Inka machte sich große Sorgen um Jan. Auch wenn er es nicht zugab, war es offensichtlich, dass er unglücklich war und unter seiner unsicheren beruflichen Zukunft litt.

Eines Tages nutzte sie den Umstand, einen Besichtigungstermin außerhalb zu haben, für den Besuch eines Cafés in einem wunderschön umgebauten alten Hauparg. Er war umgeben von einem großen, parkähnlichen Garten. Gewaltige Säulen aus dunklem Holz stützten den großen Raum, der einst die Tenne gewesen sein mochte und in dem sich jetzt das Café befand.

Inka nahm an einem freien Tisch Platz und bestellte einen Latte macchiato und ein Stück selbst gemachte Torte Birne Helene. Fast alle Tische waren belegt, und die Bedienung hatte gut zu tun.

Es musste doch möglich sein, etwas für Jan zu finden! Und wenn es jetzt zum Winter hin schon mit einem eigenen Geschäft nichts mehr wurde, dann zumindest eine Aufgabe. Irgendetwas, was seinem Tag wieder eine Struktur gab. Sie konnte nicht länger mitansehen, wie er hilflos in der Luft hing.

Nachdem sie aufgegessen hatte, schlenderte sie durch den großzügig angelegten Garten. Jetzt, im Spätherbst, gab es keine Blumen mehr, aber überall entdeckte Inka sorgfältig zurückgeschnittene Stauden, die im Sommer sicher üppig blühten. Große Bäume und viele Büsche standen verstreut herum und hatten bereits einen Großteil ihrer Blätter verloren. Ob sich die Eigentümer selbst um alles kümmerten? Möglich wäre es.

Kurz entschlossen betrat Inka das Café noch einmal und wandte sich an einen Mann mittleren Alters, der hinter dem Tresen stand und gerade der Bedienung etwas erklärte. Vielleicht war das der Chef. Geduldig wartete sie, bis die Bedienung mit einem Tablett voller Kuchenstücke verschwunden war.

„Hallo", wandte sich der Mann freundlich lächelnd an Inka. „Haben Sie etwas vergessen? Oder möchten Sie vielleicht auch noch unsere köstliche Friesentorte probieren?"

„Vielen Dank, gerne ein andermal, aber für heute bin ich vollkommen zufrieden." Sie lächelte. „Ich frage mich nur ... Sie haben offensichtlich sehr viel zu tun, oder?"

„In der Tat. Warum? Suchen Sie einen Job? Für das Café haben wir gerade vor wenigen Tagen jemanden eingestellt, tut mir leid.“

„Oh, das macht nichts. Aber mit dem Job haben Sie nicht ganz unrecht. Sie haben einen wunderschönen Garten.“

„Vielen Dank.“

„Das macht alles sicher sehr viel Arbeit. Kümmern Sie sich allein um alles?“

Der Mann lachte. „Wenn ich sechs Hände hätte, würde ich das sehr gern tun. Nein, im Ernst, es ist einfach alles viel zu groß. Das schaffen meine Frau und ich nicht allein. Wir haben ein paar Schüler, die hier auf Minijobbasis alles auf Vordermann halten. Rasen mähen, Laub zusammenharken, Unkraut jäten, solche Sachen. Um die Blumen kümmert sich meine Frau selbst, das ist ihr Hobby. Aber der Rest ist allein einfach nicht zu bewerkstelligen.“

„Ja, das verstehe ich. Vielen Dank, dann weiß ich Bescheid. Auf Wiedersehen.“ Inka wandte sich zum Gehen.

„Warten Sie!“

Erwartungsvoll wandte sie sich dem Inhaber wieder zu.

„Einer der Jungs ist gerade mit der Schule fertig geworden und hat vor Kurzem seine Ausbildung begonnen. Das bedeutet, dass er nicht mehr herkommen kann, der hat jetzt genug anderes zu tun. Warum fragen Sie denn eigentlich?“

Inka hielt ihm die Hand hin und lächelte. „Mein Name ist Inka Schmetjens. Bitte entschuldigen Sie meine Neugier.“

„Johannsen, freut mich. Kein Problem."

„Es geht um meinen Lebensgefährten. Er ist Landschaftsgärtner und gerade dabei, sich etwas Eigenes aufzubauen. Doch das geht leider nicht von heute auf morgen, und bis alles richtig läuft, benötigt er eine Aufgabe. Jetzt im Winter hat er kaum etwas zu tun, und das ist natürlich nicht das Wahre."

Nachdenklich rieb Herr Johannsen über sein Kinn. „Das kann ich verstehen. Allerdings würde es mit Arbeiten hier frühestens ab dem Ende des Winters Sinn machen. Die beiden anderen Jungs, die wir haben, sind echt fleißig, da kann ich nichts sagen. Aber wenn es wieder auf dem Frühling zugeht, wird es einen Haufen zu tun geben. Allein schon die Beete vom Unrat des Winters zu befreien. Es soll ja ordentlich für die Gäste aussehen, verstehen Sie? Da darf nichts herumliegen, was nicht in die Beete gehört, und der Boden muss für die folgende Blühsaison ordentlich aufbereitet werden. Es ist mir lieber, wenn das jemand vom Fach erledigt. Es kam schon vor, dass die Jungs Blumenschösslinge raus rupften, weil sie dachten, das wäre Unkraut." Immer noch wirkte er sehr nachdenklich.

Gespannt wartete Inka.

Schließlich hellte sich der Blick des Mannes auf. „Wissen Sie was? Schicken Sie Ihren Lebensgefährten einfach mal vorbei. Ich werde mir ein Bild davon machen, für welche Arbeiten wir ihn hier einsetzen können. Zu tun gibt es abgesehen von den Wintermonaten immer reichlich."

„Wirklich? Das wäre fantastisch! Vielen Dank!" Inka strahlte vor Freude und Erleichterung. Ein Neukunde, vielleicht auch erst einmal ein Nebenjob, würde Jan unglaublich guttun. Wahrscheinlich wusste er selbst gar nicht, wie sehr ihm die tägliche Arbeit fehlte.

Sobald sie zu Hause war, rief sie Jan an.

„Total lieb von dir, dass du nachgefragt hast", sagte er. „Aber ich kann das nicht annehmen."

Damit hatte Inka nicht gerechnet. „Warum denn nicht? Du weißt selbst, dass der Aufbau deines eigenen Geschäfts sich durchaus noch hinziehen kann."

„Klar."

„Ich möchte, dass du dich gut fühlst."

„Das tue ich! Ich habe dich, Inka. Mehr brauchte ich momentan nicht."

„Ich weiß, dass du traurig bist, Jan", sagte sie sanft. „Dass du darunter leidest, dein Zuhause verloren zu haben."

„Natürlich macht mich das traurig. Und meine Tochter ebenfalls. Sie hat jetzt bei mir ein neues Zimmer, aber es ist viel kleiner als ihr altes. Ich konnte einige ihrer Sachen nicht behalten. Marie hat geweint, als sie zum ersten Mal da war. Es ist nicht mehr der Platz, den sie kennt und an dem sie sich wohl und geborgen fühlen kann. Und wenn ich ehrlich bin, geht es mir genauso. Ich bin dir unendlich dankbar dafür, dass du diese Wohnung für mich gefunden hast, aber ein echtes Zuhause fühlt sich anders an."

Inkas Herz wurde schwerer und schwerer. „Das bekommt ihr sicher bald wieder. Sobald du wieder richtig arbeitest, finden wir eine größere Wohnung für euch, in der ihr euch wieder so richtig wohlfühlen könnt. Umso wichtiger ist es, dass du dich bis dahin ablenken kannst und wieder etwas Sinnvolles zu tun hast. Für die Johannsens könntest du bereits am Ende dieses

Winters tätig werden. Die Beschäftigung wird dir guttun. Dich auf andere Gedanken bringen."

„Du meinst es gut, ich weiß. Und ich weiß das wirklich zu schätzen, Inka. Aber du tust schon viel zu viel
für mich. Das kann ich nicht annehmen."

„Dann soll ich ihnen absagen?"

„Das kann ich auch selbst machen. Du musst nicht ..."

„Schon okay. Ich hab das eingefädelt, also kläre ich es
auch."

„Pass auf, ich räume noch dieses Regal ein, und dann
komme ich gleich zu dir, okay? Ich freu mich auf dich.
Bis gleich."

Trotz seiner Beteuerungen vergingen Inkas Sorgen
nicht. Etwas stimmte nicht mit Jan, das spürte sie.

Sobald sie aufgelegt hatte, rief sie Herrn Johannsen
an, damit er sich nicht womöglich Hoffnungen machte.
Etwas enttäuscht teilte sie ihm mit, dass Jan zurzeit leider nicht für ihn tätig werden konnte. „Vielen Dank
nochmals für Ihr freundliches Angebot", endete sie.

„Fragen Sie mich gern nochmals, falls Ihr Lebensgefährte es sich anders überlegt", erwiderte er. „Wie ich
schon sagte, hier ist eigentlich fast immer etwas zu
tun."

„Danke, das ist sehr freundlich. Ich wünsche Ihnen
noch einen schönen Abend."

„Vielen Dank, den wünsche ich Ihnen auch. Vielleicht
hören wir ja wieder voneinander." Damit legte er auf.

Als Jan bei Inka ankam, bemerkte sie die dunklen
Schatten unter seinen Augen. Sofort verstärkten sich
ihre Sorgen mit aller Macht. „Geht es dir gut?", fragte

sie sanft und holte Weingläser aus dem Schrank, bevor er auf der Couch Platz nahm.

„Klar. Alles in Ordnung."

„Jan, etwas bedrückt dich doch. Bitte sag mir, was mit dir los ist. Du musst solche Dinge nicht mehr mit dir allein ausmachen. Dafür hast du doch jetzt mich." Inka stellte die Gläser auf den Tisch.

Ein paar Sekunden lang sah er sie schweigend an. „Das ist es ja gerade", sagte er schließlich leise.

Inka erschrak. „Wie meinst du das?"

Impulsiv griff er nach ihrer Hand. „Oh, bitte, erschrick nicht. Sorry, das wollte ich nicht. Es ist nur so … Ja, ich gebe es zu, ich stecke gerade in einer Krise. Ist ja auch unschwer zu merken. Mein schönes Haus ist weg, mein Job als Geschäftsführer ist beendet, und etwas Neues ist nicht in Sicht, kein Grundstück, nichts. Das Einzige, was mich momentan aufmuntert, bist du."

Wie sanft sein Blick war, wie zärtlich. Inka hatte das Gefühl, darin ertrinken zu können. Wenn ihre Sorgen nicht wären, würde sie jetzt überschäumen vor Glück.

„Du hast mich als Arschloch kennengelernt, und im Grunde hab ich dich überhaupt nicht verdient", fuhr er fort. „Ich möchte dir immer wieder beweisen, dass ich mich geändert habe, verstehst du? Ich möchte dir permanent meine Sonnenseite zeigen. Damit du mir auch wirklich glaubst, dass ich nicht mehr der Trottel von damals bin."

„Das weiß ich! Du musst mir nichts beweisen. Deshalb sollst du auch nicht allein durch all deine Probleme. Ich helfe dir, Jan. Bei allem, was dich betrifft und was dich belastet." Sie setzte sich neben ihn und legte ihre Hand auf seinen Unterarm.

„Und genau das möchte ich nicht! Ich bin es, der etwas wieder gutzumachen hat. Ich sollte für dich da sein, in jeder Sekunde. Ich sollte dafür sorgen, dass du immer nur lachst und fröhlich bist, dass du nicht einmal mehr weißt, was Sorgen überhaupt sind. Stattdessen belaste ich dich immer wieder mit meinem Scheiß. Das will ich nicht, Inka." Angespannt sprang er auf, ging zum Schrank und holte eine Flasche Weißwein heraus. „Möchtest du diesen hier?"

„Ja, gern. Jan, wir beide sind jetzt ein Paar. In einer Beziehung muss man seine Probleme nicht mehr allein lösen, das ist das Gute daran."

Er öffnete die Flasche langsamer, als es nötig gewesen wäre. „Momentan ist es nur für mich gut, aber nicht für dich. Du hast eine Wohnung für mich gefunden. Du suchst ein Grundstück für mich. Du hast mir angeboten, bei dir zu wohnen. Und jetzt suchst du sogar einen Job für mich oder neue Kunden, wie immer du es nennen willst. Das kann ich nicht annehmen. Ich muss meine Probleme allein lösen. Gerade, weil du meinetwegen schon genug gelitten hast."

Auch Inka hielt nichts mehr auf dem Sofa. Sie ging zu Jan, nahm ihm die Flasche ab und schenkte ihnen ein. „So ein Quatsch!", rief sie überfordert und stellte die Flasche auf den Tisch. Sie nahm die Gläser und drückte eines Jan in die Hand. Schweigend stießen sie an und tranken einen Schluck.

„Du bist mir sehr wichtig, Inka", sagte er schließlich leise. „Bitte glaube mir."

„Du mir doch auch", flüsterte sie.

„Gib mir Zeit, okay? Gerade zerbricht mein gesamter Lebensentwurf. Ich muss das erst einmal für mich verarbeiten.“

„Natürlich. Ich will dich doch zu nichts drängen.“ Erneut tranken sie, aber Inka spürte, dass Jan mit den Gedanken ganz woanders war.

„Bist du mir böse, wenn ich nach Hause fahre?“, fragte er wenige Minuten später. „Ich muss in Ruhe darüber nachdenken, wie es beruflich für mich weitergehen soll, falls ich kein Grundstück finde.“

„Nein, ich bin nicht böse.“ Nur traurig. Und verwirrt.

Jan küsste sie zart auf die Wange, wandte sich ab und ging zur Tür.

Sobald er weggefahren war, rief Inka bei ihrer Mutter an. Sie musste jetzt einfach mit jemandem reden, ehe sie sich stundenlang den Kopf zerbrach und darüber grübelte, was schiefgelaufen war.

„Bist du zu Hause, Mama?“

„Ja. Was ist denn los? Ist etwas passiert? Du klingst ja völlig durch den Wind.“

„Ich bin gleich da, dann erzähle ich dir alles.“

Wenige Minuten später saß Inka bei einer Tasse Tee mit ihrer Mutter am Tisch und erzählte, was in letzter Zeit vorgefallen war.

„War das übergriffig von mir?“, endete sie schließlich. „Also, dass ich einfach für Jan wegen einer Aufgabe gefragt habe?“

„Na ja, du hättest ihn natürlich vorher fragen können. Andererseits war das eine total spontane Überlegung. Du warst in diesem Café, und dir kam die Idee. Nichts Schlimmes, würde ich sagen.“

„Ich möchte ihm so gern helfen.“

„Und das weiß er! Aber versetz dich mal in seine Lage: Er hatte dich damals als Kind jahrelang schikaniert, und jetzt hast du ihm verziehen und ihr seid zusammen. So weit, so gut. Doch damit nicht genug. Plötzlich bist du es, die ihm ständig den Weg ebnen will. Mit der Wohnungs- und Grundstückssuche für ihn, jetzt mit der Jobsuche, und dann gibt's da noch dein Angebot, bei dir zu wohnen. Ich kann mir gut vorstellen, dass er sich bei alldem nicht gerade gut fühlt, sondern im Gegenteil etwas für dich machen möchte. Sozusagen als Wiedergutmachung."

„Das muss er nicht! Es ist alles in Ordnung."

„Womöglich empfindet er es anders, verstehst du? Gerade ändert sich sein komplettes Leben, alles wird über den Haufen geworfen, seine Pläne drohen zu scheitern."

„Was soll ich denn jetzt machen?"

„Ich würde vorschlagen, ihn mit diesen Themen vorerst in Ruhe zu lassen. Er hat gerade endlich mal etwas freie Zeit, oder? Genießt sie gemeinsam, macht es euch so richtig schön. Wenn er so weit ist, wird er garantiert wieder auf dich zukommen."

Inkas Mutter schien Recht zu behalten. Tatsächlich verliefen die nächsten Treffen zwischen Inka und Jan sehr harmonisch. Trotzdem kam es ihr so vor, als schlichen sie auf Zehenspitzen umeinander herum, weil die Probleme weiterhin ungelöst waren und nicht mehr angesprochen wurden.

Eines Nachmittags hatte Jan eine Verabredung mit einem seiner potenziellen Kunden. Als er sich von ihr verabschiedete und losfuhr, schöpfte sie neue Hoffnung, dass bald alles wieder gut werden würde.

Sie selbst traf sich mit Alea in einem gemütlichen kleinen Café mit Blümchentapete, weißen Tischdecken und Kronleuchtern an der Decke.

„Heiko hat heute frei und angeboten, sich um den Lütten zu kümmern", freute sich ihre Freundin. „Das müssen wir ausnutzen und richtig schön in Ruhe klönen. Sosehr ich Yannik liebe, aber ich habe festgestellt, mitunter sogar schon mit Heiko oder meiner Mutter in Babysprache zu reden! Es wird also Zeit für ein ganz normales Frauengespräch."

Inka lachte, und das tat ihr sehr gut. „Du hast echt Glück mit den beiden. Heiko ist ein toller Vater. Und der Kleine ist ein Goldstück." Die Bedienung trat an ihren Tisch, und sie gaben ihre Bestellungen auf.

„Ich weiß, ich hab es gut getroffen." Alea musterte Inka prüfend. „Und du, wie geht's dir so? Sorry, aber du wirkst etwas blass um die Nase. Ist alles in Ordnung?"

„Tja, wo soll ich anfangen …?"

„Geht's um Jan?"

Inka nickte bekümmert. „Du weißt ja, dass er momentan sozusagen arbeitslos ist. Das mit der Grundstückssuche und damit mit der Eröffnung seiner eigenen Gärtnerei wird dieses Jahr nichts mehr, jetzt, wo es auf den Winter zugeht. Wenigstens hat er keine Geldsorgen, weil er ja sein Haus verkaufen musste. Davon abgesehen hängt er allerdings gerade ganz schön durch. Das alles macht ihm sehr zu schaffen."

„Oje, klingt alles reichlich kompliziert."

„Ist es auch. Er wollte nicht bei mir wohnen, bis er etwas Neues gefunden hat, okay. Kann ich gerade noch verstehen, auch wenn es nur eine Übergangslösung gewesen wäre. Das mit uns ist ja noch ziemlich frisch. Aber wie gesagt, er hat gerade keine Arbeit und muss seine Pläne mit einem eigenen Geschäft auf unbestimmte Zeit verschieben. Ich mach mir Sorgen um ihn, verstehst du? Und dann hatte ich neulich ein Jobangebot für ihn. Es hatte sich einfach so während eines Cafébesuchs ergeben. Jan könnte sich um den Garten eines Haubargs kümmern. Fast schon ein Park, da gibt es reichlich zu tun. Er wäre wieder rausgekommen, unter Menschen. Er hätte eine Aufgabe, einen geregelten Tagesablauf."

„Hört sich gut an!"

Sie sahen auf, als die Bedienung ihre Bestellungen brachte und auf den Tisch stellte, und bedankten sich.

„Tja, er sieht das offenbar anders", fuhr Inka fort und rührte einen Löffel Zucker in ihren Cappuccino. „Jan wollte es nicht. Ich habe das Gefühl, dass er aufgegeben hat. Er hat die ganze Zeit von einer eigenen Gärtnerei geträumt, von seinem eigenen Geschäft. Aber wir finden kein geeignetes Grundstück hier in der Nähe, höchstens weiter entfernt. Das setzt ihm natürlich zu. Jetzt fürchtet er, dass es gar nichts mehr wird." Rasch nahm sie einen Schluck von ihrem Getränk.

„Das ist heftig. Ich glaube, ihr müsst einfach etwas Geduld haben. Nächstes Jahr sieht alles vielleicht schon wieder ganz anders aus. Ach, ich hätte dir so gewünscht, dass du auch endlich mal so richtig glücklich wirst. So ganz ohne Probleme, verstehst du?" Alea nippte an ihrem Kaffee.

Inka lächelte traurig. „Ich fürchte, dafür bin ich nicht gemacht. Einfach kann ja jeder."

„Komm, lass uns den Kuchen genießen und wenigstens für ein paar Stunden nicht über all die Probleme
nachdenken, ja? Du weißt, dass ich immer für dich da
bin, bei Tag und Nacht."

„Danke!"

„Sehr gerne. Und als deine Freundin gebe ich jetzt die
Anweisung, dich für den Rest des Tages zu entspannen,
diesen köstlichen Windbeutel zu essen und dir hinterher noch ein dickes Stück Käsesahne zu holen." Alea
grinste. „Also ich werde das nämlich machen. Es sieht
einfach zu köstlich aus."

Inka erwiderte das Grinsen und spürte, wie gut es ihr
tat.

Als sie Stunden später nach Hause ging, fühlte sie sich
viel besser.

Kapitel 24

Weiterhin schlichen Inka und Jan umeinander herum wie Katzen um den Sahnetopf. Er war ausgesprochen lieb und aufmerksam und brachte ihr wieder mal einen großen Blumenstrauß mit.

„Der ist ja schön", sagte sie erfreut und bewunderte die bunten Blüten. „Womit hab ich das denn verdient?"

„Ich weiß, dass du es momentan nicht leicht mit mir hast. Wieder mal. Dafür möchte ich mich entschuldigen. Ich verspreche dir, dass es auch wieder anders wird. Gib mir nur noch etwas Zeit, mich an die neuen Umstände zu gewöhnen, ja?"

„Natürlich. Lass uns einfach die Zeit zusammen verbringen und genießen, so gut es geht."

Er lächelte. „Das ist der Plan."

Erfreut schmiegte sich Inka an ihn. Kuschelige Winterabende auf der Couch, während draußen der Wind ums Haus heulte, dazu eine heiße Tasse Tee oder einen Glühwein ... Es würde herrlich gemütlich werden und sie einander wieder näherbringen.

Trotzdem konnte sie ihre Sorgen immer nur kurzzeitig verdrängen. Denn nach dem Winter kam der

Frühling. Was, wenn Jan seine Wünsche und Träume dann immer noch nicht verwirklichen könnte?

Inka lenkte sich ab, indem sie all ihre Kontakte noch einmal wegen eines verfügbaren Grundstücks für Jans Gärtnerei anrief. Tagelang war sie unterwegs, suchte nach leer stehenden Häusern, nach Schildern über einen Verkauf, befragte Ladeninhaber und Passanten, ob sie nicht etwas wüssten. Sie fuhr bis nach Husum und Heide und darüber hinaus.

Am Wochenende hatte Jan seine Tochter zu Besuch. Am Samstag fuhren sie zusammen in den Tierpark, und am Sonntag besuchten sie ein gemütliches Café. Davon abgesehen zog sich Inka zurück, um Vater und Tochter Zeit miteinander zu lassen.

Einige Tage später erhielt sie einen Anruf.

„Hallo, Angela", sagte sie überrascht. „Wie geht es dir? Ist alles klar mit eurem neuen Haus?"

„Ja, damit ist alles bestens. Nochmals vielen Dank, dass du es für uns gefunden hast. Wirklich, ich bin so froh, es gekauft zu haben. Wir fühlen uns sehr wohl. Auch Marie hat sich gut eingelebt."

„Das freut mich."

„Möchtest du herkommen?", fragte Angela, als Inka nichts weiter herausbrachte. „Du könntest dir alles einmal ansehen, und wir können einen Kaffee trinken oder auch einen Wein und uns in Ruhe unterhalten. Immerhin habe ich es dir zu verdanken, dass Marie und ich so ein schönes neues Zuhause gefunden haben."

„Klar, ich komme gern. Ich bin gleich bei dir."

Kurz darauf machte sich Inka auf den Weg. Vielleicht war es nicht verkehrt, sich mit jemandem zu unterhalten, der Jan gut kannte. Besser als sie.

Angela öffnete mit einem freundlichen Lächeln, und Marie hüpfte um sie herum.

„Soll ich dir zeigen, was ich gemalt habe?", fragte das Mädchen.

„Klar."

Die nächste Viertelstunde verging mit dem Betrachten eines dicken Stapels bemalter Blätter. Die meisten stellten den Garten mit ihren Spielgeräten dar, der Schaukel, einer Sandkiste und einer Rutsche.

„Die sind total schön. So bunt. Du kannst wirklich super malen", lobte Inka.

Marie strahlte.

„Magst du in deinem Zimmer noch ein Bild malen?", schlug Angela vor. „Das kannst du Inka dann gleich zeigen, wenn du fertig bist, ja?"

„Au ja!" Schon sprang das Mädchen die Treppe hoch.

Angela führte Inka durch die wirklich sehr hübsch eingerichteten Räume.

„Es ist wunderschön geworden. Du hast einen ausgezeichneten Geschmack."

„Vielen Dank. Ja, wie gesagt, wir fühlen uns hier sehr wohl."

„Das freut mich."

Angela schenkte ihnen ein Glas Roséwein ein. Gedankenverloren betrachtete sie die Flüssigkeit, ehe sie den Kopf hob. Sie wirkte sehr nachdenklich. „Weißt du, es gibt noch einen Grund dafür, weshalb ich dich angerufen habe. Es geht um Jan."

Inkas Herz schlug heftiger. „Was ist mit ihm?"

„Ist alles in Ordnung bei ihm? Bei euch?"

„Äh ..."

„Er hat einen Durchhänger, stimmt's?"

„Na ja, er hat viele Probleme momentan", erwiderte Inka vorsichtig und probierte den Wein.

„Der Verkauf des Hauses hat ihn sehr mitgenommen, oder?"

„Das stimmt."

„Es tut mir ja auch leid, dass es dazu kommen musste. Aber anders ging es eben nicht, ich brauchte das Geld dringend für dieses Haus. Allein schon wegen Marie, damit sie endlich wieder zur Ruhe kommt. Was Jan betrifft ... Natürlich ist das gerade alles schwer für ihn. Auch, dass meine Eltern ihm kündigen mussten. Ich habe erwartet, dass er Probleme bekommen wird. Das kenne ich schon von ihm, weißt du? Während unserer Ehe hatte er zweimal solche seelischen Downs, immer in Phasen, die mit Problemen beladen waren. Ich nehme an, die Ursache liegt in seiner Kindheit begraben. Sein Vater hat sich nie richtig um ihn gekümmert, und die Mutter hat zu allem nur Ja und Amen gesagt. Sobald es schwierig wird, zieht sich Jan zurück und braucht viel Zeit für sich. Das war bei ihm schon immer so. Es wird bestimmt bald wieder besser." Angela trank einen großen Schluck Wein.

„Ich bin froh, dass er Marie hat", sagte Inka. „Sie tut ihm gut. Als sie letztes Wochenende bei ihm war, ist er richtig aufgeblüht. Sonntag waren wir mit ihr im Tierpark in Sankt Peter-Ording. Marie liebt die Robben. Wir konnten sie kaum von ihnen losreißen."

„Ja, das hat sie mir erzählt. Der Ausflug hatte ihr sehr gefallen. Und Samstag wart ihr in einem Café. Sie durfte einen großen Becher Kakao mit Sahne trinken. Ich bin übrigens sehr froh, dass du dich so gut mit ihr verstehst."

Inka lächelte. „Sie ist so eine goldige kleine Maus! Ich freu mich jedes Mal, sie zu sehen."

„Du warst am Wochenende nicht die ganze Zeit dabei, oder?" Plötzlich war Angela ganz ernst.

„Nein. Ich möchte Jan immer auch Zeit mit seiner Tochter allein lassen. Die beiden sehen sich ja ohnehin nicht allzu oft."

„Das ist sehr aufmerksam von dir. Marie liebt ihren Vater abgöttisch. Allerdings war er diesmal wohl anders als sonst. Als sie zurück war, erzählte sie, dass ihr Papa, sobald sie zu Hause waren, die ganze Zeit am Telefon hing. Er machte ihr den Fernseher an und hätte sogar fast das Mittagessen vergessen. Marie musste ihn unterbrechen und ihn daran erinnern, dass sie Hunger hat."

„Oh!" Erschrocken stellte Inka ihr Glas auf den Tisch zurück.

Angela nickte finster. „Das ist total untypisch für ihn. Normalerweise lässt er die Kleine kaum mal aus den Augen. Weißt du, mit wem er da die ganze Zeit telefoniert hat?"

„Nein. Er hat mir nichts davon erzählt. Komisch ..."

„Marie erzählte, ihr Papa hätte ständig gelacht. Es klang nach sehr angenehmen Gesprächen. Wir sind geschieden, deshalb hab ich ihn nicht danach gefragt. Im Grunde geht mich das ja nichts mehr an."

„Ich habe auch nicht die leiseste Ahnung."

In Angelas Gesicht las Inka deren Verdacht: dass eine andere Frau dahinterstecken könnte. Ihr Mitleid war unübersehbar.

Angela zuckte die Schultern. „Vielleicht hatte ein Freund Geburtstag oder so", versuchte sie zu beruhigen.

„Ja, vielleicht."

Nachdenklich stand Inka an diesem Abend in der Terrassentür und starrte in ihren Garten, über den sich bereits die frühe Dunkelheit gesenkt hatte. Über den angrenzenden Wiesen lag tiefe Stille.

Am Abend rief Jan an. „Bist du zu Hause?"

„Ja. Das Wetter ist nicht gerade einladend, um wegzugehen." Der Sturm heulte ums Haus und trieb immer neue Regenschauer heran.

„Hast du was dagegen, wenn ich vorbeikomme?"

„Natürlich nicht." Inka freute sich. Vielleicht würde er ihr dann erzählen, was es mit den mysteriösen Telefonaten auf sich hatte. Sie vertraute ihm und war sich sicher, dass keine Frau dahintersteckte, wie Angela es offenbar vermutete. Trotzdem konnte sie sich keinen Reim darauf machen.

„Super, dann bis gleich."

Jan sah gut aus. Viel besser, als sie ihn in Erinnerung hatte. Die Schatten unter seinen Augen waren verschwunden, sein Haar frisch gewaschen, und auf seinen Lippen lag ein freudiges Lächeln. In den Händen trug er wieder einen großen Blumenstrauß, den er ihr hinhielt.

„Danke schön. Du sollst dich doch nicht immer in Unkosten stürzen und mir Blumen mitbringen." Trotzdem freute sich Inka sehr über die liebe Geste.

„Toll siehst du aus", sagte er anstelle einer Antwort, während sie ihn hereinließ.

Sie lächelte. „Vielen Dank. Das wollte ich auch gerade sagen."

„Danke. Es geht mir auch gut."

„Ja? Das freut mich." Sie gingen gemeinsam ins Wohnzimmer und setzten sich. „Gibt's denn einen besonderen Grund dafür? Womöglich gute Nachrichten?"

„Die gibt es. Die Beste ist, dass du immer noch mit mir zu tun haben willst, obwohl ich es dir in letzter Zeit nicht gerade einfach gemacht habe. Ich weiß, dass das nicht in Ordnung von mir war. Ich hätte sofort offen mit dir über alles reden müssen. Das ist, weil ich das nicht gewohnt bin, verstehst du? Als Kind musste ich immer alles mit mir selbst ausmachen. Und vor allem wollte ich dich mit dem ganzen Scheiß nicht belasten, das hab ich dir ja erzählt."

„Es ist keine Last, Jan. Ich bin gern für dich da."

Er lächelte verschämt. „Ab sofort werde ich mir das zu Herzen nehmen. Es wird keine Geheimnisse mehr geben, das verspreche ich dir. Und deshalb werde ich jetzt auch das letzte Geheimnis lüften, das ich noch vor dir habe."

Instinktiv hielt Inka die Luft an. Was würde er ihr jetzt offenbaren?

„Ich habe bei den Johannsens angerufen. Du weißt schon, die Inhaber des Haubargs mit dem riesigen Garten."

Erstaunt riss sie die Augen auf. „Im Ernst?"

Jan nickte heftig. „Und ich weiß, dass es saublöd von mir war, nicht gleich mit den Leuten zu sprechen. Du hast dich so für mich ins Zeug gelegt, hast ein gutes Wort nach dem nächsten für mich eingelegt, und ich lasse dich mit deinem tollen Vorschlag einfach abblitzen. Manchmal bin ich wirklich zu dämlich! Ich fühlte mich wie in einem dunklen Loch, und ich wusste, dass ich es allein schaffen muss, da rauszukommen. Ich hoffe, dass du mir noch einmal verzeihen kannst. Es wird nie wieder vorkommen!"

Inka lächelte, während ihr Herz vor Aufregung in ihrer Brust hämmerte, als wollte es Nägel in die Wand schlagen, an denen sie Bilder mit den Erinnerungen an diesen wunderbaren Moment aufhängen konnte. „Natürlich, was denkst du denn? Was haben die Johannsens denn gesagt?"

„Dass ich sofort bei ihnen arbeiten kann. Sie sind sozusagen meine ersten Kunden, für die ich als selbstständiger Landschaftsgärtner tätig werde. Ich bin dir so dankbar, dass du den Stein ins Rollen gebracht hast. Um ein Haar hätte ich ihn gestoppt, bevor er Fahrt aufnehmen kann. Jetzt im Winter gibt es zwar nur einige kleine Arbeiten, aber es ist ein Anfang. Und ab dem Frühjahr kann ich mich dann richtig austoben, versprach Herr Johannsen. Und dafür brauche ich nicht einmal eigene Geräte, weil vor Ort alles vorhanden ist." Jan strahlte. „Ein Anfang ist also gemacht. Ich kann dir gar nicht sagen, wie sehr ich mich auf den Start in mein neues Arbeitsleben freue!"

Glücklich fiel Inka ihm um den Hals und schmiegte sich an ihn. „Und du glaubst nicht, wie froh ich bin, das zu hören! Jetzt wird endlich alles gut."

„Ja, dank dir! Weil du so viel Geduld mit meiner Dusseligkeit hattest. Ich weiß, dass ich bei Problemen sehr schnell den Mut verliere und dann alles nur noch schwarz sehe. Und ich verspreche dir, an mir zu arbeiten. Noch einmal tue ich dir so etwas nicht an.“

„Freut mich zu hören!“

„Jetzt fehlt mir nur noch ein Grundstück zu meinem Glück. Aber selbst das ist momentan unwichtig. Die Hauptsache ist, dass ich dich trotz meiner Dummheit behalten konnte.“

Zart strich Inka über seine Wange. „Es gehört schon bisschen mehr dazu, mich loswerden zu wollen. Solange du mich nicht mehr in die Disteln schubst oder mir mein Pausenbrot klaust ...“

„Hoch und heilig versprochen!“

Kapitel 25

Weihnachten verbrachten sie zusammen. An einem Tag war Marie bei ihnen, an einem weiteren besuchten sie Inkas Mutter, und am dritten machten sie es sich zu zweit gemütlich. Silvester feierten sie bei Inka und luden dazu ihre Mutter, ein paar Freunde und Nachbarn ein.

Im Laufe des Abends kam Jan mit ihrem Nachbarn Herrn Meyer ins Gespräch. Inka hörte, dass er ihm von seinen Plänen einer eigenen Gärtnerei erzählte, allerdings bisher kein passendes Grundstück zu finden war.

„Wo ist denn da das Problem?", fragte Herr Meyer.

„Wie meinen Sie das?", erkundigte sich Jan vorsichtig.

„Na ja, die Wiesen neben Inkas Grundstück gehören mir. Ich halte seit vielen Jahren kein Vieh mehr. Das Mähen bedeutet viel Arbeit, und das Heu verkaufe ich den Bauern hier in der Gegend. Ich bin mir sicher, dass immer noch genug übrig bleibt, wenn ich einen Teil des Grundstücks abgebe. Was meinen Sie, wie sich meine Frau freuen wird, wenn sie nicht immer so weit fahren muss, um Stauden für den Garten zu kaufen."

Inka war ebenso verdattert wie Jan. Atemlos lauschte sie. Lag hier der Schlüssel ihres Problems?

„Was wollen Sie damit sagen?", fragte Jan verwirrt.

„Wenn Sie wollen, können Sie eine der Wiesen pachten oder einen Teil davon, je nachdem, wie viel Platz Sie benötigen. Damit hätte ich das Geld wieder drin, was das Heu mir einbringt, und ich hätte weniger Mühe mit dem Mähen. Und wie gesagt, meine Frau wird wohl bald Ihre Dauerkundin sein. Eigentlich hatten wir uns gewünscht, dass unsere Kinder dort eines Tages bauen würden. Das Land wurde schon vor Jahren als Bauland ausgewiesen, aber die beiden wollten lieber woanders hinziehen."

Jan sah Inka an, und die aufkeimende Hoffnung in seinem Gesicht wärmte ihr Herz. Aufgeregt griff er nach ihrer Hand, und sie drückte sie ermunternd.

„Ich weiß gar nicht, was ich sagen soll", erklärte Jan. „Wenn das klappen sollte ... Das wäre einfach großartig!"

„Warum nicht? Ich sehe da keine Probleme. Wenn Sie wollen, können wir in den nächsten Tagen alles besprechen. Vorausgesetzt, Inka ist damit einverstanden. Immerhin würde sich neben ihrem Garten einiges ändern. Aber Sie als Fachmann kennen bestimmt Mittel und Wege, damit sie nicht allzu viel vom Gärtnereibetrieb mitbekommen würde."

Inka las die Frage in Jans Gesicht, als er sich ihr erneut zuwandte, erkannte seine Sorge und seine Hoffnung. Er holte Luft, schloss seinen Mund aber sofort wieder und wandte sich an Herrn Meyer.

„Es tut mir leid, aber ich kann Ihr Angebot nicht annehmen. Ich weiß, wie sehr Inka die Aussicht über die Wiesen und vor allem die Ruhe genießt. Und dann einen Betrieb direkt neben sich zu haben ... Das kann ich ihr nicht zumuten.“

„Darf ich vielleicht auch mal etwas dazu sagen?“, warf Inka ein und lächelte.

„Äh, natürlich.“ Jan wirkte völlig durch den Wind.

„Ich finde Ihr Angebot großartig, Herr Meyer. Und wenn es nach mir geht, können Sie sofort den Vertrag mit Jan abschließen. Ich bin mir sicher, dass wir alles ganz wunderbar hinbekommen werden.“

„Was?“, fragte Jan atemlos. „Dann würde dich eine Gärtnerei direkt neben deinem Grundstück nicht stören?“

„Warum sollen mich Blumen, Sträucher und Bäume stören?“

„Es ist ja nicht nur das. Ich benötige einen Verkaufsraum, außerdem einen Schuppen für die Geräte und mindestens ein Gewächshaus. Und ein Parkplatz muss gebaut werden. Es werden Kunden kommen – das hoffe ich jedenfalls! – und es könnte öfter mal lauter werden.“

„Herr Meyer ist wie ich der Meinung, dass du als Gärtner bestimmt die ein oder andere Möglichkeit kennst, wie man all das vor meinem Garten gut verbergen kann. Ich habe jahrelang auf Sylt gelebt. Da waren noch viel mehr Menschen unterwegs, und von Hamburg brauche ich gar nicht zu reden.“

„Dann würde es dir nichts ausmachen?“

„Es würde mir etwas ausmachen, wenn du diese einmalige Gelegenheit nicht ergreifst! Wie lange träumst du schon von deiner eigenen Gärtnerei? Und hier bietet sich dir diese Chance. Noch dazu vor Ort. Ich glaube, mehr brauche ich nicht zu sagen, oder?“

Vor Glück und Aufregung strahlend, sah Jan von Inka zu ihrem Nachbarn und zurück. Schließlich streckte er Herrn Meyer seine Hand hin. „Also, Sie haben es selbst gehört. Ich wäre dumm, würde ich Nein sagen. Wenn Sie wirklich möchten, können wir sofort loslegen."

Herr Meyer lächelte und schlug ein. „Wunderbar. Aber lassen Sie uns mit dem Start bis übermorgen warten. Morgen ist Neujahr, und ich glaube, heute gibt's einiges zu feiern. Das bedeutet, dass ich morgen wohl etwas mehr Ruhe als üblich benötigen werde. Aber übermorgen können wir gleich alles Nötige besprechen."

„Ich freu mich! Und wie!"

Inkas Mutter hatte das Gespräch neugierig beobachtet. Jetzt ging Inka zu ihr und erzählte ihr alles. Vor Freude schloss ihre Mutter sie fest in die Arme.

„Jetzt wird endlich alles gut! Ich hab's gewusst! Oh, und, Inka?"

„Ja?"

„Du weißt ja, dass Astrid mir eine ganz nette Summe Geld vermacht hat. Und ich hab im Grunde alles, was ich brauche. Also falls ihr mal klamm werden solltet und einen Zuschuss benötigt ..."

„Das können wir nicht annehmen, Mama. Tante Astrid hat das Geld ausdrücklich dir vererbt."

„Wir sind eine Familie, oder? Da hält man zusammen. Ein Geschäft aufzuziehen ist teuer. Wenn es unbedingt sein muss, seht es nicht als Geschenk an, sondern als Kredit. Bevor ihr einer Bank womöglich teure Zinsen in den Rachen werft ... Ich möchte nur, dass du das weißt, in Ordnung?"

Inka schloss ihre Mutter fest in die Arme. „Danke, Mama."

„Ich mach das wirklich gern. Du hast so viel durchgemacht, und jetzt hast du ausgerechnet mit deinem ehemaligen Quälgeist dein großes Glück gefunden. Und ich hab ja auch etwas davon: Du bist wieder zurückgekommen. Das ist alles, was ich jemals wollte."

Ja, an diesem Abend gab es viel zu feiern, und selten erschien Inka das Silvesterfeuerwerk so glückverheißend wie heute.

Eng umschlungen schliefen sie und Jan Stunden später ein.

Mit dem neuen Jahr waren alle belastenden Schatten von Inkas Glück mit Jan abgefallen wie faule Äpfel vom Baum. Rasch wurde er mit Herrn Meyer handelseinig, und oft saß Inka mit Jan bis spät in die Nacht über den Plänen für seine Gärtnerei. Der bevorstehende Aufbau seines eigenen Geschäfts gab ihm ungeahnten Auftrieb. Die meisten Nächte verbrachte er inzwischen bei Inka. Glücklich bemerkte sie, dass es ihm mit jedem Tag besser ging und er bald ständig gut gelaunt vor sich hin pfiff.

Doch sobald sich Jan tiefer in seine Planungen stürzte und einen Finanzplan ausgearbeitet hatte, erschienen doch wieder Sorgenfalten auf seiner Stirn.

„Was ist denn?", erkundigte sich Inka und nahm neben ihm auf der Couch Platz.

„Ich fürchte, dass mein Geld nicht reicht." Er seufzte, während er sich tiefer über seine Papiere beugte. „Ich hab das jetzt schon etliche Male durchgerechnet. Aber der Bau der Gärtnerei und des Parkplatzes, die Anschaffung der Pflanzen und Geräte, dazu die Pacht für das

Grundstück und die Miete für meine Wohnung ... Das wird zu viel."

„Stehen deine Finanzen wirklich so schlecht?"

Erneut seufzte er. „Leider ja. Ich habe nochmals mit meiner Bank gesprochen. Tja, einen Kredit kann ich weiterhin vergessen, weil ich immer noch kein geregeltes Einkommen habe. Und so fürchte ich, meine Pläne verkleinern zu müssen. Ein kleineres Gewächshaus, verringertes Angebot und den Parkplatz kann ich erst mal nur schottern und nicht gleich pflastern lassen."

„Oh, das klingt nicht gut."

„Ach, so schlimm ist das nicht. Ich träume schon so lange von einem eigenen Geschäft, dass es auf eine längere Anlaufphase jetzt auch nicht mehr ankommt. Ich habe so viele Kunden akquiriert, dass es mir an Arbeit bestimmt nicht mangeln wird. Und wenn die Einnahmen erst einmal fließen, kann ich weiter ausbauen. Es dauert eben nur alles etwas länger. Oder auch sehr lange."

„Ich glaube, ich wüsste da eine Lösung."

„So? Welche denn? Hast du heimlich im Lotto gewonnen?"

„Nicht ganz." Sie lächelte. „Aber Mama hatte Silvester dein Gespräch mit Herrn Meyer mitbekommen. Tante Astrid hat ihr etwas Geld vermacht. Und sie meinte, dass sie es dir oder uns überlassen würde. Wir ..."

„Auf keinen Fall! Ich kann von deiner Mutter keinen einzigen Cent annehmen. Sie weiß neben dir am besten, was ich dir damals alles angetan habe!"

„Und sie hat ebenso wie ich alles längst vergessen. Falls uns das lieber ist, sollen wir es als Kredit betrachten, meinte sie. Nur eben ohne Zinsen."

„Das ist ein verdammt großzügiges Angebot. Trotzdem muss ich es ablehnen. Ich … Ich würde mich schlecht dabei fühlen, Inka.“

„Na gut.“ Inka kaute nachdenklich auf ihrer Unterlippe. Sie konnte Jan gut verstehen. Im umgekehrten Fall würde sie genau dasselbe sagen. Aber da war ja noch dieser andere Gedanke, den sie schon lange mit sich herumtrug. „Ich hab noch eine Idee. Lass mich dir alles einmal erklären. Dann kannst du immer noch meckern.“

„Jetzt machst du mich aber neugierig!“ Hoffnung glomm in seinem Blick.

Mit einer ausgreifenden Armbewegung wies Inka über ihr Reich. „Wie du siehst und ja auch weißt, habe ich hier Platz ohne Ende. Der reicht locker für zwei. Inzwischen ist es einige Monate her, seit ich dich schon einmal gefragt hatte, aber ich möchte es dir jetzt noch einmal anbieten. Wenn du magst, kannst du gern bei mir einziehen, Jan. Ich würde mich sehr darüber freuen.“

„Wie sieht denn das aus?“, fragte er lahm. „Als würde ich mich ins gemachte Nest setzen.“

„So ein Quatsch. Ich habe hier so viel Platz, den ich für mich allein gar nicht benötige. Und die meiste Zeit bist du sowieso bei mir. Es würde sich also gar nicht so viel ändern. Nur, dass du dir die Miete ersparen kannst.“

Endlich lächelte er. „Nein.“

„Was nein?“

„Ich würde mich an den Haushaltskosten beteiligen, wenn ich schon keine Miete zahlen darf. Du müsstest zulassen, dass ich allein die Kosten für Strom, Internet und Telefon übernehme.“

Erleichtert erwiderte sie sein Lächeln. „Einverstanden. Damit können wir auch gleich ein weiteres Problem beheben. Wie gesagt, ich habe Platz genug, Jan. Wozu solltest du ein Büro oder einen Verkaufsraum bauen, wenn du beides hier im Haus unterbringen könntest? Zwei der Räume kannst du nutzen, wie du möchtest."

„Was? Im Ernst? Ich weiß gar nicht, was ich sagen soll. Das ... das kann ich nicht ..."

„Du solltest es aber annehmen, denn es spart einen Haufen Geld. Wenn du dann noch deine Wohnungsmiete einsparst ... Meinst du, dass du dann über die Runden kommen könntest, bis dein Geschäft richtig angelaufen ist?"

„Das könnte tatsächlich klappen." Ein Lächeln breitete sich auf seinem Gesicht aus und es wirkte, als würde die Sonne ihre Strahlen über einen zuvor grauen See werfen.

„Super! Das ist großartig!"

Er nahm sie in den Arm und zog sie sanft an sich. „Ich verstehe immer noch nicht so ganz, warum du das alles für mich tust. Ich war damals so lange saublöd dir gegenüber."

„Du sagst es gerade selbst: Das war damals. Inzwischen hast du dich so sehr verändert. Jetzt stehst du zu mir, Jan. Das ist alles, was zählt. Du bist ein liebevoller Vater und ein fantastischer Freund, und du hast nicht mehr das Geringste mit dem Jungen von damals gemein. Stattdessen bist du humorvoll und zärtlich und der beste Lebensgefährte, den ich mir wünschen kann." Sie lächelte. „Noch nie war meine Wohnung so voller

Blumen wie jetzt. Und noch nie hat jemand so lecker für mich gekocht."

„Ah, darum geht es dir! Ich soll bei dir einziehen, weil du nicht kochen kannst."

Sie grinste. „Du hast mich durchschaut."

„Ich denke immer noch mit Grausen an deine ersten Sandwiches!" Er verzog gequält das Gesicht.

„Du hast mir auch sehr leidgetan!" Sie brachen in fröhliches Gelächter aus.

„Und du bist dir wirklich sicher? Du weißt, dass ich unter der Dusche furchtbar schief singe. Wenn ich erst mal wieder arbeite, sind meine Stiefel ständig voller Erde und meine Fingernägel schmutzig."

„Und du musst dich darauf einrichten, schon zum Frühstück *Iron Maiden* zu hören. Diese Warnung bin ich dir schuldig."

Er erwiderte ihr Grinsen. „Ich glaube, damit kann ich leben."

„Oh, einen Haken gibt es noch", warf sie ein.

Er erschrak sichtlich. „War ja klar. Das läuft alles viel zu glatt."

„Du müsstest mich mit einem weiteren Hausgenossen teilen."

„Was? Wovon redest du?"

„Ich war im Tierheim in Sankt Peter-Ording. Du weißt ja, wie sehr ich an Minka hing. Und ich möchte gern wieder eine Katze ins Haus holen. Ich habe schon ein sehr niedliches Kätzchen gefunden, das ich demnächst abholen könnte. Dreifarbig, eine sogenannte Glückskatze." Sie lächelte. „Du siehst, ich werde immer mutiger, was Farben betrifft."

„Oh."

„Du bist nicht zufällig allergisch, oder?", rief sie erschrocken.

Einige Sekunden lang ließ er sie schmoren. Dann schüttelte er lächelnd den Kopf. „Nein, keine Sorge. Ich liebe Katzen ebenfalls. Ich bin mir sicher, dass sie und ich gute Freunde werden."

Inka riss die Augen auf, während eine überwältigende Freude in ihr hochstieg. „Dann bedeutet das, dass du …"

Jan nickte. „Ja, das bedeutet es. Wenn du mich wirklich willst, ziehe ich bei dir ein."

„Ich weiß gar nicht, was ich sagen soll!"

„Du musst nichts sagen." Er küsste sie und lächelte liebevoll. „Dann gibt es nur noch einen einzigen Punkt zu klären."

„Oh!", machte diesmal Inka. Kam jetzt doch noch ein Haken? Ihr Herz schlug schneller vor banger Erwartung.

Zu ihrer Überraschung ging Jan vor ihr auf die Knie. Dann kramte er in seiner Hosentasche herum und zog ein kleines Kästchen heraus. Er öffnete es und hielt einen Ring in der Hand.

„Ich war mir nicht sicher, wann ich mich trauen würde, dich zu fragen, Inka, aber ich glaube, jetzt ist der passende Moment dafür. Ich habe gerade genug Mut gefasst, also ziehe ich das jetzt auch durch." Er atmete tief durch, und es klang leicht zittrig. „Wir haben schon so viele harte Zeiten überstanden, so viel durchgemacht, besonders du mit mir. Und jetzt bietest du mir diese großartige Chance, durch die ich meinen Traum verwirklichen kann. Du bist die tollste Frau, die ich kenne, und ich möchte keine Sekunde mehr ohne dich sein. Ich möchte mein Leben mit dir verbringen. Ich möchte noch viele Chancen bekommen, etwas von dem wiedergutzumachen, was du für mich getan hast und tust. Vor allem möchte ich das Risiko minimieren, dass dich mir womöglich doch noch ein anderer Kerl vor der Nase wegschnappt. Und deshalb frage ich dich, auch wenn mir vor Angst ganz übel ist: Möchtest du mich irgendwann mal heiraten? Wir können uns damit so viel Zeit lassen, wie du möchtest und brauchst. Ich weiß nur nicht, ob ich mich so schnell noch mal trauen werde, dich zu fragen."

Sprachlos vor Glück starrte sie ihn an, bevor sie ebenfalls vor ihm auf die Knie ging.

„Ja, das möchte ich. Unbedingt! Und wenn du magst, brauchen wir damit gar nicht so ewig lang zu warten."

Ein Strahlen ging über Jans Gesicht, das der aufgehenden Sonne Konkurrenz gemacht hätte. Er nahm ihre Hand und steckte ihr den wunderschönen goldenen Ring an den Finger. Dann sprang er auf, zog sie an der Hand mit sich und riss sie in seine Arme. Und dann küssten sie sich, lange und innig und wunderbar.

„Ich kann dir gar nicht sagen, wie sehr ich dich liebe", sagte er, sobald er wieder Luft bekam.

„Wie gut, dass das auf Gegenseitigkeit beruht." Glücklich schmiegte Inka ihr Gesicht an Jans kräftige Brust. „Ich liebe dich nämlich auch."

Ende